수상한 중고상점

KASASAGITACHI NO SHIKI
© SHUSUKE MICHIO, 2011, 2014

All rights reserved.
Original Japanese edition published by Kobunsha Co., Ltd.
Korean translation rights arranged with Kobunsha Co., Ltd.
through JM Contents Agency Co., Seoul.

이 책의 한국어판 저작권은 JM콘텐츠에이전시를 통한 저작권사의 독점 계약으로 (주)다산북스에 있습니다.
저작권법에 의해 한국 내에서 보호를 받는 저작물이므로 무단전재와 복제를 금합니다.

수상한 중고상점

오늘도 ──────────🚚────── 정상 영업 중

미치오 슈스케 장편소설

김은모 옮김

가사사기 중고상점

1	장롱	~~¥9,000~~
		5,000
		¥6,000
1	서궤	¥6,000
1	클래식 기라	¥6,000
1	롱기라	¥6,000
1	일렌트릭 기라 (나미 꺼)	¥6,000
		¥29,000

합게

서명   다치바나

차례

봄,

---------- ❀ ----------

까치로 만든 다리

1

미니 트럭의 운전석에서 내리자 주차장 한구석에 핀 서향瑞香의 달콤새큼한 향기가 풍겨왔다. 아주 맑은 월요일 오후 세 시. 요 한 주 내내 몹시도 추운 날이 계속되었지만 오늘은 푸근하니 따뜻하다. 공기는 티끌 하나 없이 맑고, 나무 우듬지에서는 새가 지저귀고, 바람은 부드럽고, 지갑에는 돈이 없다.

"깡패 같은 땡중 같으니라고……."

미니 트럭 짐칸을 뒤돌아본 나는 다시 한숨을 쉬었다.

짐칸에는 오동나무 장롱 한 채가 밧줄로 고정되어 있다. 가게에서 차로 30분 거리에 있는 사찰 오호지黄豊寺의 주지가 아까 억지로 팔아넘긴 물건이다. 표면에 자잘한 흠집이 난 데다 친척 아이가 붙였다는 스티커 자국이 남아 있고, 뒤편에는 마치 눈경치처럼 하얗게 곰팡이가 슨 탓에 도저히 남이 다시 쓰고 싶어 할 만한 물건은 아니었다. 주지가 대형 쓰레기로 내버리는 품과 비용을 들이기 싫어서 나를 불러들인 것이 분명했다.

"이건 매입하기가 좀……."

내가 최대한 온화하게 말하자, 악역 프로레슬러같이 생긴 주지는 광고지의 "뭐든지 매입합니다"라는 문장을 증거로 내세우며 몹시 성질을 부렸다.

"그럼, 저기…… 오백 엔 정도면 어떻겠습니까."

그렇게 제안했더니 이번에는 "비싸게 사서 싸게 팝니다"라고 광고지에 쓰인 문장을 예로 들며 나를 노려보았다.

이윽고 그 눈은 점점 가늘어지더니 상한 명란젓 같은 입술 양 끝이 슬슬 올라갔다. 주지는 굵은 집게손가락을 세우더니, 지옥 밑바닥에서 솟아오른 듯한 나지막한 목소리로 만 엔이라는 믿을 수 없는 금액을 제시했다. 오랫동안 옥신각신한 끝에 나는 결국 매입 가격 칠천 엔에 고개를 끄덕이고 말았다. 그리고 빙긋이 웃으며 천 엔짜리 일곱 장을 작업복 주머니에 쑤셔 넣는 주지에게는 눈길도 주지 않고, 이 가치 없는 장롱을 혼자 낑낑대며 미니 트럭 짐칸에 올린 후 절을 뒤로했다.

"일단 창고에 처박아 둬야 하나."

짐칸에서 내린 장롱을 창고까지 옮기려고 시도해 보았다. 하지만 무리였다. 주차장과 가게 창고는 이웃해 있지만, 창고 입구는 주차장 반대쪽에 있어서 거리가 제법 멀다.

도중에 힘이 다한 나는 어쩔 수 없이 장롱을 도로에 내버려 둔 채 두 팔을 주무르면서 창고로 들어갔다. 입구에는 가게 간판이 걸려 있다.

가사사기 중고상점

"다녀왔어."

티컵 세트, 슬리퍼 걸이, 잉크젯 프린터, 사무용 책상, 「북두의 권」*, 어린이용 트램펄린, 「터치」**, 가정용 공기청정기. 우리는 여기를 창고라고 부르지만, 원래는 상품을 진열하기 위한 공간이다. 여전히 그 용도는 변함없지만, 상품이 팔리지 않는 탓에 재고량이 점점 늘어나서 지금은 그야말로 창고로 부르기에 적합한 장소로 변했다.

"어이, 가사사기. 장롱 옮기는 것 좀 도와줄래?"

안쪽에 있는 사다리를 올라가 2층 사무실을 들여다보았지만, 가사사기 조스케는 거기 없었다. 대신 청바지에 파카를 걸친 짧은 머리의 여자애가 안쪽 소파에 앉아 포키***를 먹고 있었다.

"히구라시 씨, 또 턱도 없는 물건을 떠맡아 가지고 왔구나."

히구라시란 나를 가리킨다. 히구라시 마사오, 스물여덟 살. 직원

•　　핵전쟁으로 멸망한 세상을 배경으로, 북두신권을 사용하는 주인공이 등장하는 일본의 만화책
••　　고교야구와 연애를 축으로 청춘을 그려낸 일본의 만화책
•••　　빼빼로와 유사한 일본의 막대 과자

11

이 총 두 명인 이 가게의 부점장이다.

"돌아왔을 때 어떤 목소리를 내는지 들어보면 바로 알아. '아아, 또 어이없는 짓을 저지르고 말았어. 하지만 사실 흥정이 너무 힘들어서 피곤해 죽을 것 같으니까 어이없다는 표정을 지을 거면 되도록 너그럽게 어이없다는 표정을 지어줘'."

"나미, 왔구나."

이 여자애의 이름은 미나미 나미. 어떻게 이런 이름이 있을 수 있냐고 되물을지도 모르겠지만* 여기에는 이유가 있다.

"포키 먹을래?"

"아니, 난 됐어."

"먹어, 자."

"고마워. 가사사기는? 위에?"

2층 사무실 위에 있는 다락방은 나와 가사사기가 같이 생활하는 공간이다.

"아니, 화장실."

마침 그때 쏴 하고 물을 내리는 소리가 나더니 화장실에서 호리호리한 남자가 나왔다. 허름한 청바지에 색이 바랜 스누피 운동복. 팔꿈치 부분에 구멍이 나서 창백한 피부가 내비쳐 보인다. 가사사기는 영어 원서를 한 손으로 펼쳐 들고, 삐쩍 마른 얼굴이 닿을 만

•   앞에서 읽으나 뒤에서 읽으나 똑같은 데다, 한자를 보지 않고 듣기만 하면 발음이 반복되어 성과 이름을 구분하기 어려운 독특한 이름이다.

큼 가까이에서 글자를 노려보고 있었다. 하도 들고 다녀서 닳은 표지에는 'Murphy's Law'라는 글씨가 금색으로 적혀 있다.

"영의 무생물 이동의 법칙이라. '움직이지 않는 물건이라도 누군가에게 방해가 되는 곳까지는 이동할 수 있다……' 과연."

"또 그걸 읽는 거야?"

책에서 얼굴을 든 가사사기는 옅은 눈썹을 거듭 씰룩거리며 말했다.

"『머피의 법칙』은 몇 번을 읽어도 배워야 할 내용이 바닥나지 않지. 이 세상에 존재하는 모든 실패의 예, 그것들을 다양한 분야에서 활약하는 재주꾼들의 말로 완벽하게 망라해 놓은 게 바로 이 책이야. 인생에서 실패하지 않기 위해서는 일단 실패란 무엇인가를 샅샅이 알아두어야 할 필요가 있다고, 히구라시."

이 말은 벌써 몇 번이나 들었다. 가사사기가 말하고 있으면 나도 동시에 입을 움직이며 따라 할 수도 있다.

바깥에서 자동차 경적 소리가 짧막하게 들렸다. 나미가 창문 아래를 내려다보았다. 중년 남자가 도로에서 뭐라고 소리를 지르고 있는 듯하다.

"아, 죄송합니다. 바로 옮길게요. 저기, 택시 기사님이 화내고 있어. 히구라시 씨가 어중간한 곳에 놓아둔 장롱이 방해된다면서."

"그것 봐!"

가사사기가 내 쪽을 보더니, 손에 든 『머피의 법칙』을 가리키며 스스로도 놀란 것처럼 눈을 크게 뜨고 입을 딱 벌렸다.

"우연이겠지."

나는 다시 사다리를 타고 내려갔다.

"장롱을 옮길 거니까 둘 다 와서 도와줘."

❀

나와 가사사기는 사이타마시의 변두리에 있는 여기 가사사기 중고상점의 다락방에서 같이 생활하고 있다. 개업한 지 2년. 동거한 지 2년. 가게의 매출 상태도 2년째 적자를 기록 중이다.

"그렇게 많이 줬어? 이 장롱에?"

장롱을 들고 창고 안쪽으로 옮기던 가사사기의 두 눈이 휘둥그레졌다.

"어쩔 수 없었어. 반드시 오천 엔에 사 가라고 위협해서……."

"하지만 아무리 그래도 오천 엔이라니, 너무 많이 줬잖아."

가사사기에게는 오천 엔을 주고 장롱을 사 왔다고 설명했다. 그 깡패 같은 땡중에게는 칠천 엔을 지불했지만, 매입 전표에는 ¥5,000이라고 기입해 두었다. 차액 이천 엔은 내 쌈짓돈이었다. 이 장롱을 사는 데에 칠천 엔이나 줬다고는 창피해서 도저히 밝힐 자신이 없었기에 전표를 고쳤다. 하지만 오천 엔인데도 이렇게 어이없어할 거라면 차라리 ¥7,000이라고 제대로 적을 걸 그랬다.

"히구라시가 실력을 발휘해야 할 차례로군. 최소한, 그렇지, 가격이 칠천 엔 정도는 나오게끔 변신시켜야 해."

14

"응. 뭐, 해볼게."

'실력을 발휘해야 할 차례'에서 '실력'이란 사들인 상품을 수선하는 기술이다. 나는 미대 출신이라 어느 정도는 낡은 상품을 새것처럼 보이게 만들거나, 아니면 새 상품에 고풍스러운 분위기를 더해서 오래된 물건처럼 보이게 만들 수 있다. 애당초 가사사기가 나를 점찍어서 이 장사로 끌어들인 것도 그 기술 때문이었다.

"히구라시 씨, 살짝 오른쪽. 가사사기 씨, 조금만 더 천천히."

나미가 앞장서서 상품들이 어수선하게 놓인 창고 안으로 우리를 이끌었다.

나미는 반년쯤 전부터 여기에 드나들기 시작했다. 나미를 덮친 어떤 복잡한 사건을 가사사기가 멋지게 해결한 것이 우리와 나미의 첫 만남이었다. 그 후로 나미는 틈만 나면 우리 가게에 와서 들고 온 포키를 먹거나, 캐스트 퍼즐을 요리조리 비틀거나, 가사사기의 옆얼굴을 가만히 바라보고는 한다.

지금까지 몇 번이나 폭로할 마음을 먹었는지 모른다. 그때 나미를 구해준 사람은 가사사기가 아니라 나였다는 사실을. 나미는 가사사기가 천재라고 굳게 믿고 있으며, 가사사기도 스스로 천재라고 굳게 믿는 모양이지만 둘 다 전혀 아니다. 내가 손을 쓰지 않았다면 그 사건은 수습되지 않았을 것이다. 나미는 곤경에서 빠져나오지 못했을 테고, 가사사기도 그냥 얼빠진 벼락치기 탐정으로 끝났을 터다.

"히구라시 씨, 모서리 부딪치겠다. 거기 봐봐."

"응."

하지만 나는 아직껏 그 사실을 밝히지 않았다. 나미를 낙담시키기 싫어서다. '천재 가사사기'가 있기에 나미가 이렇게 밝게 살아갈 수 있다.

장롱을 옮기면서 별생각 없이 창고 입구를 쳐다봤는데, 조그마한 사람의 모습이 보였다. 남자애다.

"어서 오세요."

말을 걸자 소년은 쭈뼛대며 창고 안으로 들어왔다. 초등학교 3학년 정도일까? 물건을 사러 온 손님으로서는 드문 축에 든다고 할 수 있겠다.

"어서 오렴. 가게 안을 둘러봐도 돼."

살결이 하얗고 선이 가는 것이 어쩐지 병약해 보이는 아이였다. 사립학교 교복인 듯한 짙은 감색 반바지에 하얀 와이셔츠 차림. 가지런하게 자른 앞머리 밑의 얼굴이 인형처럼 굳어 있었다. 소년은 여리고 약한 눈으로 나, 가사사기, 나미를 차례대로 쳐다보았다.

"뭐 사러 온 거 아니니?"

"아, 어."

창고 안쪽에 있는 수선용 작업 공간에 장롱을 내려놓고 소년에게 다가가자, 소년은 내 얼굴을 올려다보며 말을 더듬었다.

"소, 소, 소……."

"소?"

"손수건을 떨어뜨렸어요."

겨우 말이 나왔다. 일단 말문이 트이자 소년은 막힘없이 빠른 말투로 말을 이었다.

"며칠인가 전이에요. 저는……."

우리 가게에 왔다고 한다. 반려견 페로에게 줄 사료를 사러 왔다는 모양이다. 그날은 페로가 태어난 지 딱 1년이 되는 날이었기에 생일 선물을 사서 돌아가려고 했다. 하지만 가게에 개 사료가 없어서 어쩔 수 없이 빈손으로 돌아갔는데, 나중에서야 호주머니 속에 넣어둔 손수건이 사라졌다는 사실을 알아차렸다. 가게에서 땀을 닦은 기억이 있으니 분명히 여기서 떨어뜨렸으리라. 그래서 오늘 그 손수건을 찾으러 왔다. 그런 이야기를 차렷 자세로 꼿꼿이 서서는 겨우 15초 정도 만에 설명하더니, 소년은 내가 말을 꺼내기를 기다리는 것처럼 조그만 턱을 들었다.

"그럼 찾아봐도 돼. 자, 어서."

소년은 고개를 한 번 끄덕하더니 허리를 구부리고 창고 안을 돌아다니기 시작했다. 표정이 아주 진지했다.

"수상한데……."

가사사기가 중얼거렸다.

"수상하네……."

나미도 중얼거렸다.

"쟤, 거짓말하는 거야."

그렇다. 아무리 생각해도 소년의 설명은 거짓말이었다.

"개 사료를 사러 왔다고 둘러댄 건 나쁘지 않았어. 그런 거짓말을 하려면 실제로 이 가게에서 팔지 않는 물건을 핑계로 대야 통하잖아. 예를 들어 야구방망이라든가 공은 여기서 팔고 있을지도 모르니까 '어, 하지만 넌 그걸 안 사 갔잖니. 판 기억이 없는데?' 요런 일이 벌어질 수도 있거든. 그러면 사실은 여기에 물건을 사러 오지 않았다는 사실을 들키고 말아. 그런 점에서 개 사료는 중고상점에서 거의 볼 수 없는 상품이지. 쟤, 거짓말하는 솜씨가 상당한데."

나미의 말대로다. 덧붙이자면, 일주일쯤 전부터 어제까지 계속 추웠으므로 가게 안에서 땀을 닦았다는 말도 부자연스럽다.

"저기, 내 생각에는 말이야. 쟤 혹시⋯⋯."

다음으로 할 말에 포인트를 주기 위해서인지 나미는 몇 초 뜸 들이다가 입을 열었다.

"'청동상 방화 미수 사건'의 범인 아닐까?"

2

청동상 방화 미수 사건이란 다음과 같다.

이틀 전인 토요일 아침. 나는 사무실에서 아침으로 팥빵을 먹고 가사사기에게 커피를 끓여 주었다. 그리고 따뜻한 팥빵을 좋아하는 가사사기를 위해 팥빵을 전자레인지에 돌려주고 나서 셔터를 열기 위해 1층 창고로 내려갔다.

그런데 셔터가 이미 열려 있었다. 밤사이 누군가가 침입한 것이 분명했다. 셔터 안쪽을 눌러 둔 콘크리트블록이 옆으로 쓰러져 있었기 때문이다. 개업하자마자 가사사기가 열쇠를 잃어버리는 바람에 우리는 매일 밤마다 셔터 안쪽을 요 부근에서 주운 콘크리트블록으로 눌러서 잠가두고 있다. 물론 그래서야 전혀 잠갔다고 할 수 없지만, 어쨌든 우리는 그 행동을 잠근다고 표현한다.

침입당한 흔적을 발견하자마자 나는 바로 가사사기를 불렀다.

우리는 함께 창고 안에 있는 상품들을 확인했다. 그렇지만 긴가민가했다. 물건이 너무 많아서 뭐가 없어졌고 없어지지 않았는지 확실치 않았다. 거의 의미가 없는 점검을 하던 우리는 비교적 빨리, 침입자의 목적은 절도 말고 다른 것이 아니었을까 하는 의심을 품었다.

"이건 방화 미수가 틀림없어!"

가사사기가 딱 잘라 말했다. 그렇게 추리하기에 충분한 증거가 창고 안에 남아 있었기 때문이다. 반쯤 탄 신문지 다발. 타고 남은 성냥개비 두 개. 누구라도 척 보면 알 수 있다.

다행히도 불은 번지지 않았다. 불탄 신문지 다발은 상품을 비교적 적게 모아둔 창고 구석에 놓여 있었기 때문이다. 다만 신문지가 거기 있던 청동상의 받침대에 바짝 붙어 있던 탓에, 날개를 펼친 새 모양의 청동상은 나무 받침대가 새카맣게 그슬리고 말았다. 이미 구매 예약을 받은 터라 내가 받침대에 '예약 판매 완료'라고 쓴 작은 종이를 붙여놓았는데 그 종이도 불탄 모양이다. 탄내는 나지 않았으니 범인은 우리가 잠자리에 든 지 얼마 지나지 않았을 무렵에 일을 저질렀으리라.

가사사기는 생생한 범행 흔적을 오랫동안 내려다보았다. 뒤엉킨 실타래를 마치 머릿속으로 풀어내기라도 하는 것처럼. 그리고 갑자기 얼굴을 쓱 들더니 이렇게 말했다.

"방화범은 창고가 아니라 이 청동상을 불태우려고 했던 게 틀림없어."

뭐, 내 생각도 그랬다.

"그러니까 이런 장소에서 신문지에 불을 붙인 거지. 다른 상품에 옮겨붙을 걱정이 없으면서 청동상에는 불로 확실하게 손상을 줄 수 있는 이곳에서."

"하지만 어째서 불로 청동상에 손상을?"

"그건 조금만 더 기다려 줘, 히구라시. 앞으로 한 수야. 앞으로 한 수만 더 두면 체크메이트라고."

나는 '앞으로 한 수'가 가사사기의 머릿속에 아무 생각도 없을 때 나오는 말버릇이라는 것을 알고 있을 뿐 아니라, 무릇 이런 일은 프로에게 맡기는 편이 나으므로 얼른 경찰에 신고하려고 휴대폰을 꺼냈다. 하지만 가사사기가 내 손을 재빨리 붙잡았다.

"안 돼, 히구라시."

가사사기는 천천히 고개를 젓더니 창고 안쪽의 한 모퉁이로 눈길을 돌렸다. 우리가 '금단의 과실'이라고 부르는 상품들을 주르르 놓아둔 곳이다. 가구, 장식품, 전자제품, 그 외 이것저것. 전부 쓰레기장에서 훔쳐온 물건이다. 가게가 너무 적자에 허덕이는 터라 가사사기가 공짜로 가져올 수 있는 상품을 팔아서 조금이라도 순이익을 늘리자는 의견을 제시했고, 쓰레기장 이곳저곳에서 쓸 만한 물건을 모아오면 내가 수선해서 창고에 진열했다. 나중에야 쓰레기를 멋대로 가져가서 팔면 법에 저촉될 위험이 있다는 사실을 알고 판매를 중단했지만, 전부 원래 자리에 되돌려 놓기도 귀찮아서 일단 '예약 판매 완료'라고 가짜로 쓴 종이를 붙이고는 들키지 않도록 창고 안쪽에 치워 두었다.

"저게 있으니 경찰을 부를 수는 없어, 히구라시."

하는 수 없이 나는 경찰에 신고하기를 포기했다.

"이렇게 된 이상 우리 힘으로 해결하지 않을래?"

"뭐?"

"아까 전부터 내 뇌세포가 자꾸 소리치고 있어. 움직여라, 움직여라, 하고 말이야."

가사사기는 두 눈을 번뜩이면서 말했다.

그 청동상은 바로 일주일 전쯤, 가사사기가 아침에 홀연히 가게를 찾아온 남자에게 육천오백 엔을 주고 사들인 물건이다. 나는 마침 근처 주택 단지에 광고지를 돌리러 나가서 그 사람을 보지 못했다. 남자는 몸집이 작고 등이 구부정한 중년으로, 니트 모자를 쓰고 마스크와 선글라스를 끼고 있었다고 한다. 말도 어쩐지 어물어물하는 것이 혹시 도둑이나 무슨 범죄자가 아닐까 하고 가사사기는 직감했다고 한다. 나는 그의 행색을 듣고 그럴 가능성이 지나치게 높다고 판단했지만, 쓸데없는 문제가 발생하면 귀찮으니까 아무 말도 하지 않았다.

"히구라시, 우선 이걸 팔아넘긴 남자의 신원을 확인하자."

우리는 사무실로 올라가서 조사해 보았다. 가사사기가 적어둔 주소는 없는 주소였고, 전화번호도 사용되지 않는 번호였다. 후쿠다 준이치로라는 이름도 아마 엉터리겠지. 원래는 상품을 매입할 때 면허증처럼 신분을 증명할 수 있는 물건을 받아서 복사하는 것이 원칙이지만, 가사사기는 자주 이 과정을 빼먹는다. 정말이지 멍청했다면서 가사사기는 하늘을 올려다보았다.

"어쩔 수 없군. 그 청동상에서 진상의 실마리를 끌어내 보자고."

다시 창고로 내려간 우리는 쪼그리고 앉아서 청동상을 꼼꼼하게 살피기 시작했다. 앞서 말했듯이 청동상은 날개를 펼친 새 모양이고, 직사각형의 나무 받침대가 달려 있다. 거의 수평으로 쭉 뻗은 날개의 끝에서 끝까지가 약 50센티미터쯤 되니 제법 커다란 장식품이다. 약간 덩치가 작은 까마귀나 거대한 참새처럼도 보이지만, 색이 칠해져 있지 않아서 정체는 알 수 없다. 모양 자체는 상당히 역동적이면서 얼굴만 보면 눈이 동글동글한 것이 상당히 귀여웠다.

"앗! 히구라시, 여기 무슨 자국이 있어."

새의 배 부분 딱 한가운데 언저리가 마치 배꼽처럼 파여 있었다. 드라이버 같은 도구로 세게 문지르기라도 한 걸까. 지름 5밀리미터, 깊이 3밀리미터 정도의 구멍이 나 있고, 그 안쪽으로만 청동의 바탕색이 보였다.

"메시지다!"

가사사기는 흥분을 억누르려는 듯이 오른쪽 주먹을 입가에 꽉 댔다.

"범인은 이 청동상에 우리에게 보내는 메시지를 남긴 거야!"

과연 정말 그럴까 싶었다.

………….

토요일에 있던 이러한 일을 머릿속으로 돌이켜본 후, 나는 나미에게 얼굴을 돌리고 말했다.

"그럼 저 남자애가 청동상의 받침대를 그슬리고 배꼽을 파낸 범인이라는 거야?"

"그래. 쟤는 범행을 저지를 때 손수건을 떨어뜨린 거야. 그래서 개 사료 어쩌구저쩌구 거짓말을 하면서 찾으러 온 거지."

"즉…… 유류품을 회수하기 위해 찾아왔다는 소린가."

가사사기가 한쪽 눈을 가느다랗게 뜨고 소년을 쳐다보았다.

그런데 나는 아까 전부터 한 가지 일이 마음에 걸렸다. 나미가 청동상 이야기를 꺼내서 떠올랐는데…… 분명히 지난주 중반쯤이었던가. 웬 남자가 밤에 사무실로 전화를 걸어서 묘한 문의를 했다.

"아, 가사사기 중고상점인가? 좀 물어보고 싶은 게 있는데, 그쪽에 새 모양으로 된 동상 같은 거 있소?"

그 청동상을 막 사들인 참이었기에 물론 있다고 대답했다. 어떻게 생겼냐고 묻기에 청동상의 형태와 크기 따위를 설명해 주었다.

"딱 그런 식의 동상을 현관에 장식하고 싶었는데. 다음 주 월요일에 사러 갈 테니 그때까지 팔지 말고 놔두지 않겠소?"

남자는 그렇게 말하고 전화를 끊었다. 그래서 나는 청동상에 '예약 판매 완료'라는 종이를 붙여두었던 것이다.

그러고 보니 전화를 끊을 때 남자가 뭐라고 짧게 말하는 게 들렸는데…….

"아, 스미."

그건 뭐였을까.

"가사사기, 그때 청동상을 사고 싶다고 전화한 사람 말이야. 분명 오늘 가게에 온다고 하지 않았나?"

일단 한번 말이라도 꺼내보았지만 가사사기는 재빨리 한 손을 들어 나를 제지했다.

"쓸데없는 정보는 차단하겠어, 히구라시. 지금 장사가 문제야? 어쨌거나 지금은 저 소년의 움직임에 모든 의식을 집중해야 해. 조 그만 방화 미수범의 움직임에 말이야."

"아니, 근데……."

"됐다니까."

가사사기는 전혀 귀를 기울여 주지 않았다.

그 후로도 소년은 창고 구석구석까지 돌아다니며 모든 물건의 뒤쪽을 살폈다. 이쪽으로 다가와서 불안한 듯한 표정으로 우리 주위를 두 바퀴 돌기도 했다. 관찰하다 질려버렸는지 가사사기가 결국 말을 걸었다.

"꼬마야, 손수건은 찾았니?"

"아, 어."

아무래도 이 반응은 당황했을 때 자기도 모르게 나오는 소년의 버릇인 모양이다. 가사사기는 한 발짝, 한 발짝 천천히 소년에게 다가가면서 말했다.

"머피의 법칙 가운데 네게 도움이 될 만한 문장이 하나 있지. 오브라이언의 고찰. '어떤 물건을 가장 빨리 찾아내려면, 그것이 아닌 다른 물건을 찾으면 된다'. 시험 삼아 뭔가 다른 물건을 찾아보는 게 어떻겠니, 꼬마야? 예를 들면, 그렇지."

말을 끊은 가사사기는 등골이 오싹해질 듯한 미소를 띠며 소년을 쳐다보았다.

"새 모양 청동상은 어떨까?"

속마음을 슬쩍 떠본 것이다. 하지만 소년은 무슨 말인지 모르겠다는 듯 가사사기의 얼굴만 올려다보았다.

"꼬마야, 새 청동상 말이다. 새 청동상."

짐작이 빗나가자 가사사기는 초조해했다.

"네? 사촌 동생이요?"

"사촌 동생? 무슨 말을 하는 거야. 애야, 사촌 동생이 아니라 새 모양으로 생긴 청동상이라고, 청동상. 청동으로 만든 상. 뭐, 됐다."

적당한 부분에서 포기한 가사사기는 다른 방법을 시도했다. 갑자기 몸에 힘을 빼고 두 팔을 쭉 뻗어 기분 좋게 기지개를 켜나 싶더니 이렇게 말한 것이다.

"내가 너만 할 때는 이런저런 놀이를 많이 했더랬지."

가사사기는 입술 가장자리를 끌어올려 씩 웃더니, 느닷없이 소년의 눈을 똑바로 응시했다.

"예를 들면 불장난이라든가."

하지만 이번에도 상대는 반응이 없었다. 소년은 난처한 듯하면서도 열심히 상대방이 하는 말을 이해하려는 표정을 지었지만, 결국 고개를 갸웃하면서 가사사기에게 물었다.

"새 청동상이…… 없어졌나요?"

"엥?"

"아니 그게, 아까 그걸 찾는다느니 뭐라니 하길래요."

"아, 음, 그런 게 아니야. 아니, 그런 셈이지. 새 청동상 말이다."

가사사기가 무슨 소리를 하는 건지 나도 이해가 가지 않았다. 소년은 더욱 이해가 안 되는 모양인지, 입을 다물고 눈길을 돌려 발치를 가만히 내려다보았다.

"손수건, 없는 모양이니까…… 이제 됐어요."

소년은 그렇게 말하고는 머리를 살짝 숙여 인사한 후, 창고를 나섰다.

"가사사기 씨, 어떻게 할 거야?"

나미가 재빨리 속삭였다.

"물론 미행해야지."

가사사기도 날카로운 목소리로 소곤거렸다.

"나도 따라가도 돼?"

"상관없어. 히구라시도 따라와."

"나는 됐어."

가사사기가 조금 섭섭한 듯한 표정을 지었다.

"아니, 그게, 청동상을 사고 싶다고 한 사람이 올지도 모르잖아."

3

가사사기와 나미가 소년을 미행하러 나가고 얼마 지나지 않아 그 손님이 나타났다.

"새 청동상을 사고 싶다고 전화한 사람인데."

키가 크고 얼굴이 상당히 사납게 생긴 남자로, 굵직한 눈썹에 문고본을 엎어 놓은 듯 뚜렷한 콧대가 인상적이었다. 나이는 40대 후반 정도일까.

"그게 말입니다. 사실은 상품에 문제가 좀 생겨서요."

나는 남자에게 청동상의 받침대가 그슬렸고 새의 배 부분에 배꼽 같은 흠집이 생겼다고 솔직하게 설명했다. 그러자 남자는 눈을 크게 뜨고 나를 날카롭게 쏘아보았다.

"어, 어째서 그런 일이?"

몹시 당황한 모양이었다.

나는 밤중에 누가 창고에 침입한 것부터 시작해서 이러쿵저러쿵 이야기를 해야 할지 말아야 할지 망설였지만, 망설인 끝에 하지 않기로 했다.

　"저희 집에 어린애가 있는데, 그 녀석이 장난을 쳤습니다."

　적당한 핑계를 대며 둘러댔다.

　"다, 다, 당신 아이가?"

　"그게, 그러니까…… 네, 그렇습니다."

　"하여튼 그 조각상을 보여주시오. 여기로 가져오라고."

　나는 사무실에서 청동상을 들고 와서 보여주었다. 남자는 목구멍에서 나지막하게 앓는 소리를 흘리더니 오만상을 찡그리며 당, 당, 당, 하고 말했다.

　"당, 당신 아이가 대체 무슨 짓을 했는지 알아!"

　진짜로 아이가 있는 것도 아니면서 나는 남자의 말이 거슬렸다.

　"그렇게 화내지 마십시오. 철없는 어린애가 한 짓인걸요."

　"하지만 이건 상품이잖아!"

　"예, 분명히 저희 가게의 물건입니다. 그러니까 손님께는 핀잔을 들을 이유가 없지요."

　"이봐, 자식놈 교육 좀 똑바로 해!"

　"똑바로 하고 있습니다!"

　이쯤 되자 나는 마치 내가 정말로 아이를, 순수하고 사랑스럽고 비에 젖은 고양이를 보면 절대로 내버려 두지 못하는 다정한 아이를 기르고 있는 듯한 기분에 빠져들었다.

"부모인 제가 말하기는 좀 그렇습니다만, 우리 애는 또래 아이들보다 훨씬 똑똑하다고요. 아침에 저한테 커피를 끓여줄 정도니까요. 팥빵을 먹을 때도 항상 '아빠, 팥빵 전자레인지로 데워줄까?' 하고 물어본다니까요."

"팥빵이고 나발이고! 이거 어떻게 할 거야. 열쇠 구멍이 이렇게."

"열쇠 구멍?"

남자가 입을 딱 다물었다.

"지금 열쇠 구멍이라고 하셨습니까?"

남자는 내 물음에 옳다고도 그르다고도 대답하지 않고 코로 숨을 크게 내뿜더니 지갑을 꺼냈다.

"얼마야?"

"뭐가요?"

"이 조각상. 아직 상품이지? 얼마에 팔 건데?"

나는 머릿속으로 주판을 튕겼다. 매입 가격이 육천오백 엔. 마진을 삼천오백 엔 얹으면 딱 일만 엔. 하는 김에 오늘 깡패 같은 땡중한테 뜯긴 쌈짓돈 이천 엔도 덧붙이자.

"만 오천 엔입니다."

나는 대답했다. 삼천 엔은 바보 취급당한 아들 몫이었다.

"알았어."

순순히 돈을 치른 남자는 내가 상자에 담은 청동상을 짊어지고 나갔다.

나는 창고 셔터를 조용히 내린 후 남자의 뒤를 밟았다.

남자가 들어간 집의 문기둥을 살피자, 광택이 도는 나무 문패에 '가가타'라는 글씨가 도드라지게 새겨져 있었다. 집은 어쩐지 시대에 뒤떨어진 느낌이 드는, 무지막지하게 큰 2층짜리 일본식 가옥이다. 대문 건너편에 보이는 정원 한 귀퉁이에는 깔끔하게 가지치기한 곰솔과 편백나무가 나란히 서 있었다.

대문에 달아놓은 나무 표찰을 보고 어라, 싶었다.

(주)가가타 동기銅器

가게는 저쪽입니다

←

화살표가 가리키는 곳을 보니 정원을 사이에 두고 집과 이웃한 공장 같은 건물이 있었다. 이건 도대체 어찌 된 일일까. 그 남자는 청동 제품을 만드는 회사에 다니면서 중고 청동 제품을 샀단 말인가.

일단 공장 쪽으로 가보기로 했다. 콘크리트로 만든 편편하고 네모난 건물이다. 그중 한 귀퉁이가 가게였는데, 마치 두부에 모형 집을 끼워 맞춘 것처럼 거기에만 기와지붕이 얹혀 있었다.

미닫이문에 끼워진 유리로 안을 들여다보았다. 코가 가지처럼 생긴 작업복 차림의 영감님이 안쪽 깊숙한 곳에 있는 누군가와 이야기를 하고 있었다. 상대는 휠체어를 탄, 상당히 나이 들어 보이는 할머니였다. 그 뒤에는 날씬하고 예쁘게 생겼어도 몹시 피곤한 얼굴의 여자가 서 있었다. 할머니가 그 여자를 뒤돌아보고 신경질적으로 뭔가 말했다. 여자는 몸을 움츠리며 대답했다. 야단맞은 걸까. 이윽고 여자는 휠체어 방향을 바꾸어 할머니와 함께 가게 안쪽으로 모습을 감추었다.

내가 안으로 들어가자 가지 코 영감님이 빙글빙글 웃으면서 다가와 배 앞에다 양손을 모았다.

"어서 오십시오. 기성품을 찾으십니까? 아니면 주문 제작하시려고요?"

"아, 그러니까……."

"기성품은 이쪽 선반에도 진열되어 있고요, 거기 카탈로그에도 많이 실려 있습니다. 주문 제작을 원하시면 어떤 물건이라도 만들 수 있는데요, 물론 사람이라도 문제없고말고요. 사진을 몇 장 찍은 다음, 그걸 기초로 형태를……."

"사실 제가 잘 모르고 들어왔는데요. 여기는 그…… 뭐 하는 가겝니까?"

내가 그렇게 묻자마자 영감님이 갑자기 눈을 내리깔더니 입을 다물었다. 무슨 허튼소리라도 했나 싶어 얼굴을 들여다보자 영감님이 느닷없이 시선을 들고 말을 술술 늘어놓았다.

주식회사 가가타 동기는 창업한 지 48년 된, 전통 있는 점포다. 창업 이후, 베고마*부터 가정용 수도에 사용하는 수도꼭지, 배수구

•   고둥의 껍데기를 본떠서 만든 작은 쇠나 납 팽이

뚜껑 등을 만들어 왔는데, 요 20년은 이른바 청동상 제작 판매에 힘을 쏟고 있다. 청동상이란 말 그대로 청동으로 만든 像이고 청동은 구리와 주석으로 만든 합금이다. 만드는 방법은, 일단 점토로 원형을 제작하고 석고로 원형의 본을 뜬다. 이 본을 바깥틀이라고 하며 안틀이라고 부르는 한 치수 작은 틀도 만든다. 이 바깥쪽과 안쪽 두 개의 틀 사이에 녹인 청동을 흘려 넣고, 청동이 굳으면 틀을 제거한다. 그러면 원형과 형태가 똑같은 상이 완성되는데, 말하자면 수제 초콜릿 제작 방식과 비슷하다고 할 수 있다. 가가타 동기는 이러한 작업을 모두 공장에서 진행하며, 오늘은 공장이 정기 휴일이라 조용하지만 평소는 직공들의 목소리가 왁자지껄하게 오가서 아주 활기차다. 불도 많이 쓰기 때문에 겨울철에는 가게에만 있어도 따뜻할 정도다. 다만 여름철에는 더워서 딱 질색이다.

영감님은 마치 판소리라도 하듯 가락을 붙여 단숨에 설명했다. 몇 번이나 이야기한 적 있는 사람 특유의 시원시원한 말투였다. 한숨 돌린 영감님이 또 무슨 이야기를 꺼낼 듯한 표정을 지었으므로 나는 "청동상도 참 다양하군요." 하고 적당히 감상을 늘어놓으며 억지로 이야기를 일단락 지었다.

"손님은 어떤 상품을 찾으십니까? 댁에 두실 것? 아니면 선물로 드릴 것?"

"어, 아들에게 선물이나 할까 싶네요."

즉흥적으로 대답하자 영감님은 기쁜 듯이 고개를 끄덕이더니 나와 상품 진열대 사이에 섰다.

"그렇군요, 아드님이라. 아드님은 나이가 어떻게?"

"몇 살쯤이더라……."

"네?"

"아, 초등학교 3학년입니다."

무심코 아까 본 소년을 떠올리며 대답했다.

"이야, 손님. 동안이시군요!"

영감님은 몸을 뒤로 물리며 나를 유심히 쳐다보았다.

"3학년쯤 된 남자아이라면 이런 오토바이나, 배, 자동차 같은 게 좋지 않겠습니까? 이런 건 어떨는지요? 아니면 이런 건? 아니면 주문 제작도 되니까요. 예를 들어 좋아하는 여자애 모양으로 청동상을 만들어본다든가."

"아직 좋아하는 애는 없어요."

"허어, 그야 모를 일이지요."

"하지만 겨우 3학년인데, 그런."

"요새 애들은 조숙하니까요. 우후후."

가공의 아들이 이성에게 흥미를 품으면서 부모에게 흥미를 잃어가는 과정을 상상하니 조금 서글퍼졌다.

"어떻습니까? 주문 제작하시면 기성품보다는 좀 비싸겠지만요."

"그럼 어떤 모양이라도 청동상으로 만들 수 있나요?"

시험 삼아 물어보았다.

"예, 예, 물론이죠. 저희가 이렇게 사진을 찍어서요."

영감님은 그렇게 말하면서 곁의 책상에 놓여 있던 폴라로이드 카메라를 집어 들더니, 양해도 구하지 않고 내 사진을 찍었다. 찰칵, 하는 소리와 함께 눈앞에서 플래시가 번쩍하더니 지잉, 하는 소리와 함께 카메라가 사진을 내뱉었다.

"각도를 바꿔가며 대여섯 장 정도 찍으면 충분히 원형을 제작할 수 있습니다. 폴라로이드 카메라라서 현상하는 시간도 안 드니까 공장에 여유만 있으면 그날 안으로 제작에 들어갑니다. 사실 디지털카메라가 편리하겠지만, 저랑 공장장님, 그리고 직공들 모두 기계치거든요. 아, 이거 기념으로 드리겠습니다."

나는 영감님이 내민 사진을 받아 들면서 궁리했다. 할 수만 있다면 아까 집으로 사라진 남자의 신원을 알고 싶은데, 어떻게 구슬리면 될까.

"여보, 공룡이 좋지 않겠어?"

느닷없이 다른 목소리가 들려서 깜짝 놀랐다.

"신이가 공룡을 제일 좋아하잖아. 초등학교 3학년이라면 신이랑 같은 학년 아닌가?"

"응? 아아, 그렇지."

자세히 살펴보자 통통하게 살이 찐 할머니가 작업복 차림으로 가게 안쪽에 놓인 나지막한 나무 작업대 앞에 앉아 상품을 닦고 있었다. 지금까지는 뒷모습만 보여서, 미안하지만 나는 장식품 같은 물건인 줄 알았다.

"신이라면 그……."

혹시나 하는 생각에 물어보았다.

"혹시 흰 피부에 선이 가늘고, 앞머리를 단정하게 잘라 내린 아이입니까?"

"어, 손님. 어떻게 우리 신이를 아시는지요?"

영감님이 신기한 듯이 내 얼굴을 다시 쳐다보았다.

"아, 저희 아들의 같은 반 친구예요. 가가타…… 가가타 신노스케. 맞죠?"

"신타로인데요."

"신타로."

그 소년은 이 집 아이였구나. 그렇다면 새 청동상을 사러 온 남자와는 어떤 관계일까. 혹시 부자지간일까.

"실례입니다만, 신타로는 두 분의 손자인가요?"

일단 그렇게 물어보자 영감님과 할머니는 동시에 소리 내어 웃었다.

"우리는 여기서 일하는 직원이에요. 그렇게 귀여운 손자가 있으면 좋겠다는 생각은 하지만요. 우리한테는 아이가 없어서."

신타로 이야기가 나오면 입이 한층 가벼워지는지, 영감님은 물어보지도 않은 것까지 말해주었다.

"사장님 몸이 편찮으셔서 스미에 씨가 수발을 들기 시작하고부터는 우리가 때때로 신타로한테 밥을 해 먹이지요. 주말 점심이나 그럴 때. 뭐, 우리라고는 해도 밥을 짓는 건 집사람이지만요."

영감님은 아하하 하고 큰 소리로 웃었다. 스미에라는 사람은 분명 신타로의 엄마이리라. 그렇다면 사장은?

"사장님은 신타로의 할아버지셨던가요?"

자신하건대 내 용모와 분위기는 이런 질문을 할 때 상당히 유리하다. 자랑은 아니지만, 태어난 이래로 남에게 의심받은 적이 거의 없다.

"아니요, 아니요. 그분은 선대 사장님이세요. 지금 사장님은 선대 사장님의 사모님이시고요. 도쿠코 사장님. 선대 사장님이 돌아가시고 사모님이 회사를 이어받으셨죠."

그렇다면 아까 밖에서 본 두 사람이 도쿠코 사장과 신타로의 엄마인 스미에일까. 영감님에게 넌지시 물어보자 역시 내 생각대로였다.

"사장님은 스미에 씨가 미는 휠체어를 타고 하루에도 몇 번이나 저렇게 공장과 가게 상황을 확인하며 돌아다니십니다. 오늘은 공장이 쉬는 날이라 가게에만 오셨지만요. 엄하신 분이라 우리가 조금이라도 맥빠진 얼굴을 하고 있으면 불호령이 날아든답니다."

그게 기쁜지 영감님은 머리를 설레설레 흔들며 웃었다.

"하지만 신타로 어머님은 힘드시겠군요. 아이 돌보랴, 매일 시어머니 수발 들랴."

영감님은 딱하다는 표정으로 고개를 끄덕였다.

"아아, 그야 힘들지요. 외출도 좀처럼 못하는 모양이더라고요. 선대 공장장님이 살아 계실 때는 사장님도 저렇게까지 스미에 씨에게 엄하시지 않았는데. 저래서야 거의 괴롭히는…… 아차."

그제야 영감님은 보통 사람의 감각으로 보았을 때 약간 늦기는 했지만, 자신이 말을 너무 많이 했다는 걸 알아차린 듯 손으로 입가를 눌렀다.

"손님께 이런 소리를, 이놈의 입이 방정이지."

벽시계가 네 시를 알렸다. 가게를 비우고 나왔으니 너무 오래 머물 수는 없다.

"그런데 가가타 씨 댁에 잘생긴 분이 계실 텐데요. 몇 번 본 적이 있어요. 그, 남자다운 눈썹에 콧대가 쭉 뻗은."

"눈썹에 콧대…… 신지 씨 말씀인가요?"

"맞아요, 맞아. 신지 씨. 신지 씨라고 하는군요. 그분은 신타로의 아버지신가요?"

"아니요, 아니에요. 삼촌입니다. 돌아가신 신타로 아버지의 동생이에요. 나중에는 이 회사를 이어받을 분이랍니다."

"회사만은 아닐걸."

할머니가 의미심장한 말을 하며 끼어들었다. 영감님은 알아들었다는 듯이 응응, 하고 고개를 끄덕였다.

"회사만은 아니라니……. 무슨 뜻이신지?"

"예? 아아, 아니요. 뭐 그거야."

영감님은 적당히 말을 얼버무렸고 할머니도 아무 일 아니라는 듯 눈을 돌렸다.

나는 재산을 말하는가 싶었다. 아무래도 가가타 집안에는 돈이 제법 많은 듯하다. 하는 김에 조금 더 파고들기로 했다.

"신지 씨는 결혼하셨던가요?"

"아니요, 아직 가정을 이루지는 못했죠. 뭐, 공장장으로서 직공들을 관리하시니까 그럴 틈도 없어요."

"그렇겠군요."

이걸로 그 남자와 가족에 관해서는 대충 알았다. 받침대가 그슬린 청동상을 사 간 남자는 이 공장의 공장장이자 도쿠코 사장의 차남이다. 예전 공장장이었던 장남은 이미 죽었다. 죽은 장남의 아들이 신타로, 그의 아내가 스미에. 스미에는 온종일 시어머니인 도쿠코 사장의 수발을 들고 있다.

마지막은 그 청동상이다.

"이야기를 되돌려서, 청동상에 대해 설명을 좀 해주시겠습니까? 아들에게 줄 선물 말인데요, 뭐랄까 속에 물건을 넣을 수 있는 청동상은 없을까요? 예를 들면 어딘가에 열쇠 구멍이 있고……."

오, 하는 표정으로 영감님이 나를 쳐다보았다.

"손님, 그렇다면 저희 가게에 참 잘 오신 겁니다. 그건 우리 공장의 특기거든요. 선대 공장장님, 그러니까 신타로의 아버지가 고안한 건데 우리는 그런 청동상도 만들고 있습니다. 다른 곳에는 없다고요. 예를 들자면 이거."

영감님은 상품 진열대에서 도라에몽 캐릭터 모양의 청동상을 집어들었다. 뒤통수에 접착테이프로 붙여둔 열쇠를 도라에몽의 배에 있는 사차원 주머니 옆에 꽂고 돌리자, 안에서 찰칵 하는 소리가 나더니 주머니가 앞으로 미끄러져 나왔다. 반원의 둥그런 부분이 아래로 향한 형태의 주머니를 꺼내서 안을 들여다보자 조그만

T자 모양 물건이 들어 있었다.

"대나무 헬리콥터랍니다."

영감님은 자랑스러운 듯이 대나무 헬리콥터를 꺼내서 도라에몽의 머리에 탁 꽂았다.

"우리는 이걸 수납함이라고 부르는데, 다른 가게에서는 이런 걸 만들지 않습니다. 뭐, 비슷한 게 있기는 있지만 안전성이라는 측면에서 우리 물건을 따라오지 못하지요."

"요컨대 어떤 점이?"

"전용 열쇠가 없으면 열리지 않습니다. 안쪽에서 청동이 꽉 맞물려 있거든요. 그래서 비밀로 하고 싶은 물건을 숨길 수 있지요. 억지로 열려면 그야말로 청동상을 통째로 부술 수밖에 없답니다. 아, 덧붙여 이 도라에몽은 저작권 허가를 받고 만드는 겁니다."

"이런 물건 중에, 예를 들어 새 모양 물건도 있습니까?"

요 며칠 사이 일어난 일련의 사건에서 새 청동상이 상당히 핵심적인 부분을 차지하고 있으리라는 생각이 들었다.

영감님은 잠시 고개를 갸웃거렸다.

"새는…… 없네요."

"어, 없어요?"

뜻밖이었다. 그렇다면 그 새 청동상은 여기서 만든 물건이 아닌 걸까? 그렇게 생각하고 있는데 영감님이 말을 이었다.

"비매품이라면 있습니다만. 선대 공장장님이 옛날에 습작으로 만드신 물건이죠. 수납함이 달린 새 모양 청동상을 만드셨어요. 하지만 상품이 아니라 어디까지나 예술 활동의 일환으로 만드신 작품이었거든요. 그분은 공장장이라기보다 일종의 예술가셨으니까요. 그 새 청동상도요, 다른 직공의 도움 없이 혼자 만드시고는 가게에 내놓지 않고 집에 보관해 두셨습니다."

"혹시 그 새 청동상은 날개를 옆으로 편?"

내가 T자를 만들어 보이자 영감님은 연거푸 맞다고 말하면서 고개를 거듭 끄덕였다.

"그건 작품명이 '오작교'였던가. 손님은 어떻게 아십니까? 밖에 내놓은 적은 없었을 텐데요."

"아, 그러니까, 흠."

그럴싸한 변명을 하려고 머리를 굴리고 있자니 할머니가 돌아보고 말했다.

"그거 요전에 도둑맞은 물건이잖아."

"응? 아, 그래 맞다. 도둑놈이 들고 가버렸지."

"도둑맞았나요?"

영감님은 이런 설명을 해주었다.

저번 주 일요일 밤에 일어난 일이다. 가족이 모두 잠들어 조용해졌을 무렵, 문득 잠에서 깬 도쿠코 사장은 수상한 기척을 느꼈다. 장지문 한 장을 사이에 둔 옆방에서 누군가가 불도 켜지 않고 살금살금 움직이고 있었다. 그곳은 일찍이 죽은 장남, 즉 신타로의 아버지가 쓰던 방으로 지금은 비어 있다. 다만 거기에는 장남의 소지품과 생전에 만들었던 청동상 습작들(그다지 값나가는 물건은 아니지만), 현금이 든 금고가 있었다. 도쿠코 사장은 옆방에 도둑이 들었음을 바로 알아차렸지만 몸이 말을 듣지 않았기에 사람을 부르려고 소리를 꽥 질렀다. 그러자 옆방에서 사람이 도망치는 소리가 들렸고, 잠시 후 1층 별실에서 자고 있던 스미에와 신타로, 그리고 2층을 혼자 쓰는 신지가 달려왔다.

모두 함께 옆방을 살폈다. 금고는 잠겨 있었지만, 쇠지레 같은 도구로 비틀어 열려고 한 흔적이 선명하게 남아 있었다. 금전적인 피해가 없어서 다행이라고 모두가 안도했는데…….

"방을 잘 확인해보니 금고 옆에 있던 청동상이 하나 없어졌어요. 돈을 손에 넣는 데 실패한 도둑놈이 뭐라도 하나 건지려는 욕심에, 가까이 있던 청동상을 들고 간 거겠죠."

"그게 아까 말씀하신 새 청동상인가요?"

맞습니다, 맞습니다, 하고 고개를 끄덕이며 영감님은 걸걸한 웃음을 흘렸다.

"하지만 그렇게 큰돈은 안 될 겁니다. 전당포나 중고상점에 오천 엔, 좋게 쳐도 칠천 엔 정도에 넘기는 게 고작이겠지요."

제법 많이 쳐줬다. 가사사기는 새 청동상을 육천오백 엔에 사들였으니까. 지금 이야기를 듣자 하니 가사사기에게 새 청동상을 팔아넘긴 사람은 분명 가가타 씨네 집에 침입했던 도둑이었으리라. 금고에서 돈을 훔치려다 들키는 바람에 어쩔 수 없이 가까이 있던 청동상을 껴안고 도망쳤다. 그리고 그걸 우리 가게에 팔아치웠다.

그때 영감님의 얼굴이 장사꾼의 얼굴로 되돌아갔다.

"그런 연유로 지금 기성품 중에는 새 청동상이 없습니다."

"아, 그렇군요."

"주문 제작하시겠습니까?"

도둑. 도둑맞은 청동상. 그슬린 받침대. 무언가로 후벼진 열쇠 구멍. 청동상을 다시 사러 온 신지. 손수건을 찾으러 온 신타로. 어디서 어떻게 연결되는 걸까. 나는 고개를 갸웃하며 뒤통수를 긁적였다. 그때 가게 유리문으로 두 사람이 보였다. 가게 안에 있는 나를 보고 멈춰 서서 놀란 듯한 표정을 짓고 있었다.

가사사기와 나미였다.

"죄송합니다, 또 올게요."

인사도 하는 둥 마는 둥 가게에서 나온 나는 서둘러 영감님과 할머니에게 보이지 않는 곳으로 가사사기와 나미를 데려갔다.

"히구라시가 왜 여기서 나와?"

"나중에 이야기할게. 그쪽은 상황이 어때?"

가사사기는 마을 여기저기를 어슬렁거리는 소년을 미행하다 마지막으로 여기에 다다랐다고 설명했다.

"지금 저기 '가가타'라는 문패를 내건 집의 대문 안으로 들어갔어. 그야말로 녀석의 집을 제대로 밝혀낸 거지."

"어디."

나는 대문 쪽으로 가보았다. 정원에 등을 보이고 서 있는 신타로와 도쿠코 사장, 그리고 사장이 탄 휠체어를 밀고 있는 스미에가 있었다. 신타로에게 말을 거는 도쿠코 사장의 표정은 아까 가게에서 보았던 것과는 전혀 달랐다. 기분 나쁠 정도로 싱글벙글 웃고 있었다.

스미에에게 얼굴을 돌린 신타로가 뭐라고 말했다. 스미에는 수수한 치마에 달린 호주머니에서 네모난 뭔가를 꺼내더니 희미하게 웃으면서 대답했다. 손수건이었다. 신타로의 조그만 등이 안도의 한숨을 내쉰 것처럼 보였다. 이윽고 신타로는 현관문을 열고 집 안으로 들어갔다. 그 순간 도쿠코 사장의 목소리가 들려왔다.

"너, 정말 미련해 빠졌구나."

상대에게 찬물을 끼얹는 듯한 그 목소리는 마치 아주 조그맣게 볼륨을 올린 라디오 소리처럼 몹시 귀에 거슬렸다.

"칠칠치 못하게 물건을 잃어버리기나 하고. 걔도 참, 자기 마누라 교육도 제대로 못 시키고 죽어서 큰일이라니까. 내 죽어도 너한테는 땡전 한 푼 안 돌아갈 테니까 그렇게 알아. 어디 가서 싹 잃어버리기라도 하면 죽어서도 눈을 못 감지. 불평일랑 꺼낼 생각도 하지 마. 온종일 내 옆에만 붙어 있고 하는 일도 없으면서. 여기 살 수 있는 것만으로도 감사해야지."

신타로에게 들릴까 봐 걱정스러운지 스미에는 입술을 살짝 깨물고 현관 쪽으로 불안한 듯한 시선을 던지면서도, 도쿠코 사장이 뭐라고 말할 때마다 몸을 움츠리며 고개를 끄덕이거나 짤막하게 대답했다. 실제로는 있을 수 없는 일이지만 내 눈에는 그럴 때마다 스미에가 점점 야위고, 색이 엷어지고, 작아져가는 것처럼 보였다. 이렇게 애처로워 보이는 사람은 처음이었다. 서 있는 모습, 표정, 동작, 땅바닥에 드리운 그림자까지 애처로워 보였다. 묘하게 들릴 테지만 나는 그 애처로움에 넋을 잃었다. 스미에의 모습에서 어렸을 때 돌아가신 어머니의 모습이 보였다. 화장하지 않은 얼굴 때문에 조금 닮아 보이는 걸까. 어머니도 애처로운 사람이었다.

"알아냈다!"

귓전에서 갑자기 가사사기의 목소리가 들렸다. 가사사기는 허리를 구부리고는 나와 얼굴을 나란히 한 채 느긋이 턱을 문지르고 있었다.

"소년의 엄마가 '청동상 방화 미수 사건'의 진범이야. 사흘 전에 저 여자가 우리 가게 창고에 침입한 거라고. 금요일 밤에 신문지 다발을 들고 창고로 와서, 그 청동상 받침대에 놓고 불을 붙인 다음 떠난 거야. 그런데 나중에 자기 손수건이 보이지 않는다는 사실을 깨닫고 당황했지. 어쩌면 그때 창고에 떨어뜨리고 온 게 아닐까, 그렇게 생각한 거야. 여기서 우리 아드님이 등장하지. 소년은 어째서인지 모르지만 자기 엄마가 우리 상점 창고에 숨어들어 나쁜 짓을 했다는 사실을 알고 있었어. 그래서 손수건 한 장 사라졌다고 엄마가 필요 이상으로 동요한 이유를 쉽사리 알아차릴 수 있었지. 소년은 이렇게 생각했어. 만약 범행 현장에서 손수건이 발견되면 엄마가 경찰에 잡혀갈 거야! 하지만 엄마는 스스로 손수건을 찾으

45

러 갈 수 없지. 왜냐하면 저 할머니를 돌봐야 해서 좀처럼 집을 비울 수 없거든. 미나미, 너라면 그럴 때 어떻게 할 거지?"

"음."

나미는 미간을 찌푸리고 잠시 생각하다가 얼굴을 휙 들었다.

"엄마 대신 내가 손수건을 찾으러 갈 거야!"

그렇지. 가사사기는 한쪽 뺨을 끌어올리며 웃었다.

"그래서 소년은 우리 가게에 온 거야. 개 사료가 어떻다며 허위 사실을 늘어놓은 소년은 창고에서 엄마가 잃어버린 물건을 찾아다녔지. 그 모습을 보고 우리는 어리석게도 녀석이 창고에 침입한 범인이라고 굳게 믿고 말았어. 결국 엄마가 착각했을 뿐, 손수건은 범행 현장이 아니라 집에 고이 모셔져 있었어. 소년은 지금 그 사실을 확인한 거야."

"하지만 가사사기, 애당초 엄마는 어째서 그런 짓을 한 걸까? 왜 우리 창고에 숨어들어 그 청동상 곁에서 신문지를 태운 거냐고."

물어보자 가사사기는 한숨과 함께 눈을 내리깔았다.

"그 부분만 모르겠어. 저 여자의 동기만 모르겠다고. 앞으로 한 수야. 한 수만 더 두면 되는데……."

잠시 후 우리는 일단 가게로 돌아가기로 했다. 마지막으로 가가타 씨네 집과 공장 주위를 빙 둘러보고 가자고 제안하자 가사사기와 나미도 반대하지 않았다.

공장 뒤편에 쇠창살로 분리된 구획이 있었다. 입구는 높다란 철문으로 막혀 있었다. 아무래도 공장에서 나온 폐기물을 모아놓는 장소인 듯, 빈 약통 같은 캔과 나뭇조각, 석고 부스러기, 철사 등 다양한 쓰레기를 분리수거해 둔 게 보였다. 제작 과정에서 폐기된 청동상도 여기다 버리는지, 나무틀로 구분된 모퉁이에 청동상이 잔뜩 쌓여 있었다. 나 같은 아마추어가 보기에는 어디가 이상한지 모르겠지만, 분명 조그맣게 금이 갔거나 비틀린 부분이라도 있는 것이리라.

"있지, 저거……."

나미가 어느 한 곳을 가리켰다. 새 청동상이 거기에 벌렁 드러누워 하늘을 올려다보고 있었다. 방금 신지가 우리 가게에서 사 간 물건이다.

"미나미, 히구라시! 저것 좀 봐! 청동상의 배에 구멍이!"

자세히 보자 정말로 청동상의 배 부분에 네모난 구멍이 나 있었다. 기계 따위로 억지로 비틀어 열었는지 구멍 주위가 몹시 일그러져 있었다.

4

"체크메이트다."

그날 밤 오랫동안 소파에 앉아 생각에 잠겨 있던 가사사기가 그렇게 말했다.

나는 사무실 안쪽에 있는 작은 부엌에서 저녁에 반찬으로 먹을 간장 어묵볶음을 만들던 중이었다. 나미는 오늘 사건의 결말이 마음에 든 모양인지, 저녁 먹을 때가 되었는데도 집에 돌아가려 하지 않고 가사사기의 곁에 앉아 자기 멋대로 냉동고에 얼려둔 요구르트를 꺼내 스푼으로 헤집고 있었다.

"진상을 알아냈어?"

나미가 소리를 질렀다.

"알아냈다마다, 전부 다. 듣고 싶니?"

"듣고 싶어, 가르쳐 줘!"

"히구라시는?"

"지금은 어묵볶음이……."

가사사기가 가시 돋친 눈으로 쳐다봤기 때문에 나는 어쩔 수 없이 불을 끄고 가사사기 앞에 앉았다.

"히구라시가 보고 들은 걸 가르쳐 준 덕분에 겨우 진상을 알아냈어. 이 사건의 키워드는 '유산'과 '유언장', 그리고 '불 때문에 발생하는 열'이야."

가사사기가 입에 담은 세 마디 말을 나미가 입속으로 되풀이했다. 하지만 이 난해한 수수께끼를 풀어낼 수는 없는 모양이다. 물론 나도 전혀 짐작이 가지 않았다.

"현장에서 설명할게. 다시 그 집에 가자."

가사사기가 기운차게 일어서자 나미도 따라가길래 나는 허둥지둥 말렸다.

"가사사기, 조금만 있으면 저녁밥 다 되는데."

"됐어, 지금 밥이 중요한 게 아니야."

"식으면 맛이 없단 말이야."

"또 데우면 되잖아, 프라이팬에 사사삭."

"나미도 슬슬 돌아가야 한다고."

나미 이야기를 꺼내자 가사사기도 겨우 생각을 고쳐먹은 듯 턱에 손을 대고 입을 다물었다.

"오케이, 알았어. 그럼 내일 아침이다. 미나미는 평소보다 일찍 집을 나서서 학교 가기 전에 여기 들러."

나미는 유감이라는 듯이 어깨를 축 늘어뜨리더니 비난하는 눈으로 나를 쏘아보았다.

나는 나미를 위해서 그렇게 말한 건데.

5

다음 날 아침 일곱 시 반에 우리는 가가타 씨의 집 앞에 도착했다. 가게 유리문 안쪽에는 커튼이 쳐져 있었고, 아직 직원들이 출근하지 않은 모양인지 공장과 가게 양쪽 다 고요했다.

"이쪽이야."

가사사기는 중학교 교복을 입은 나미와 잠이 부족해서 머리가 멍한 나를 건물 뒤편으로 데려갔다. 폐기물을 놓아두는 그곳이다. 높다란 철문에는 자물쇠가 채워져 있었다.

"나는 모든 것을 설명해 줄 물건이 저 청동상 속에 있다고 생각해. 히구라시, 네가 해줘야겠다."

"하다니, 뭘?"

"저 청동상 속을 확인하고 와."

내가 하는 거냐.

나는 어쩔 수 없이 주위를 둘러보고 남의 눈이 없다는 사실을 확인한 후, 잠깐 뒤로 물러났다가 도움닫기를 해서 문짝으로 뛰어올랐다. 철문에 매달려 버둥버둥하던 끝에 겨우 넘어서 건너편으로 뛰어내렸다.

"속을 확인하라고?"

날개를 펼친 청동 새는 아주 맑은 봄날의 아침 하늘을 묵묵히 올려다보고 있었다. 복부에는 네모난 구멍이 뻥 뚫렸고, 무리하게 강한 힘을 준 듯 구멍 주위는 찌부러졌으며, 구멍 속에는……

"음."

나는 청동상 배 속으로 손가락을 집어넣었다. 아무렇게나 뭉쳐놓은 종이의 감촉이 느껴졌다. 종이를 집어 천천히 끌어냈다. 뭉쳐져 있던 것은 타서 갈색으로 변한 봉투였다. 봉투 입구는 뜯어져 있었다.

"이쪽으로 가지고 와."

나는 봉투를 문짝 너머로 가사사기에게 건네준 다음, 다시 도움닫기를 해서 철문을 뛰어넘었다.

"가사사기 씨, 그건 뭐야?"

나미는 두 눈을 동그랗게 뜨고 봉투를 유심히 들여다보았다.

"유언장이야."

가사사기가 대답했다.

"열 때문에 불타서 읽을 수 없는 도쿠코 사장의 유언장이지."

가사사기는 가느다란 손가락을 솜씨 좋게 놀려서 불탄 봉투를 꼼꼼히 폈다. 그리고 그 속에서 역시 불타서 갈색으로 변한, 두 번 접은 종이를 꺼냈다. 펼쳐 본다. 전부 타버린 바람에 먹물로 쓰인 세로글씨는 전혀 읽을 수 없다. 아니, 몇 군데는 무슨 글씨인지 알아볼 수 있다. '아들', '재산', '모든'. 그 정도였다.

그 종이를 잠시 바라보던 가사사기는 비통한 표정으로 눈을 감았다.

"내 생각대로군⋯⋯."

"가사사기 씨, 빨리 설명해 줘!"

나미가 몸을 배배 꼬았다. 가사사기는 고개를 끄덕하더니 우리를 똑바로 보고 섰다.

"이번 일은 가가타 집안의 유산상속에 관련된 다툼이었어. 도쿠코 사장은 언젠가 자신이 죽으면 집과 공장, 그 밖의 많은 재산을 전부 자기 차남인 신지 씨에게 물려주기로 결심했지. 그리고 그 결심을 유언장에다 기록했어. 유언장의 내용은 신지 씨와 스미에 씨 둘 다 알고 있었겠지? 분명 도쿠코 사장 본인이 말했을 테니까. 스미에 씨는 받아들일 수 없었을 거야. 장남의 아내인 자신에게 유산을 주지 않겠다니 이상하지 않느냐면서. 스미에 씨는 유언장을 다시 써달라고 도쿠코 사장을 다그쳤는지도 몰라. 하지만 도쿠코 사장은 상대하지 않았을 거고. 그러자 스미에 씨는 어떻게든 유언장을 찾아내서 처분해 버려야겠다고 생각했어. 그걸 알아차린 사람이 신지 씨야. 신지 씨는 도쿠코 사장에게 자기 생각을 말했어. 유언장이 위험하니까 자기가 보관해 두겠다고. 그리고 신지 씨는 도쿠코 사장에게 받은 유언장을······."

가사사기는 턱 끝으로 청동상을 가리켰다.

"저 청동상 속에 감추고 뚜껑을 잠가버렸지."

"알았다! 그 청동상을 우연히 든 도둑이 훔친 거구나?"

"그 말대로야, 미나미. 일이 어떻게 됐는지 알아차린 신지 씨는 당황해서 청동상의 행방을 쫓았지. 아마도 전당포와 중고상점 몇 군데에 전화를 걸어서 물어봤을 거야. 거기 새 청동상이 있느냐고. 그러다 마침내 우리 가게에도 연락하게 되었어. 안도한 신지 씨는 일을 쉬는 월요일에 조각상을 사러 오겠다고 했지. 그런데 예상치 못한 일이 생겼어. 신지 씨가 우리 가게에 건 전화 내용을 스미에 씨가 엿들은 거지. 스미에 씨는 신지 씨의 말투에서 청동상 속에 뭔가가 들어 있다는 사실을 깨달았어. 그리고 그게 뭔지 바로 알아차렸지. 바로 도쿠코 사장의 유언장이야. 유언장이 있는 곳을 겨우 알아낸 스미에 씨는 선수를 쳤어."

"즉, 가게 창고로 숨어들어서 유언장을 처분하려고 했다?"

"좋아, 바로 그거야, 미나미!"

그래, 그렇게 계속하면 된다.

"창고에 숨어든 스미에 씨는 청동상을 발견했어. 하지만 열쇠가 없으니까 열 수는 없지. 드라이버 같은 도구로 열쇠 구멍을 부숴서 억지로 열어보려고 했지만 잘 안 됐어. 그렇다고 청동상을 통째로 들고 가서 처분할 수도 없고. 크기가 크니까 집에 가지고 돌아가면 누군가에게 들킬 테고. 어디 감추거나 버리려고 해도 그걸로는 안

심할 수 없었을 거야. 그래서 스미에 씨는 곰곰이 생각했어. 청동상을 이동시키거나 열지 않고도 속에 있는 유언장을 어떻게든 처분할 수 있는 방법을."

"불……!"

나미의 눈이 휘둥그레졌다.

"스미에 씨는 청동상을 불로 지진 거구나!"

가사사기가 어깨 높이에서 손가락을 딱 튕기더니 나미의 얼굴을 집게손가락으로 가리켰다.

"그래. 그게 바로 '청동상 방화 미수 사건'의 진상이야!"

그러더니 얼굴을 쳐들고 자신의 추리를 다시 음미하듯이 눈을 가늘게 떴다.

잠시 생각하던 나미가 의문을 제기했다.

"하지만 스미에 씨가 유언장을 처분해도 도쿠코 사장이 똑같은 내용으로 또 쓰면 아무 의미도 없잖아. 실제로 신지 씨가 바로 사정을 이야기하면서 또 써달라고 할지도 몰라."

"스미에 씨는 신지 씨가 그렇게 하지 않으리라는 자신이 있었어. 그래서 유언장을 처분하기 위해 필사적이었던 거야."

"자신이 있었다니?"

"바로 손자야. 만약 지금 도쿠코 사장이 유언장을 고쳐 쓴다면 신타로를 상속인으로 지명할 가능성이 제법 높지. 처음에 유언장을 썼을 때는 너무 어렸을지도 모르지만, 신타로는 이제 초등학생이야. 그리고 어제 상황으로 보건대, 도쿠코 사장은 신타로를 아주 귀여워해."

"그렇다면 신지 씨는 유언장이 불탔다는 사실을 도쿠코 사장에게 말할 수 없겠네!"

정답이야, 하고 가사사기는 나미의 얼굴을 권총으로 쏘는 시늉을 했다. 그리고 눈앞에 있는 가가타 동기의 공장과 그 건너편에 있는 가가타 씨네 집을 날카로운 눈으로 노려보았다.

"이제 스미에 씨의 계획은 분명 제2단계로 접어들겠지. 도쿠코 사장이 손자를 한층 더 귀여워하게 만들어 시어머니의 가슴속에서 손자에게 유산을 물려주고 싶다는 마음이 한껏 부풀어 올랐을 때, 새 유언장을 쓸 기회를 주는 거야. 그러면 도쿠코 사장은 유언장에 상속인으로 신타로의 이름을 적을 거고."

나미는 가사사기가 풀어놓은 일가족의 무시무시한 사연에 놀라움을 감추지 못하며 양손을 입가에 가져다 댔다.

"가사사기 씨…… 어떻게 할 거야? 이 진상을 도쿠코 사장에게 알릴 거야?"

"아니."

왼손바닥을 나미에게 내민 가사사기는 고민스럽다는 듯이 고개를 저었다.

"우리에게 그럴 자격은 없어. 분명 우리도 예상치 못한 사건에 휘말리기는 했지. 하지만 실제로는 아무 피해도 입지 않았잖아. 육천오백 엔으로 사들인 청동상을 만 삼천 엔에 팔았으니 도리어 이득을 본 셈이야. 게다가 무엇보다."

크게 한숨을 내뱉더니 가사사기는 우리에게 상큼한 미소를 지어보였다.

"즐거운 한때를 보낼 수 있었잖아."

"가사사기 씨……."

"잊자."

가사사기가 시계 방향으로 빙그르르 몸을 돌려 걸음을 옮겼다.

"게임이란 맺고 끊을 때를 알아야 재미있는 거야."

아침 바람을 맞은 종잇조각이 하늘하늘 춤을 췄다. 한 조각, 또 한 조각. 천천히 멀어져 가는 가사사기의 뒷모습에, 불탄 봉투와 유언장 조각이 마치 철이 끝난 벚나무 꽃잎처럼 하늘하늘 흩날렸다.

"가사사기 씨!"

땅을 박차고 뛰어간 나미가 호리호리한 등에 부딪칠 기세로 가사사기를 끌어안는 모습을 바라보며, 잠이 부족한 나는 하품을 씹어 삼켰다. 정말이지 이렇게까지 엉터리 진상을 생각해 내는 가사사기의 능력은 대단하다고밖에 할 수가 없다. 게다가 그런 생각을 효과 만점인 연출과 함께 넉살 좋게 늘어놓으니 감탄이 나올 따름이다. 내가 미리 알아차리고 어젯밤에 죽어라 준비해 놓지 않았다면 도대체 어찌 되었을까.

조각상 속에 들어 있던 유언장은 내가 밤새워 만든 작품이다. 밤늦게 가사사기의 추리를 이럭저럭 알아낸 뒤 창고의 작업 공간에서 눈 한번 붙일 새 없이 제작했다. 이른 아침에야 겨우 완성한 유언장을 일부러 여기까지 가지고 와서 청동상 속에 넣어두었다. 고

생을 시키는 데도 정도가 있다. 애당초 신문지가 반쯤 불타서 발생한 열로 청동상 속에 있는 종이가 불탈 리 없지 않은가.

나는 가사사기에게 찰싹 붙어서 걸어가는 나미의 뒷모습을 졸린 눈으로 바라보았다. 이만하면 내가 한 일에 합격점을 줘도 되지 않을까 싶었다.

'천재 가사사기'가 있기에 나미는 괴로운 하루하루를 밝게 살아갈 수 있다. 나미를 낙담시킬 수는 없다.

6

그날 오후, 나는 근처에 새로 생긴 맨션에 광고지를 돌리러 갔다가, 미니 트럭을 몰고 그대로 가가타 씨네로 향했다. 어제 만난 영감님에게 인사를 하고 가가타 신지 씨에게 용건이 있다고 하니, 가지 코 영감님은 묘하다는 표정을 지으면서도 본인을 불러주었다.

"당신, 그 중고상점의……."

"잠깐 봐주셨으면 하는 게 있어서요."

나는 작업복 차림의 신지를 가게 밖으로 불러내 인기척이 없는 공장 뒤편으로 데려갔다. 준비해 온 폴라로이드 사진을 호주머니에서 꺼내 슬쩍 보여주자 신지의 안색이 변했다.

"어떻게 당신이 그걸……!"

역시 생각했던 대로였다. 그야말로 어림짐작이었지만 정답이었던 모양이다. 폴라로이드 사진은 열을 받아 표면이 새카매진 탓에 뭐가 찍혔는지 전혀 보이지 않았다. 나는 그 사진을 다시 호주머니에 집어넣었다.

"신지 씨, 어제 이거 버렸죠?"

신지는 얼굴이 뻣뻣하게 굳어서는 눈치 보듯 나를 바라보았다.

"잠깐 확인하고 싶습니다만, 협박죄를 저지르면 2년 이하의 징역이나 삼십만 엔 이하의 벌금형을 받는다는 사실을 알고 있습니까? 이 사진을 빌미로 스미에 씨를 협박해 관계를 유지했다면 강간죄가 성립될 가능성도 있습니다. 그러면 3년 이상의 징역에 처해질 거예요."

"당신……."

신지의 눈이 휘둥그레졌다. 검은자위의 테두리가 전부 보일 정도였다.

"나는 스미에 씨의 팬입니다. 어제 팬이 됐어요. 만약에 앞으로 당신이 스미에 씨에게 협박 비슷한 언동을 했다는 소리가 귀에 들어오면, 나는 당신을 신고하겠습니다."

신고하는 방법은 잘 몰랐지만, 일단 그렇게 으름장을 놓았다. 그러자 효과가 바로 나타났는지 신지는 시뻘게진 얼굴로 이를 악물었다.

솔직히 말해 진상은 지금도 모른다. 내 눈으로 뭔가를 본 것도 아니거니와, 스미에한테 직접 들은 것도 아니기 때문이다. 하지만 나는 이번 사건을 이렇게 추측한다.

신지는 도둑맞은 청동상 속에 든 물건을 황급히 되찾으려고 했다. 스미에는 반대로 처분해 버리려고 했다. 우리는 두 사람의 그런 행동에 말려든 것이다. 그렇다면 청동상 속에 든 물건이란 무엇인가. 처분하기 위해 스미에가 그런 방법을 사용했으니까 열에 약한 물건이 틀림없다. 한 남자는 되찾으려 하고, 한 여자는 처분하려 하는 열에 약한 물건. 폴라로이드 사진이 떠오르기까지 시간이 많이 걸리지는 않았다. 폴라로이드 사진은 열을 가하면 새카맣게 변색된다. 그리고 스미에는 그 사실을 알고 있었으리라. 직공들은 늘 고온 상태인 가가타 동기의 공장에서 폴라로이드 사진을 취급하니까 분명 열에 주의했을 테고, 스미에도 당연히 폴라로이드 사진이 열에 약하다는 사실 정도는 알고 있었을 것이다.

청동상 속에 숨겨진 폴라로이드 사진. 아마도 그것은 스미에의, 혹은 스미에와 신지의 사진이었으리라. 분명 옷을 입은 채로 사진을 찍히진 않았을 것이다. 그런 사진이 아니라면 스미에가 필사적으로 처분하려고 들 이유가 없다.

스미에와 신지는 육체관계가 있었으리라. 독수공방하는 외로움 때문인지, 아니면 신지가 처음부터 강제적인 수단을 썼는지는 모른다. 하여튼 신지는 폴라로이드 카메라로 그 모습을 사진으로 찍어서 보관하고 있었다. 그리고 사진을 빌미로 스미에를 협박해 그 후로도 관계를 강요해 왔으리라. 스미에는 사진을 처분하고 싶었지만 사진이 어디 있는지 몰랐다.

"당신은 그 새 모양의 청동상 속에 이 폴라로이드 사진을 숨겼습니다. 그래서 청동상을 우연히 도둑맞자 여러 전당포와 중고상점에 허둥지둥 전화를 건 겁니다. 그러다 마침내 우리 가게까지 연락하게 됐고, 안도한 당신은 일을 쉬는 월요일에 청동상을 사러 오겠다고 했어요."

그때 스미에는 나와 신지의 통화를 엿들었고, 드디어 폴라로이드 사진을 숨겨놓은 곳을 알게 되었다.

―아, 스미.

내가 들은 그 목소리는 스미에가 곁에 있었다는 사실을 알아차린 신지가 엉겁결에 내뱉은 말이었으리라.

"당신은 어제 우리 가게에서 산 청동상을 남몰래 갖고 있던 열쇠로 열려고 했습니다. 하지만 열쇠 구멍이 망가진 탓에 열리지 않았죠. 어쩔 수 없이 청동상을 부수고 그 속에서 폴라로이드 사진을 억지로 꺼냈습니다. 하지만 청동상이 불에 지져진 탓에 뭐가 찍혀 있는지 알아볼 수 없는 상태였죠."

"당신 아들놈 탓이야."

신지가 입속으로 조그맣게 혀를 찼다.

"뭐, 어린애가 한 짓이니까요."

열쇠 구멍을 망가뜨리고 청동상을 불로 지진 사람은 실은 내 아들이 아니라 스미에였지만, 그 사실을 알려줄 생각은 물론 없었다.

"새카매진 사진을 가지고 있어봤자 아무 의미도 없죠. 그래서 당신은 폴라로이드 사진을 버렸습니다."

길고 긴 침묵 후에 신지는 원망스러운 표정으로 나를 노려보았다. 그리고 이상해서 견딜 수 없다는 듯이 물었다.

"하나만 가르쳐 줘. 그 사진은…… 분명 방에 있는 쓰레기통에 버렸는데 어째서 당신에게 있지? 내 방에 숨어들기라도 했나?"

"아, 이거요."

나는 좀 전에 보여준 새카매진 사진을 호주머니에서 꺼냈다.

"미안합니다, 이건 내 사진이에요. 어제 가게에서 영감님이 찍어주신 사진에 열을 가해서 그럴싸하게 만들어봤어요. 당신한테 이걸 보여주고 내 생각이 맞는지 아닌지 확인하고 싶었거든요. 당신이 버린 사진은 여전히 방에 있는 쓰레기통에 들어 있을 겁니다."

신지의 얼굴 전체에 힘이 들어갔다.

"이 자식……."

식상해 빠진 말을 내뱉은 신지가 두 주먹을 쥐고 어깨를 부들부들 떨었다. 폭력이라도 행사하면 큰일이다 싶어 나는 재빨리 그 자리를 떠났다. 신지는 쫓아오지 않았다.

그런데 내가 어떻게든 스미에를 구해주려고 한 이유는 따로 있다. 금요일 밤, 스미에는 분명 우리 가게에 침입했다. 하지만 거기서 신문지에 불을 붙이지는 않았다. 그 한 가지 사실이 바로 내가 스미에한테 강하게 끌린 이유였다. 만약 실제로 불을 질렀다면 나는 스미에를 용서하지 않으리라. 계속 적자가 나기는 하지만, 가사사기 중고상점은 소중한 우리 가게다. 불을 지른다면 딱 잘라 말해 무슨 사정이 있다 한들 용서할 수 없다. 하지만 내가 지금도 이따금 서향의 향기를 맡을 때처럼 달콤새큼한 기분과 함께 스미에를 떠올리는 것은 그녀가 그러한 사정을 잘 헤아렸기 때문이다. 스미에는 가게 창고에서 신문지에 불을 붙일 사람이 아니었다.

그렇다면 금요일 밤에 창고를 찾아온 스미에는 뭘 했는가. 청동상을 바꿔치기했다. 받침대가 그슬린 청동상을 창고에 놓고 대신 거기에 있던 청동상을 가지고 갔다. 그리고 신문지 다발과 타고 남은 성냥을 남겨 두었다. 창고에서 불을 붙이지 않았기에 다음 날 아침 창고에서 탄내가 나지 않았던 것이다.

어제 가게 영감님은 그 청동상의 작품명을 '오작교'라고 했다. '까마귀와 까치로 만든 다리'라는 뜻의 오작교는 칠월 칠석 밤에 견우와 직녀가 만날 수 있도록 까마귀와 까치들이 날개를 펼쳐 은하수 위에 만든 다리다. 그런 작품명이 붙은 청동상이니까 하나만 있을 리 없다. 죽은 스미에의 남편은 그것 말고도 똑같이 생긴 청동상을 더 만들어놓았을 것이다. 개중에 신지가 사진을 숨겨둔 청동상을 도둑이 우연히 훔쳐갔다.

때마침 신지의 전화 통화를 듣고 사진이 어디 있는지 알아낸 스미에는 한시라도 빨리 사진을 처분해야겠다고 마음먹었다. 신지가 청동상을 도로 사오기 전에. 하지만 낮에는 도쿠코 사장의 눈이 있으니 우리 가게에 선수를 쳐서 올 수 없다. 애당초 열쇠가 없으므로 청동상을 열 수도 없다. 청동상을 통째로 훔친들 집에 가지고 돌아가기는 불가능하다. 반드시 신지에게 들키리라. 속에 든 사진의 성격상 집 바깥에 숨기거나 버리기는 너무 위험하다. 그래서 스미에는 생각했다. 청동상을 불로 지지면 속에 든 폴라로이드 사진이 못 알아보게 변색되지 않겠느냐고. 하지만 청동상이 있는 중고 상점에 불이 날까 걱정돼서 스미에는 도저히 그 계획을 실행에 옮길 수 없었다. 그래서 스미에는 청동상을 바꿔치기해 신지를 속이기로 한 것이다.

금요일 밤에 스미에는 우리 창고를 찾아왔다. 불탄 신문지, 타고 남은 성냥, 그리고 받침대를 그슬리고 열쇠 구멍을 망가뜨린 청동상을 들고. 스미에는 그 청동상 속에 폴라로이드 사진을 한 장 넣어두었다. 적당하게 뭔가를 촬영한 다음, 열을 가해 표면을 새카맣게 만든 사진이다. 요컨대 신지가 어제 쓰레기통에 버렸다는 사진은 스미에가 만든 사진이었다.

스미에는 가지고 온 청동상을 불탄 신문지와 타고 남은 성냥과 함께 창고에 놓아두는 대신 사진이 든 진짜 청동상을 들고 돌아갔다. 그리고 그 청동상을 집에서 가지고 온 청동상이 원래 있던 곳에 되돌려놓았으리라. 신지는 불에 그슬린 쪽이 진짜라고 굳게 믿으므로 그것이 사진을 숨긴 청동상이라는 사실을 알아차리지 못한다. 청동상은 지금도 틀림없이 그 자리에 놓여 있을 것이다. 속에 사진이 든 채로. 불쌍하게도 열쇠를 가지고 있지 않은 스미에는 그 청동상을 열 수 없다. 이대로 내버려 두면 신지가 깨닫는 것도 시간문제일지 모른다.

"아."

가가타 씨네 집 대문 쪽으로 향하는데, 학교에서 돌아오는 길인지 신타로가 골목길 저편에서 걸어왔다.

"마침 잘됐다. 잠깐 괜찮겠니?"

나는 신타로를 남의 눈이 없는 곳으로 데려가서 단도직입적으로 물어보았다.

"확인해보고 싶어서 그래. 너 혹시 너희 엄마가 우리 가게에서 도둑질했다고 생각하니?"

"아, 어."

"그래서 어제 창고에 와서 엄마가 떨어뜨렸을지도 모르는 손수건을 찾은 거로구나. 손수건이 발견되면 엄마가 경찰에 잡혀갈지도 모른다고 생각해서."

신타로는 입을 꾹 다물고 대답하지 않았다. 나는 말을 이었다.

"금요일 밤에 넌 엄마가 집을 몰래 빠져나가는 모습을 봤어. 그래서 걱정이 된 나머지 뒤를 밟았고. 그렇지?"

신타로가 가게 창고에 손수건을 찾으러 왔다는 것은, 금요일 밤에 스미에가 거기 갔다는 사실을 알고 있었다는 소리다. 어떻게 알고 있었을까. 자기 눈으로 봤다고밖에 생각할 수 없다.

"어째서 뒤를 밟았니? 엄마를 부르지는 않았어?"

물어보자 신타로는 모깃소리로 간신히 대답했다.

"여행 가방을 들고 있길래 집을 나가는 줄 알고…… 할머니는 엄마를 못살게 구니까, 이대로 엄마가 어디 가버리는 줄 알았어요."

과연 그랬구나.

"말을 걸면 엄마가 가출을 포기할 것 같았어요. 저는 엄마가 할머니한테 매일 괴롭힘당하는 게 싫어서……. 그래서 사실은 엄마가 가출하면 좋겠다고 계속 생각했어요. 그리고 나중에 엄마를 찾아가서 둘이서 같이 살고 싶었어요. 엄마를 괴롭히는 할머니는 저도 싫거든요."

"그래서 몰래 엄마 뒤를 밟았구나."

"뒷문으로 나가서 따라갔어요."

이 아이는 엄마가 밤중에 여행 가방을 들고 나가는 모습을 보고 가출이라고 생각한 것이다. 할머니의 괴롭힘을 견디다 못해 엄마가 결국 가출한 거라고. 하지만 사실 그 가방에는 받침대를 그슬린 청동상과 반쯤 불탄 신문지, 그리고 타고 남은 성냥이 들어 있었다.

스미에가 밤길을 걸어서 향한 곳은 우리 가게였다. 창고 셔터를 억지로 비집어 열고 안으로 들어간 스미에는 잠시 후에 다시 가방을 들고 나왔다.

"그 모습을 보고 생각이 바뀐 거지? 즉, 엄마는 집을 나가려고 한 게 아니라 도둑질을 하러 간 게 아닌가 하고."

솔직히 말하기로 결심했는지 신타로는 바로 고개를 끄덕였다.

"100퍼센트 확신한 건 아니지만…… 맞아요."

닫힌 셔터를 비집어 연 후, 가방을 들고 어두운 창고로 들어갔다가 다시 가방을 들고 나왔으니 그런 식으로 오해할 만도 하다. 겨우 며칠 전에 자기 집에 도둑이 들었기 때문인지도 모른다.

그다음 날 신타로는 스미에가 허둥지둥 손수건을 찾는 모습을 봤다. 혹시 금요일 밤에 엄마가 도둑질한 창고에 손수건을 떨어뜨리고 온 것 아닐까? 그렇게 생각한 신타로는 그 손수건을 찾으러 온 것이다.

"괜찮아. 네가 착각한 거야."

나는 몸을 구부려 신타로와 시선을 맞추었다.

"너희 엄마는 나쁜 짓을 안 했어. 잠자코 있어서 미안해. 그건 내가…… 창고에 뭘 좀 가져다 달라고 부탁해서 그런 거야. 그뿐이야. 그래서 너희 엄마가 밤중에 가방을 들고 창고로 간 거야."

"어…… 그런가요?"

신타로의 얼굴이 확 밝아졌다.

"그럼. 하지만 내가 말했다는 건 엄마한테 비밀로 해주렴."

"알겠어요."

"남자끼리의 약속이야. 지킬 수 있지?"

지킬 수 있다고 신타로는 대답했다.

"좋아. 그럼 미안하지만 엄마한테 이걸 갖다주겠니?"

나는 전할 말을 적은 수첩 한 페이지를 준비한 봉투에 넣어 신타로에게 맡겼다. 순순히 받아든 신타로는 내게 예의 바르게 작별인사를 하고 집으로 들어갔다. 나는 닫힌 문을 잠시 바라보다 그자리를 떠나 미니 트럭에 올라탔다. 시동을 걸자 아까까지 듣고 있던 라디오가 켜지며 가이엔타이*의 「어머니에게 바치는 발라드」가

•   1972년에 데뷔한 일본의 3인조 포크 그룹

68

흘러나왔다.

　나는 신타로에게 맡긴 봉투에 청동상을 열 수 있는 열쇠를 넣어두었다. 오늘 새벽녘에 '유언장'을 갖다 놓으려고 공장의 폐기물 보관소에 숨어들었을 때, 청동상 옆에 아무렇게나 버려져 있던 열쇠를 발견했다. 신지는 청동상을 부숴서 수납함을 열었으므로 열쇠는 더 이상 필요 없다. 그래서 청동상을 버리는 김에 같이 버렸으리라. 그 열쇠로 여전히 폴라로이드 사진이 들어 있는 진짜 청동상을 열 수 있다는 것도 모른 채.

　동봉한 메모에는 "어제 저희 가게를 찾아주신 가가타 신지 님이 떨어뜨리고 가신 물건을 돌려드립니다"라고만 적었다. 그러니 스미에는 설마 내가 비밀을 알고 있는 줄은 모를 것이다.

　좀 끈질긴 것 같지만 사실 진상은 지금도 모른다. 내 눈으로 본 것도 아니거니와, 스미에한테 직접 들은 것도 아니기 때문이다. 하지만 나는 신타로에게 맡긴 그 열쇠가 스미에를 구했다고 생각한다. 지금까지 의심한 적은 한 번도 없다. 말이 나온 김에 덧붙이자면, 나는 나와 스미에가 운명적으로 연결되어 있다고 확신한다. 스미에와는 언젠가 어떠한 형태로든 다시 만나게 되리라. 그렇다. 이번에는 까치가 한 마리 모자랐던 탓에 두 사람을 위한 다리가 완성되지 않았을 뿐이다.

　이따위로 멋대로 믿어버린다는 점에서 어쩌면 나도 가사사기를 닮은 걸까.

여름,

쓰르라미가 우는 강

1

미니 트럭의 운전석에서 내리자 옆집 담에서 얼굴을 슬쩍 내민 커다란 해바라기가 해를 가만히 올려다보고 있었다. 주변에는 유지매미 소리가 울려 퍼지고, 하늘에는 새하얀 적란운이 뭉게뭉게 피어오르고, 옷깃을 간질이는 바람은 기분이 좋고, 지갑에는 돈이 없다.

"탐욕스러운 땡중 같으니라고⋯⋯."

또 당했다.

미니 트럭 짐칸에는 밧줄로 고정한 서궤 하나가 실려 있다. 방금 오호지의 주지가 억지로 팔아넘긴 물건이다. 청동상 방화 미수 사건이 일어났을 즈음 아무 가치도 없는 장롱을 칠천 엔에 팔아치운 데에 맛을 들였는지, 주지는 또 나를 절로 불러들여 이 흠집과 얼룩투성이 서궤를 비싼 가격으로 사라고 명령했다. 저번 장롱과 마찬가지로 서궤는 아무리 보아도 다른 사람이 다시 쓰고 싶어 할 만한 물건이 아니었기에 나는 매입을 거절했다. 하지만 기왓장에 새겨진 도깨비처럼 생긴 덩치 큰 주지는 나를 날카로운 눈으로 쏘아보며 천천히 고개를 젓더니, 그런 변명이 통할 거라고 생각하면 안 된다고 영문 모를 소리를 했다. 그 헐어빠진 장롱이 칠천 엔인데 이 서궤가 공짜라니 너무나도 이치에 맞지 않는다, 최소한 똑같이 칠천 엔에는 사 가야 하지 않겠느냐, 하는 것이다.

오랜 시간 옥신각신한 끝에 결국 매입 가격 육천 엔으로 거래를 마무리했다. 나는 천 엔짜리 여섯 장을 집요하게 헤아리는 주지를 본체만체 서궤를 미니 트럭에 싣고 절을 뒤로했다.

"또 가사사기가 어이없어하겠는데⋯⋯."

짐칸의 밧줄을 풀고 서궤를 창고로 옮긴다. 입구에는 가게 간판이 걸려 있다.

가사사기 중고상점

재고 상품이 팔리지 않는 탓에 창고는 여전히 잡다한 물건으로 넘쳐난다. 유아용 카시트, 1인용 냉장고, 도기 재질의 화려한 조미료통,「퍼맨」°, 소형 당구대, 나무 욕조.

나는 1층 창고를 지나 안쪽에 있는 사다리를 올라가서 2층 사무실을 들여다보았다.

- 초인에게 퍼맨 세트를 받아 영웅으로 활약하는 초등학생의 이야기를 그린 일본의 만화

"잘 다녀왔어?"

거기에 가사사기의 모습은 없었다. 대신 안쪽 소파에서 중학교 교복을 입은 나미가 뒤를 돌아보았다. 선풍기 바람을 가까이에서 쐬고 있어서 머리가 부스스하다.

"히구라시 씨, 그 얼굴은 혹시."

"응……. 또 당했어."

"'저질렀다'겠지."

나미가 그야말로 지당한 말로 정정했다.

"히구라시 씨, 진짜 장사 수완 없다. 이래서야 가게는 언제까지고 적자일 거야. 가사사기 씨가 불쌍해."

"그 녀석이 잘못한 거야. 난 원래 장사에 소질 없다고 그랬는데 억지로 이 일을 하자고 꼬드겼으니까."

미대를 졸업한 후, 취직도 하지 않고 빈둥대던 나를 이 장사에 끌어들인 사람은 가사사기다. 가사사기는 고등학교 동창이지만 대학 시절에는 전혀 연락 없이 지냈는데, 어느 날 역에서 마주쳤을 때 가사사기의 일거리 제안에 설득당하고 말았다. 반드시 성공한다느니, 벌이가 짭짤할 거라느니, 만 엔이 다발로 들어온다느니 따위의 감언이설에 홀딱 넘어가 버린 것이다. 그로부터 보름 후에 공동경영 제안을 받아들인 스물여섯 살의 나, 히구라시 마사오는 경사스럽게 이곳의 부점장으로 취임했다. 지금은 벌써 스물여덟 살이 되었다.

"변명을 늘어놓는 남자는 딱 질색이야. 가사사기 씨는 어떤 일이 있어도 절대로 변명 같은 거 안 해. 요전의 청동상 방화 미수 사건 때도 포기하지 않고 열심히 생각한 끝에 결국 그 무시무시한 진상을 규명했는걸."

사실 그 무시무시한 진상이 내 손으로 연출된 것이라는 사실을 알면 나미는 어떤 표정을 지을까. 내가 그때 밤새 준비해서 가사사기의 엉터리 추리를 '진상'으로 꾸며줬다는 사실을 안다면.

"음…… 가사사기는 진짜 대단하다니까."

분명 정말로 슬픈 표정을 지으리라. 나미의 그런 얼굴은 두 번 다시 보고 싶지 않다. '천재 가사사기'가 있기에 나미는 이렇듯 밝게 살아갈 수 있다.

"어, 그러고 보니 교복 입고 있네? 지금 여름방학 아니었나?"

물어보자 나미는 선풍기로 얼굴을 돌리면서 나지막한 탁자 위에 놓여 있던 종이 한 장을 손가락으로 두드렸다. 학교에서 보낸 안내장인 듯하다.

"이게 뭐야. 여름방학 강화 합숙?"

"희망하는 사람만 모여서 오늘 저녁부터 2박 3일 동안 스터디 모임을 하는 거야. 가고 싶은 사람만 모인다고 해도 안 가는 사람은 거의 없지만. 결국 이럴 때 얼마나 열심히 하느냐에 따라 수험 결과가 좌우되겠지."

나미는 선풍기 날개에다 대고 말하느라 목소리가 부르르 떨리는 것처럼 들렸다. 그러고 보니 소파에는 커다란 여행 가방이 놓여 있었다.

"고등학교 입학시험이라. 하지만 나미는 아직 1학년이잖아?"

"1학년 때부터 난리란 말야, 우리 학교처럼 교육열로 활활 타오르는 사립학교는. 교육열이 높은 건 주로 선생님과 부모님이지만. 아, 가사사기 씨 내려왔다."

사무실 안쪽에 있는 사다리 위에서 기다란 다리 두 개가 나타났다. 다락방은 나와 가사사기가 공동으로 쓰는 생활공간이다. 나는 바로 머리를 굴렸다. 저 아무짝에도 쓸모없는 서궤를 완고하고 자비 없는 주지한테 높은 가격으로 사들인 이유를 생각해야 한다. 얼굴이 무서웠기 때문이라고는 입이 찢어져도 말할 수 없다. 또 어이없다는 표정으로 바보 취급 당해 나는 마음에 서글픈 짐을 지게 되리라. 그렇지, 주지가 이상한 병에 걸려서 치료에 거액의 돈이 든다고 설명하면…….

"제이컵의 법칙. '잘못을 범하는 것은 인간다운 일이다. 그렇지만 다른 누구의 탓으로 돌리는 것은 더욱 인간다운 일이다.'"

가사사기는 또 그 영어책을 들여다보며 사다리를 내려왔다. 하도 읽어서 닳은 표지에는 'Murphy's Law'라고 쓰여 있다. 가사사기의 애독서 『머피의 법칙』 원서다. 우연이라고는 하나 아픈 곳을 찔려 나는 한순간 풀이 죽었다. 그 풀죽은 얼굴이 때마침 가사사기의 눈에 띄었다.

"히구라시, 엄청 한심한 얼굴이네. 무슨 문제라도 있어?"

인간답게 남의 탓을 해야 할까, 아니면 솔직하게 밝혀야 할까. 망설인 끝에 나는 후자를 선택했다.

"또? 아무리 성이 히구라시*라지만 너도 참 골치 아프게 소심하구나. 아니, 생각하기에 따라서는 벌레 쪽이 낫겠다. 수액을 빨아먹으면 식비는 들지 않으니까."

가사사기는 색이 바랜 스누피 티셔츠에서 뻗어 나온 새하얀 팔로 팔짱을 끼고는, 한숨을 쉬며 고개를 저었다. 어이없어하는 가사사기에게 바보 취급을 당한 순간 예상대로 나는 마음에 서글픈 짐을 짊어졌다. 가사사기가 소파에 털썩 앉자 나미가 가사사기의 얼굴로 선풍기를 돌렸다.

"뭐, 괜찮아……. 네 실력을 발휘해서 어떻게든 육천 엔 이상으로 팔 수 있는 상품으로 바꿔준다면."

"응, 열심히 할게."

그 서궤는 특별히 더 힘을 기울여 수선해야 하리라. 오래된 디자인이니까 어설프게 갈고 닦아서 새 물건에 가깝게 만들기보다는 반대로 고풍스러운 느낌이 나도록 하는 편이 나을지도 모르겠다.

사무실의 전화벨이 울리자 가사사기가 소파에서 무선전화기를 집어 들었다.

"가사사기 중고상점입니다. 네, 그렇습니다. 아아, 그건, 네."

가사사기는 몸을 점점 앞으로 기울이며 전화기를 잡은 손에 힘을 주었다. 그리고 옅은 눈썹이 서서히 올라가더니 두 눈이 휘둥그레졌다.

---

* 히구라시라는 성씨는 일본어로 '쓰르라미蜩'라는 단어와 발음이 같다.

"예, 있습니다……. 그것도 있고요……. 그것도…… 네, 아마."

메모, 메모, 메모, 메모, 하고 가사사기가 한 손을 내밀기에 내가 재빨리 책상에서 메모장을 집어서 건넸다. 동시에 나미가 가방에서 수정펜을 꺼냈다가 바로 알아차리고 볼펜을 내밀었다.

"다다미 다섯 장**짜리 방이로군요. 가로 폭은요? 알겠습니다. 안 길이가…… 예."

잠시 후 가사사기는 웬일로 아주 정중한 인사와 함께 전화를 끊더니, 메모한 종이를 찢어서 테이블 위에 탁 때리듯이 내려놓았다. 거기에는 '옷장', '밥솥', '소형 텔레비전(비디오도)', '빨래 널어두는 그거' 등등의 가재도구 품목이 나열되어 있었고, 각 품목 옆에는 색깔과 치수 등의 필기가 덧붙여져 있었다. 아래쪽에는 사이타마현 지치부시로 시작되는 주소가 적혀 있었다.

"가사사기, 설마 이거…… 전부 사겠대?"

가사사기는 그 설마가 맞다고 대답했다.

"대량 구매 의뢰야, 히구라시!"

그 후에 창고에서 상품을 확인하면서 가사사기가 설명한 바에 따르면 전화는 이런 내용이었던 모양이다.

의뢰인은 지치부의 산에서 목공품을 제조 및 판매하는 전통 있는 목공소 '누마자와 목공점'에서 전화를 걸어왔다. 이번에 가게 숙소에 새로 마련하는 직원용 방에 가재도구를 전체적으로 갖추고

•• 약 2.5평

싶은데, 경비를 절감하는 중이라서 새 물건을 사기는 힘들어 결국 중고품을 들여놓기로 했다. 하지만 직원들은 모두 바빠서 뭘 사러 나갈 여유가 없다. 업종별 전화번호부에서 번호를 찾아 중고상점 여러 군데에 전화를 걸어보았지만, 필요한 물건을 전부 가지고 있는 데다 바로 배달해 주겠다는 가게는 좀처럼 없었다. 어쩔 수 없이 사이타마시까지 범위를 넓혀서 우리 가게에 연락하게 되었다는 것이다. 오늘 당장이라도 가져다줄 수 있느냐고 묻기에 가사사기는 가능하다고 대답했다고 한다.

"VIP야, VIP, 히구라시!"

자그마한 책장을 미니 트럭으로 옮기면서 가사사기는 거듭 눈썹을 씰룩거렸다.

"현금으로 지불해 주려나?"

다리미와 토스터를 두 팔로 끌어안은 나도 전에 없이 기분이 들떴다.

"그럴 모양이야. 대체적인 예산을 저쪽에서 말했는데, 제법 괜찮은 수준이었으니까 틀림없을걸."

"있지, 이거 예뻐 보여?"

나미가 생각에 잠긴 표정으로 하얗고 둥그스름한 디자인의 작은 꽃병을 들고 물었다. 그러고 보니 가사사기의 메모에는 '작은 꽃병(예쁜 걸로)'이라고 적혀 있었다.

"그거면 돼. 미나미. 깨지면 큰일이니까 짐칸이 아니라 조수석에 놓아둬."

나미는 작은 꽃병을 들고 미니 트럭의 조수석에 올라탔다. 그리고 그대로 앉아서 내리지 않았다. 창문으로 들여다보자 가사사기가 아까 메모한 종이와 '여름방학 강화 합숙' 안내장을 가만히 번갈아보고 있었다.

"이 목공소…… 합숙하는 호텔 바로 근처야. 저기, 히구라시 씨. 나도 태워다주면 안 돼?"

"어, 하지만 여기에는 두 사람밖에 못 타는데."

"괜찮아, 짐칸이 있잖아."

그로부터 20분 후, 짐을 다 실은 미니 트럭이 해가 쨍쨍 내리쬐는 동네를 출발해 지치부 방면으로 향했다. 가사사기가 운전대를 잡았고, 나미는 꽃병을 안고 조수석에 탔다. 그리고 나는 천막을 씌운 짐칸에서 사우나 같은 열기를 견뎠다. 가사사기의 운전이 거친 탓에 급격한 커브를 돌 때마다 나는 두 다리에 힘을 주고 흔들리는 상품들을 정신없이 떠받쳐야 했다.

2

미니 트럭의 시동이 겨우 꺼졌다.

"미나미, 합숙 시간은 괜찮니?"

"호텔에 여섯 시 반까지 집합이니까 괜찮아."

나는 마디마디가 쑤시는 삭신을 조심조심 움직여 짐칸에서 내렸다. 한 시간쯤 전부터 쌓아놓은 상품들이 자꾸 뒤쪽으로 쏠리며 넘어지려고 했기에 미니 트럭이 언덕길을 올라간다는 것은 알았는데, 주위를 둘러보니 이곳은 완전히 산속이었다. 사방을 둘러싼 채 우거진 나무들, 평평하게 펼쳐진 기름진 땅. 그 구석에 나무로 된 건물이 조용히 서 있다. 건물 현관에는 튼튼한 목각 현판이 걸려 있었다. 누마자와 목공점이다.

"초인종은 어디 있지?"

가사사기가 초인종을 찾고 있는데 미닫이문이 안에서 열리더니 젊은 남자가 얼굴을 내밀었다. 그의 생김새를 보자 나는 가슴이 쿵 내려앉았다. 인공적으로 느껴질 만큼 희고 단정한 얼굴, 잿빛을 띤 연보라색 작업복을 입은 태가 마치 마네킹 같다. 짐을 실은 미니 트럭을 보고 그는 바로 우리가 누구인지 알아차린 듯 우아한 몸놀림으로 고개를 숙였다. 가부키*에서 여자 역할을 맡는 남자 배우처럼 묘한 분위기가 느껴졌다.

"먼 곳까지 오시느라 수고하셨습니다."

부드러운 그 목소리에는 교토와 그 인근 사투리가 섞여 있었다.

"여기서 일하는 우사미라고 합니다. 행수님은 안에 계십니다."

"행수님이라면 제가 전화로 이야기한?"

우사미는 가사사기에게 긍정의 눈짓을 보내더니 작업복 소매에서 도자기처럼 하얀 팔을 내보이며 우리를 공방 안쪽으로 이끌었다. 그런 뒷모습을 가리키며 나미가 "남자 맞아?" 하고 입을 움직였다.

현관으로 들어서자마자 나무 향내가 코를 찔렀다. 제법 널찍한 방이 비좁아 보일 만큼 줄줄이 늘어선 다양한 목공품들이 일제히 눈으로 띄었다. 잘라낸 원목을 호화롭게 윗판으로 사용한 울퉁불퉁한 모양의 테이블. 만듦새가 섬세한 화장대. 매끄러운 곡선미를 자랑하는 흔들의자. 광택이 흐르는 서궤. 그것들은 전부 다른 색깔로 희미하게 빛나는 것처럼 보였다. 빛처럼 느껴진 것은 다름 아니

•　　음악, 무용, 연기가 어우러진 일본의 전통 연극

라 목공품 각각이 지닌 분위기였다. 특히 자개를 꼼꼼하게 박아 넣은 서궤는 놀랄 만큼 기품이 넘쳐흘렀다. 오호지에서 강매당한 서궤와는 하늘과 땅 차이다. 이곳은 작품의 전시 공간⋯⋯, 아니다. 출하를 앞둔 상품을 놓아두는 장소인지도 모른다. 얇은 발포 스티로폼 완충재로 모서리를 보호해 놓은 작품이 몇 개 있었다.

널찍한 방을 빠져나가자 짧은 복도가 있고, 그 앞에 작업장 같은 커다란 방이 보였다. 다가갈수록 드드득, 빠직, 슥삭슥삭 하는 소리가 점점 커졌다. 콘크리트 바닥에 책상다리를 하고 앉아 대패질을 하는 남자가 제일 먼저 눈에 들어왔다. 턱이 크고 각진 것이 장기짝처럼 생긴 얼굴이다. 그의 뒤에서는 두 사람이 묵묵히 작업에 열중하고 있었다. 한 사람은 60대 후반쯤 되어 보이는 남자로, 반백의 짧은 머리가 자못 직공다워 보였다. 다른 한 사람은 여자인데, 이쪽은 아직 20대 초반으로 보였다.

"행수님, 중고상점에서 오셨습니다."

우사미가 말을 걸자 장기짝이 얼굴을 들었다. 일어나서 느긋하게 다가온다. 엄청나게 기분이 안 좋은 것처럼 보였지만, 원래 그렇게 생겼을 뿐인 듯 인사는 아주 정중했다.

"먼 걸음 하시느라 고생이 많으셨습니다. 산길이 험해서 오실 때 힘드셨죠?"

행수는 나와 가사사기를 노려보듯이 쳐다본 후에 교복 차림의 나미에게 힐끗 눈길을 주었다.

"아무리 길이 험해도 저희는 결코 상품을 파손시키지 않습니다.

그런데 어떻게 할까요? 상품을 바로 옮겨 놓는 편이 낫겠습니까?"

가사사기가 묻자 행수는 작업장을 뒤돌아보았다.

"다쿠 씨, 모따기는 끝날 것 같나?"

"이 상태라면 어렵겠는데요."

"사치, 연마는?"

"아, 예, 어떻게 간신히……."

사치라고 불린 젊은 여자는 그렇다 치더라도, 다쿠 씨라는 사람은 행수보다 훨씬 연장자로 보이지만 아무래도 둘 다 행수의 제자인 모양이다.

"거듭 죄송합니다만, 일이 좀 밀려 있으니 저쪽에서 잠시만 기다려 주시면 안 되겠습니까?"

"상관없고 말고요."

가사사기는 상냥하게 고개를 끄덕였다. 어쨌거나 큰 고객이다.

"일이 상당히 바쁘신 것 같군요."

"뭐…… 오늘은 그, 좀 귀찮은 일이 있었거든요."

그렇게 말한 행수는 시선을 돌리더니 아까 앉아 있던 곳으로 되돌아갔다. 그리고 다시 대패를 들고 움직이기 시작했다. 대패는 상당히 오래 사용했는지 손가락이 닿는 부분에 검게 손때가 묻었다. 슥삭, 슥삭, 슥삭 하고 행수는 아주 간단하게 대패를 다루며 무거워 보이는 두꺼운 판자의 모서리를 깎아 나갔다. 대패가 지나갈 때마다 대팻밥이 리듬체조를 할 때 쓰는 리본처럼 위로 올라갔다가 바닥에 사뿐히 떨어졌다.

"그런데 행수, 아까 전 이야기 말이요."

다쿠 씨라고 불린, 나이가 지긋한 남자가 자기 손 언저리에 시선을 고정한 채 말했다.

"만약 신목神木에 상처를 낸 범인이 잡히면 어떻게 하실 거요?"

"그런 건 잘 모르겠어. 됐으니 하던 일이나 마저 끝내."

"나는 용서하지 않을 거요, 행수. 경찰에 넘기는 것 정도로 끝낼 수 있나. 반쯤 죽여버려야지. 우리 공방만의 문제가 아니란 말이요. 큰 느티나무의 가공을 우리에게 맡겨주신 신관님께도."

"다쿠 씨."

엄한 말투로 상대의 입을 다물게 한 행수는 우리의 눈을 신경 쓰는 기색이었다. 다쿠 씨는 쳇, 하고 혀를 차더니 다시 작업을 계속했다.

…….

그나저나 나는 아까부터 작업장 구석에 있는 물건이 계속 신경 쓰였다. 울퉁불퉁하고 거대한 통나무로, 표면에는 깊이 있는 광택이 자르르 흘렀고 단면에는 아름다운 나이테가 무수하게 많았다. 멀리서도 상당히 오래되었다는 것을 알 수 있었다. 마치 세상의 이치를 모두 깨달은 거대한 노인이 그 자리에 가만히 드러누워 있는 것처럼 보였다. 그런데 노인의 등 한복판에 무참한 흉터가 새겨져 있다. 도끼나 낫으로 내려치기라도 한 걸까. 한 번이 아니다. 다섯 번, 여섯 번, 어쩌면 그것보다 많다. 그 추한 흉터와 통나무의 차분한 분위기에서 비롯된 부조화가 가슴속에 묘한 불안감을 불러일으

컸다. 흉터 옆에 글씨 같은 것이 보였다. 뭔가 짧은 문장이 조각되어 있는 것 같은데, 각도가 나빠서 무슨 내용인지는 보이지 않았다.

"어이, 우사. 멍하니 있지 말고 손님들을 안으로 안내해서 차라도 대접해드려라."

행수가 느닷없이 굵직한 목소리로 소리치자 우사미는 어린아이처럼 목을 움츠렸다.

"자, 이쪽으로."

우사미를 따라 작업장에서 멀어지다 별생각 없이 뒤를 돌아보았는데, 사치라고 불린 젊은 여자와 눈이 마주쳤다. 책상다리를 하고 앉아 열심히 목재의 표면을 닦던 그녀는 땀에 젖은 앞머리 사이로 이쪽을 가만히 쳐다보고 있었다. 화장기 없는 얼굴, 뒤로 넘겨서 아무렇게나 질끈 묶은 머리카락. 장소가 장소다 보니 젊은 여자가 눈에 확 띄지만, 땀을 닦고 옷을 갈아입은 후 마을로 나서면 분명 사치는 그다지 눈에 띄지 않는 평범한 여자로 보일 것이다. 그녀를 보며 그런 느낌이 들었다.

3

.

"행수님은 저래 보여도 수줍음이 아주 많은 분입니다. 남이 자기 일을 가만히 보고 있으니 쑥스러우신 거지요. 그래서 저한테 차를 대접하라고……."

기쁜 듯이 입가에 손을 대며 우사미는 우리를 거실로 안내했다. 냉방은 켜지 않았지만, 창문을 활짝 열어놔서 산에서 부는 바람이 기분 좋게 방으로 불어 든다.

우사미가 차를 준비하러 주방으로 가자 가사사기가 내게 얼굴을 바짝 갖다 대고 속삭였다.

"여기는 나무 향기로 가득해. 하지만 말이야, 히구라시. 내게는 그것보다 범죄의 향기가 더 확실하게 느껴져. 죄의 잔향이라는 보이지 않는 입자가 아까 전부터 내 본능을 자극하고 있어."

별 의미도 없는 속삭임이었지만, 가사사기는 내 표정에는 아랑

곳없이 이야기를 계속했다.

"정말이지 내가 가는 곳마다 범죄가 발생한다니까. 때때로 이런 운명을 타고난 나 자신이 싫어져. 아까 작업장에 있던 통나무 너도 봤지? 그리고 행수와 다쿠라는 남자가 나눈 대화도 들었지? 이 목 공소에서 분명 악랄한 범죄가 일어났을 터…….."

"가사사기 씨가 나설 차례네."

"저 사람한테 사건의 내용을 자세히 듣기로 하자."

나미가 쓸데없는 소리를 하자 가사사기는 우사미의 옆얼굴에 날카로운 시선을 던졌다.

그때 뒷문이 열리더니 뚱뚱한 여자가 들어왔다. 앞치마를 두른 여자는 얼굴도, 몸도, 손가락도 둥글둥글했다.

"어머나, 어서 오세요."

게다가 목소리까지 둥글둥글했다.

"바깥양반이 전화한 중고상점 분들이군요. 밖에 트럭이 있어서 바로 알았어요. 어머나, 놔둬, 우사미 씨. 차는 내가 끓일게."

"그러시겠어요? 그럼 부탁드리겠습니다. 아, 이쪽은 안주인이십 니다. 행수님의 부인이시죠."

우리 셋은 함께 고개를 숙였다.

"멀리서 오시느라 정말 고생하셨어요. 한 사람이 쓸 가재도구를 용케도 바로 준비하셨네요. 그나저나 한꺼번에 배달해 주셔서 다 행이에요. 우리 가게 사람들은 모두 바빠서 좀처럼 사러 갈 시간이 없거든요."

안주인은 이야기하면서 차를 끓였다.

"하지만 우리 사치가 숙소에서 살기 시작하면 이제 개랑 같이 잘 일도 없어지겠네. 괜히 쓸쓸한 기분이야."

이번에 우리가 운반해 온 가재도구는 아무래도 사치라는 젊은 여자가 쓸 모양이다. 테이블에 둘러앉아 차를 마시면서 나눈 잡담으로, 이 공방의 상황을 그럭저럭 파악할 수 있었다.

교토 인근 사투리를 쓰는 우사미는 우사미 게이토쿠라는 도도한 이름을 가진 남자로, 나와 가사사기보다 두 살 많은 서른 살이다. 우사미와 아까 작업장에 있던 다쿠 씨, 그리고 사치는 모두 행수의 제자다. 다쿠 씨, 즉 다쿠미가와 이쓰로는 행수보다 제법 나이가 많은데, 원래는 선대에 제자로 들어와 여기서 일하기 시작했다고 한다. 선대가 죽어 공방의 대가 바뀌고 나서는 자기보다도 경험이 적은 지금의 행수 밑에서 일하고 있다. 사치의 이름은 다나카 사치코. 가나가와현에서 새로 들어온 제자로, 여기 온 지 아직 2년 정도밖에 안 된 모양이다.

"하지만 2년 만에 저만큼 실력이 느는 아이는 좀처럼 없다고 바깥양반이 그랬어요. 디자인에도 센스가 있고요. 이제부터는 목공도 점점 다양한 관점을 받아들여 가야죠."

찬장에서 꺼내 온 오카키*와 참깨 센베이**를 똑같이 생긴 조그

만 접시에 각각 담아 내놓더니 안주인은 번갈아 가며 먹었다.

"내일부터 숙소에 들어가면 우리 사치도 드디어 본격적으로 우리 공방에 뿌리를 내리고 일하게 되는 거예요. 정말 기뻐요."

안주인의 이야기에 따르면, 이번에 가재도구를 구매한 데에는 다음과 같은 경위가 있다고 한다. 2년 전, 사치코는 이 공방의 작품을 보고 마음이 끌려 제자가 되고 싶다고 지원했다. 그런 지원자는 종종 찾아오지만, 행수가 엄한 사람이라서 대부분은 문전박대를 당한다. 하지만 여자는 드물다. 목공에 여성의 관점을 부여하는 것도 좋겠다고 생각한 행수는 사치코를 받아들이기로 했다고 한다. 다만, '임시' 제자라는 조건을 달고서였다. 직공을 위한 숙소에는 들여보내지 않고, 이 집에서 함께 생활하며 사치코의 소질과 끈기를 확인하려고 한 것이다.

"그래서요, 어제 결국 바깥양반이 사치에게 말했어요. 정식 제자로 받아들여 주겠다고요. 우리 사치, 기뻐서 울먹울먹하더라고요."

안주인은 자기도 울먹이는 표정을 지으며 참깨 센베이를 깨물었다.

"바깥양반이 저렇다 보니 정식 제자로 인정받는 사람은 아주 적어요. 최근에는 사치랑 우사미 씨 정도죠. 아, 하지만 다쿠 씨까지 포함하면 세 명이지만, 그렇다고 지금까지 이렇게 세 명밖에 없었던 건 아니에요. 어엿한 실력을 갖추고 독립한 사람도 많아요. 다쿠 씨는 그럴 욕심이 없는 모양이지만요."

우사미는 원래 교토에서 자개 공예를 공부하고 있었다고 한다.

자개 공예란 진줏빛이 나는 조개껍데기를 얇게 갈아서 여러 가지 모양으로 늘어놓는 장식 기법이다. 그 기술을 배우고 익히는 중에 우사미는 우연히 이 목공소의 작품을 보고 한눈에 반하여 몹시 심취한 나머지 제자로 들어가고 싶다고 지원했다고 한다.

"우사미 씨가 여기 왔을 때가 똑똑히 기억나네요. 사치가 오기 겨우 반년쯤 전이었던가."

안주인이 그렇게 말했을 때, 우사미의 하얀 미간에 갑자기 힘이 들어갔다. 나는 어쩐지 방 안의 온도가 1, 2도 정도 떨어진 듯한 느낌을 받았다.

"겨우 반년이 아닙니다."

"응? 뭐라고?"

"반년만 있으면 실력은 얼마든지 늘죠. 사실 저와 사치의 실력도 전혀 다르지 않습니까. 요전에 사치가 엄청난 실수를 한 건 기억하고 계시죠?"

억양 없는 목소리였다.

"편백나무와 화백나무 목재를 구분하지 못해서 반은 편백나무, 반은 화백나무로 된 괴상한 문갑을 만들지 않았습니까. 출하하기 전에 행수님이 알아차리지 못하셨으면 당치도 않은 일이 벌어졌을 겁니다."

"어머나 뭐야, 우사미 씨. 굳이 그런 이야기를……."

"그러니까 겨우 반년이라는 건 그다지 적당한 말이 아니라고 생각했을 뿐입니다."

우사미는 말꼬리를 살짝 올리는 동시에 시선도 올려서 안주인을 쳐다보았다.

"우사미 씨, 지금 질투하는 거야? 괜찮아, 우사미 씨가 얼마나 열심히 하는지 당연히 잘 아는데. 그냥 말이 그렇다는 거지. 에이, 애들처럼 질투나 하고. 후후."

아무래도 이 안주인은 다른 사람의 미묘한 속마음에 무신경한 구석이 있는 듯하다. 하지만 그런 점도 어쩐지 매력적으로 느껴졌다. 어머니가 돌아가신 이후로 이런 사람을 만나면 무조건 선한 사람으로 보인다.

"화백나무라는 것도 목재입니까?"

가사사기가 묻자 기쁜 기색으로 일어선 안주인은 뒷문으로 나가더니 두 손에 가느다란 녹색 물체를 들고 돌아왔다.

"가르쳐 줄게요. 편백나무와 화백나무는 아주 닮았어요. 목재는 편백나무가 조금 더 붉은 기를 띨 뿐이고, 나무도 잎까지 비교하지 않으면 구별하기가 몹시 힘들어요. 이걸 봐요."

안주인이 들고 있던 것은 아무래도 편백나무와 화백나무의 잎이었던 모양이다. 내게는 두 개가 완전히 똑같아 보였다. 양쪽 다 칙칙한 녹색이고, 비늘 모양의 잎이 교대로 빈틈없이 늘어섰다.

"이쪽이 편백나무고, 이쪽이 화백나무. 차이를 알겠어요?"

안주인은 두 손으로 잎을 반대로 돌려 뒤쪽을 보여주었다.

"잎 뒷면의 하얀 모양이 말이죠. 편백나무는 Y자 모양이고, 화백나무는 X자 모양이에요. 어때요, 기억하기 쉽죠? 이런 걸 기억해

두면 나중에 분명히 도움이 될 거예요."

안주인은 득의양양하게 잎을 테이블 위에 내려놓았다. 그리고 갑자기 싱글벙글하며 몸을 뒤로 물리더니 양손으로 뺨을 감쌌다.

"어머나, 쟤는 얼굴이 어쩜 이리 귀엽대!"

옆을 쳐다보니 나미가 내 옆에 등을 펴고 앉은 채로 눈을 감고 새근새근 숨소리를 내고 있었다. 나미가 잠이 부족한 이유를 아직 몰랐던 나는 별일도 다 있다 싶어서 무심코 그 옆얼굴을 들여다보았다.

"저기, 이 아이. 설마 따님은 아니죠?"

안주인이 나와 가사사기를 번갈아 보며 묘한 소리를 했다. 하지만 그 질문에 가사사기는 더 묘한 대답을 했다.

"이 아이가 우리 딸이라고요? 남자 사이에 아이가 생길 리 없지 않습니까. 남자 사이에서 태어난 아이는 형사 콜롬보와 엘러리 퀸 정도입니다. 그렇지, 그렇지. 콜롬보와 퀸 하니까 말인데, 이 목공소에서 무슨 사건이 일어나지는 않았습니까?"

아무렇지도 않게 화제를 바꾸는 걸 가사사기는 정말 못 한다. 그래놓고 스스로는 잘했다고 생각하니까 골치 아프다. 이번에는 마침 안주인이 성격이 좋은 사람이라서 다행이었다.

"사건이요……? 아, 그 신목 일이라면 사건이라고 말할 수도 있겠네요."

"옛, 신목이라고요? 무슨 말씀이십니까, 그건. 자세하게 알려주실 수 있을까요?"

94

"그게 말이죠. 뭐, 결국 문제는 없었으니까 괜찮긴 한데……."

그렇게 서론을 깔고 나서 안주인은 사정을 설명해주었다.

☼

작업장에 놓여 있던 그 거대한 통나무는 느티나무로, 산기슭에 자리한 유명한 신사에 있던 신목이었다고 한다. 수령이 오래된 신목은 몇 년 전부터 해충과 병에 온몸을 좀먹히면서 생기를 잃기 시작했다. 재작년에는 가지와 잎이 마르더니 결국 줄기 일부가 썩어서 허물어지는 바람에, 태풍이라도 불면 언제 쓰러져도 이상하지 않을 지경에 처하고 말았다.

어쨌거나 상당히 큰 나무라 만약 쓰러지면 사람들이 크게 다칠 가능성도 있다. 그래서 신관이 큰맘 먹고 나무를 베어내기로 결정했다고 한다.

"하지만 신목을 베어낸다고 해도 버릴 수는 없잖아요? 그래서 신관님은 그 커다란 느티나무로 신사에서 쓸 만한 물건을 만들기로 하셨어요."

나무를 어디서 가공하느냐를 놓고 이 고장 공예품 조합 사이에서 갈등이 일어났다. 그리고 최종적으로 일을 맡은 곳이 사이타마현의 목공소 중에서 최고로 역사가 깊은, 이 누마자와 목공점이었다고 한다.

"그래서 작년에 바깥양반이 업자와 함께 느티나무를 베어내 목재로 만들었어요. 하지만 실제로 살펴보니 병과 해충의 피해가 생각보다 심각해서, 결국 목재로 쓸 수 있었던 건 지금 작업장에 놓여 있는 부분뿐이었죠. 원래는 훨씬 큰 나무였는데 말이에요."

신목에서 얻은 통나무는 이 공방에서 산길을 조금 내려간 곳에 있는 저목장으로 옮겨졌다. 거기서 1년간 건조 기간을 거친 후, 드디어 내일부터 가공 작업에 들어가려고 했는데…….

"바로 오늘 아침 일이었는데요. 바깥양반이 통나무를 가지러 트럭을 타고 저목장으로 갔더니 망측한 일이 벌어졌더라고요. 누가 도끼 같은 걸로 엉망진창으로 찍어버린 거죠."

"정말 무시무시한 범죄로군요. 그렇게 수령을 자랑하는 신목에 무참한 상처를 내다니."

가사사기의 말에 안주인은 진저리를 쳤다.

"그게 말이죠, 상처만 낸 게 아니에요."

이때 안주인의 옆에서 우사미가 입을 반쯤 벌렸다. 안주인의 이야기를 말리려고 한 모양이지만 알아차리지 못했는지 안주인은 이야기를 계속했다.

"뭔가 묘한 말이 새겨져 있었어요, 통나무 겉에."

"묘한 말?"

"예, 무슨 협박 문구 같은…… '너도 이렇게 될 거다'라고요."

너도 이렇게 된다.

"뭐, 단순한 장난일 테니 별 뜻은 없겠지만요. 정말이지 도대체 누가 그런 짓을 한 건지."

"사모님, 그야 다른 목공소 업자가 그런 게 뻔하지 않습니까. 명예 있는 일을 우리에게 빼앗겨 원한을 품은 거라고요."

우사미가 가느다란 눈썹에 힘을 주었다. 하지만 기분 탓인지 아무래도 진심으로 화내고 있는 것처럼 보이지는 않았다.

"글쎄, 우사미 씨는 그렇게 말하지만……."

안주인은 뺨에 손을 대고 한숨을 쉬더니 오카키를 입에 밀어 넣었다. 손바닥을 쫙 펴도 주먹을 쥔 것처럼 보이는 손이었다.

"경찰에 신고는?"

"아내써, 안 했어요."

안주인은 오카키를 삼킨 후 한숨 섞인 목소리로 말했다.

"바깥양반이 그러기로 결정했어요. 그게, 이야기가 커지면 앞으로 그 통나무로 만드는 작품에도 이러쿵저러쿵 말이 많아지겠죠? 그러면 신사에도 미안하니까 아무한테도 말하지 말래요. 그래서 저도 아무한테도 말하지 않기로 했어요."

"그렇다면 통나무에 난 상처는 작품을 만드는 데에 별문제가 되지 않는다는 말씀이군요?"

"그래요, 그게 말이죠!"

안주인이 별안간 손뼉을 치는 바람에 졸고 있던 나미가 흠칫하며 눈을 떴다.

"어머나, 깨웠니? 미안해. 그래서 통나무에 난 상처 말인데요. 작년에 느티나무를 베어내기 전에 그걸로 뭘 만들지 바깥양반이랑 신관님이 상의했어요. 그래서 결국 두 개를 만들기로 결정했죠."

그중 하나는 도리이*, 다른 하나는 축제 때 쓸 가마였다고 한다.

"둘 다 낡아서 양쪽 다 만들기로 했어요. 하지만 실제로 베어내고 보니 아까 말한 대로 생각보다 목재로 쓸 만한 부분이 없었거든요. 그래서 도리이나 가마 중에 하나밖에 못 만들게 됐어요."

뭘 만들어야 하는가. 신관은 고민하고 또 고민했지만 결국 결정을 내리지 못하고 행수에게 무리한 부탁을 했다.

"어느 쪽이든 만들 수 있게 준비를 해달라고 하셨어요. 뭐, 목재가 건조될 때까지 시간이 있었으니까 바깥양반은 알았다고 승낙했죠. 그래서 설계도는 도리이와 가마 둘 다 준비해 뒀거든요. 그런데 오늘 아침에 그런 일이 벌어졌지 뭐에요. 이제는 가마를 만들 수밖에 없어요."

"무슨 소리신지?"

"그게, 그 통나무 한가운데에 깊은 상처가 났거든요. 도리이를 만들려면 끝에서 끝까지 전부 사용해야 해요. 그런데 그럴 수가 없는 거죠."

"그렇군요. 하지만 가마라면 문제가 없다는 말씀이고요."

"맞아요. 정말이지 그나마 다행이에요."

안주인은 숨을 크게 내쉬며 찻잔 가장자리를 어루만졌다.

"오늘 바깥양반이 신관님께 연락해서 통나무에 약간 문제가 생겨서 도리이를 만들 수 없다고 알렸어요. 물론 진짜 사정은 이야기

---

* 鳥居. 신사 입구에 세우는 문으로 두 개의 기둥 위에 가로대를 놓은 형태

하지 않고요. 그랬더니 신관님은 하늘의 분부였는지도 모른다면서 의외로 시원스레 이해해 주시더라고요. 정말 다행이에요. 우사미 씨도 뛰어난 활약을 펼칠 기회를 얻었고요."

안주인은 참깨 센베이를 손에 들고 우사미에게 미소 지었다. 우사미의 얼굴이 아주 잠깐 굳었지만 그 기색은 바로 사라졌다.

"뭐, 그것도 하늘의 분부였는지도 모르죠."

"우사미 씨가 활약할 기회요?"

이렇게 물은 건 가사사기가 아니라 나였다. 생각해보니 테이블 앞에 앉아 차를 마시기 시작하고 나서 처음으로 입을 뗐다. 나는 우사미에게 물었지만 대답은 돌아오지 않았고, 또다시 안주인이 입을 열었다.

"가마로 결정되면 전체를 자개 공예로 꾸미기로 했었거든요. 우리한테는 우사미 씨가 있으니까. 이 근방 목공소에서 자개 공예를 할 수 있는 건 우리뿐이에요. 그러니까 우리 입장에서도 가마를 만들기로 결정돼서 다행이었는지도 모르죠. 지금도 자개 무늬를 어떻게 할지 세세한 부분까지 매듭짓기 위해서 우사미 씨만 통상 작업에서 빠졌어요. 이래 보여도 우사미 씨는 머릿속으로 일하는 중이에요. 그렇지?"

과연. 실력을 뽐낼 커다란 기회가 우사미를 찾아온 것이다.

"여기 와서 처음으로 맡은…… 큰일이죠."

누구에게랄 것도 없이 그렇게 중얼거리더니 우사미는 창밖으로 눈을 돌렸다.

발소리가 들려서 돌아보자 앞머리가 땀에 젖어 이마에 달라붙은 사치코가 우두커니 서 있었다.

"기다리게 해서 죄송합니다. 행수님이 짐을 옮겨달라고 하세요. 부탁드려도 될까요?"

4

숙소는 공방 뒤편에 있었다. 그러나 이름만 숙소일 뿐, 오래된 창고를 살짝 수선한 정도의 허름한 집이었다. 현관에서부터 복도가 쭉 뻗어 있는 단층집으로, 아무래도 벽은 베니어판으로 간단하게 만든 듯하다. 그 좌우의 벽에 문이 두 개씩 늘어서 있다. 다쿠미가와와 우사미가 방을 하나씩 사용하고 있는데 오늘부터 새로 입주하게 되었다고 사치코가 가재도구를 놓을 곳을 지시하면서 알려주었다. 사치코는 "그쪽이요" 또는 "저쪽이요" 하는 식으로 대충대충 지시했기 때문에 짐을 옮기는 데 시간은 별로 걸리지 않았다. 목공에 흘딱 빠져 실력 닦기를 중심으로 하루하루를 보내기 때문에 일 외의 생활에는 그다지 연연하지 않는 것이리라.

"꽃병은 어디 두면 될까요?"

나미가 묻자 사치코는 고개를 살짝 갸웃하다가 얇은 유리가 끼워진 창문을 가리켰다.

"그 어디쯤에……."

"그러고 보니 나미, 시간은 괜찮니?"

"아아, 나 프린트 내용을 잘못 봤나 봐. 일곱 시 반까지 호텔에 집합이었어. 그러니까 아직 괜찮아, 괜찮아."

짐을 다 옮긴 후 우리는 공방으로 돌아가서 안주인에게 다 끝났다고 보고했다. 가사사기 중고상점을 차린 이래로 거래 금액이 제일 높았지만, 가사사기가 예의 바르게 청구서를 건네자 안주인은 거기 적힌 숫자를 확인하더니 아무렇지 않은 얼굴로 거실 수납장에서 현금이 든 봉투를 꺼내 건넸다. 그러면서 수고했다며 냉장고에서 아이스크림 세 개를 꺼내주었다. 우리는 안주인에게 머리 숙여 인사한 후, 마지막으로 작업장을 들여다보고 행수에게도 인사를 마친 다음 현관을 나섰다.

"가사사기 씨, 아이스크림 먹으면서 운전 못 하잖아."

어디 앉아서 먹고 가기로 하고 우리는 공방 주변을 어슬렁거렸다. 건물 옆에 좁은 길이 나 있길래 시험 삼아 그 앞으로 가보았다.

"와, 엄청 예쁘다!"

나미가 소리를 질렀다.

눈을 깨끗하게 씻어줄 것만 같은 경치가 좁은 길 앞쪽에 펼쳐져 있었다. 아름다운 해 질 녘 강가였다. 완벽할 만큼 투명한 물줄기가 아래로, 아래로 흘러가다 나무들 저편으로 사라진다. 산의 기복이 심해 굽이굽이 휘어진 강의 모양새가 그야말로 한 폭의 그림이었다. 물속을 들여다보니 아직 치어인 듯한 작은 물고기 한 마리가 헤엄치고 있다. 그 움직임에 물 아래 모래가 춤추듯 피어올랐다. 모래가 가라앉고 나니 물고기는 이미 어디에도 없었다.

강 옆의 잔디밭에 셋이 나란히 앉아 아이스크림을 먹었다. 건너편 강가에 우거진 나무들 사이에서 쓰르라미가 우는 소리가 들려왔다. 쓰르람쓰르람 하는 소리가 먼 곳과 가까운 곳에서 울려 퍼지자 오래된 영화 속에 있는 것만 같았다. 그런 산의 소리를 싣고 흐르는 강을 바라보고 있으니 돌아가신 어머니가 떠올랐다. 내 바로 코앞에서 어머니가 그 따뜻한 눈을 영원히 감았던 때가 머릿속을 가득 채웠다. 생각해보면 어머니의 인생도 구부러진 이 좁은 강처럼 굴곡이 심했다.

문득 옆을 보자 사랑스러운 분홍색 꽃이 피어 있었다. 패랭이꽃이다. 똑바로 뻗은 가냘픈 줄기 꼭대기에 보드라워 보이는 꽃송이가 하나. 다섯 장의 꽃잎 끝부분은 잘게 갈라져 있어서 마치 분홍빛 깃털을 모아놓은 것 같았다.

"아, 사치 씨다."

나미의 목소리에 뒤를 보자 좁은 길 쪽에서 사치코가 이쪽을 보고 있었다. 한순간 사치코는 돌아가려는 듯한 동작을 취했지만, 마음을 고쳐먹은 듯 터벅터벅 걸어서 강가로 다가왔다.

"사모님이 아이스크림을 주셔서 다 같이 여기 앉아서 먹고 있습니다."

가사사기가 척 보면 다 아는 사실을 말하자 사치코는 가만히 고개를 끄덕이더니 저녁놀이 진 하늘로 시선을 돌렸다.

"여기는 아라카와강의 상류예요. 참 예쁘죠."

별로 그렇게 생각하지 않는 듯한 말투였다.

"일하러 안 가십니까?"

"가려고 했는데…… 행수님이 오늘은 그만 됐다고 하셔서. 왠지 몰라도 저만 밖에 나가 있으라고 하시더라고요."

"가재도구를 정리해야 하니까 배려해 주신 걸까요?"

글쎄요, 하고 고개를 갸우뚱한 사치코는 그 말을 끝으로 입을 다물었다. 남과 이야기하는 걸 그다지 좋아하지 않는지도 모른다. 그때 나미가 사치코 쪽으로 돌아앉아 입을 열었다.

"사치 씨, 멋있어요. 여자인데도 그런 일을 하다니. 그 기모노 같은 작업복도 진짜로 근사하고. 나도 나중에 그런 옷 입고 하는 일 하고 싶다."

듣기에 따라서는 실례일 수도 있는 말을 했지만 사치코는 미소로 답했다.

"어렸을 때부터 목공소 일을 동경했거든. 가나가와현에 있는 우리 집 거실에 여기서 만든 커다란 느티나무 테이블이 있었는데…… 나도 언젠가 이런 멋진 물건을 만드는 일을 하고 싶다고 줄곧 꿈꿨어. 그래서 전문대를 졸업한 후, 아버지의 맹렬한 반대도 무릅쓰고 거의 싸우다시피 집을 나와서 여기에 제자로 들어오고 싶다고 지원한 거야."

"그럼 꿈꾸던 일을 할 수 있게 된 거네요. 나도 이왕 할 거면 나중에 그런 색다른 일을 하는 게 좋겠다. 평범한 회사원 같은 건 시시하니까."

"평범한 일이라도 분명 즐거울 거야."

"하지만 사치 씨는 그게 싫었던 거잖아요?"

"난……."

사치코는 아주 잠깐 입술의 움직임을 멈추었다. 문득 수면에 시선을 내던진 그 옆얼굴이 어쩐지 길을 가는 도중에 날이 저물어 허둥지둥하는 어린아이 같아 보여서, 한순간이었지만 나미보다도 더 어리게 느껴졌다.

"난 생긴 게 평범하니까."

가볍게 눈을 내리뜬 사치코는 우리 조금 뒤에 앉았다.

"미나미 나미라니, 이름 멋지다."

사치코가 나미의 성과 이름을 전부 알고 있던 것은, 내가 나미를 이름으로 부르고, 가사사기가 "미나미" 하고 성으로 불렀기 때문이리라.

"안 멋있어요. 어떻게 생각해도 이상하잖아요."

미나미는 나미 엄마의 결혼 전 성이다. 나미가 지금 성을 쓰는 건 부모의 이혼이 원인이다. 그 이혼에는 여러 복잡한 사정이 얽혀 있으므로 나미는 이름을 언급하는 걸 몹시 싫어한다. 나는 나미의 안색을 가만히 살폈지만, 나미는 '멋지다'는 말에 진심으로 놀랐는지 입을 딱 벌리고 있었다.

"난 다나카 사치코라는 내 이름이 싫어."

"어째서요?"

"너무 평범하잖아."

사치코의 목소리는 쓰르라미가 우는 소리에 묻혀서 사라져버릴 것만 같았다.

"가사사기 씨*랑 히구라시 씨도 이름이 특이해서 부러워……."

그런 소리는 처음으로 들었다. 오늘 가사사기한테 벌레 취급 당하는 바람에 내 성씨에 열등감을 조금 느끼고 있던 터라 묘하게 기뻤다.

"행수님이 부르신다."

등 뒤에서 우사미의 목소리가 났다.

"아, 네."

교실에서 이름을 불린 학생처럼 벌떡 일어선 사치코는 우리에게 가볍게 고개를 숙이고 강가를 떠났다. 우사미 옆을 지나치려 할 때, 우사미가 사치코의 옷소매를 붙잡아서 돌려세웠다. 여자에게 하기에는 좀 거친 행동이었다.

"공방에 돌아가기 전에 말해두겠는데. 내일부터 너도 이곳의 정식 제자야. 정식 제자가 되면 더 이상 실수를 용서받지 못한다는 거 알지?"

"네……."

"요전의 그 괴상한 문갑 같은 물건은 두 번 다시 만들지 말라는

• 가사사기라는 성씨는 일본어로 '까치鵲'라는 단어와 발음이 같다.

말이야. 나랑 다쿠 씨, 그리고 행수님께 쓸데없는 일이 늘어나면 귀찮으니까."

사치코가 고개를 숙인 채 뭐라고 말했지만, 우리가 있는 곳에서는 모음만 나직하게 들려올 뿐이라 내용을 알아들을 수는 없었다. 기우는 해가 완만하게 비탈진 강가를 주홍색으로 물들였다. 우사미가 턱으로 가라고 신호하자 사치코는 머리를 살짝 숙여 인사하고 좁은 길로 들어갔다. 멀어져 가는 그 뒷모습을 향해 우사미는 마지막으로 이런 말을 던졌다.

"그 문갑 말인데, 너 같았어."

작은 바늘에 찔린 것처럼 사치코의 가녀린 뒷모습이 움찔했다.

"정말이지 사모님도 무슨 술을 그렇게 많이 사 오셨담."

진력이 났다는 표정으로 우사미가 어슬렁어슬렁 다가왔다.

"술이라니. 지금부터 잔치라도?"

가사사기의 말에 우사미는 어깨를 움츠리고 자못 어처구니없다는 듯이 대답했다.

"축하연입니다. 정식 제자가 된 사치를 축하해 주는 거죠. 깜짝 파티라도 해줄 모양이에요. 행수님도 그렇고, 사모님도 그렇고, 다쿠 씨도, 정말 번거로운 일을……."

"그렇군요. 그래서 행수님이 아까 사치코 씨 보고 밖에 나가 있으라고 하신 거군요."

우사미는 콧김과 함께 고개를 끄덕이더니 가지런한 잇새로 혼잣말 같은 목소리를 흘려냈다.

"저렇게 실력 없는 사람이 정식 제자가 된 게 뭐가 그리 축하할 일이라고. 이해를 못 하겠네."

석양이 비치고 있을 우사미의 눈이 내게는 어쩐지 잿빛으로 보였다. 그 눈빛을 남에게 읽히기 싫은 듯 우사미는 눈을 내리깔고 발치의 패랭이꽃을 향해 중얼거렸다.

"가마에 자개 공예를 할 때…… 이 꽃 모양으로 자개를 박아보는 것도 괜찮겠군."

그러고 나서 그는 하얀 뺨에 비웃음 같은 미소를 띠며 이해할 수 없는 말을 입에 담았다.

"이 꽃으로 훌륭한 자개 공예를 완성하면 그 녀석한테 알려줄 수 있을지도 몰라."

☼

믿을 수 없게도 나미가 여름방학 강화 합숙에 간다고 한 건 거짓말이었다.

"뭐?"

"그러니까 거짓말이었다고. 엄마한테는 이 프린트를 보여주고 사흘 뒤에 오겠다며 나왔지만 합숙 신청은 안 했어. 말하는 김에 다 털어놓자면 합숙 장소가 여기서 가깝다는 것도 거짓말이야. 사실 장소는 지바현이야."

산을 내려가려고 셋이서 미니 트럭 옆까지 되돌아왔을 때였다.

"왜 그런 거짓말을 했어?"

"집에 있기 싫으니까."

이건 가출이라고 나미는 설명했다. 요즘 엄마와의 사이가 험악해져서 더 같이 있으면 폭발해 버릴 것 같았으므로 사흘만이라도 밖에서 지내기로 했다고 한다.

"어제도 밤새 싸우느라 한숨도 못 잤어. 사흘이나 얼굴 안 보고 지낼 수 있어서 속이 시원하다고 했더니 엄마가 열받았거든."

그래서 말뚝잠을 잤구나.

"하지만 그러면 안 돼. 집에 돌아가야지."

"모레까지는 무리라니까. 합숙에 간 걸로 돼 있으니까."

"묵을 곳은?"

"가게 사무실에서 자려고. 왜 그런 표정을 짓는데? 가출 한번 할 수도 있잖아. 아무한테도 피해는 안 줬어."

우리한테 주는 건 피해가 아니라는 건가.

"야, 가사사기. 어떻게 할 거야? 나미 어머님께 연락해야지."

하지만 가사사기는 팔짱을 낀 채 거듭 고개를 끄덕였다.

"마침 잘됐네. 난 아까부터 할 수만 있다면 여기를 떠나고 싶지 않았거든. 죄의 향기로 가득 찬 이곳을 말이야. 유서 있는 목공소, 거기서 일하는 직공 사이의 갈등, 신목에 남겨진 무참한 상처, 그리고 '너도 이렇게 될 거다'라는 수수께끼의 메시지. 내 뇌세포가 아까부터 소리치고 있어. 움직여라, 움직여라, 하고 말이지."

"어, 그래서?"

돌아가지 않겠다고 가사사기는 말했다.

"돌아가는 건 사건을 해결하고 나서야. 그게 우리 스타일이지 않나?"

그런 소리는 처음 들었는데. 내가 무슨 말을 하기 전에 가사사기가 다시 입을 열었다.

"애당초 이번 사건은 그렇게 어렵지 않아. 이미 체크메이트 직전의 상태라고 해도 될 정도지. 앞으로 한 수라고, 히구라시. 앞으로 한 수만 더 두면 체크메이트야."

가사사기는 평소처럼 아무 생각도 떠오르지 않을 때 정해놓고 하는 대사를 입에 담았다. 덧붙여 가사사기는 지금까지 체스를 둬본 적이 없다.

가사사기는 공방 현관으로 성큼성큼 걸어가더니 미닫이문을 활짝 열어젖히고 소리 높여 말했다.

"오늘 하룻밤, 여기서 묵고 가게 해주십시오!"

5

하지만 무리였다. 당연하다.

"그건 그렇고 댁들도 참 별나네요. 느닷없이 재워달라니."

자고 가는 건 무리지만, 모처럼 왔으니 한잔하고 가라기에 우리는 거실의 방석에 나란히 앉았다. 사치코가 정식 제자가 된 것을 축하하는 파티가 이미 진행 중이었다.

"뭐니 뭐니 해도 이 녀석은 '하루살이'라고 불리는 히구라시*니까요. 하하하하하!"

가사사기는 아까부터 아무 거리낌 없이 맥주를 퍼마시고 있다. 돌아가는 길에는 운전하지 않을 작정이리라.

---

* 하루하루 겨우 살아가는 사람, 또는 그런 생활을 비유적으로 표현하는 '하루살이'를 일본어로는 '소노히구라시その日暮らし'라고 한다.

"당신도 좀 마셔요, 하루살이 씨."

"아니요, 저는 운전해야 하니까 그냥 차를 마시기로……."

안주인은 입술을 삐죽 내밀더니 또 가사사기에게 맥주를 따라 주었다. 그 옆에서 나미가 주스를 마시고 있다. 나미는 이 자리의 분위기에 완전히 녹아들었는지 잘 알고 지내는 친척집에라도 온 것처럼 편안하게 앉아 있었다.

"오우, 오우오우!"

이미 술기운이 상당히 오른 듯한 행수가 장기짝 같은 얼굴을 내 게 바짝 갖다 대고 술내 나는 입김을 내뿜었다.

"오우, 마스오!"

"마사오인데요."

"마사오! 너 이 녀석, 손가락이 제법 괜찮게 생겼구나. 이건 목공 에 딱 맞는 손가락이야. 어떠냐, 우리 목공소에 와서 배워볼 생각은 없어?"

"여보, 또 그런 소리를."

"당신은 조용히 해!"

그런 식으로 행수와 안주인은 시종 떠들썩했다. 청주병을 끌어 안은 고참 다쿠미가와는 이따금 행수와 안주인 쪽을 보고 온 얼굴 에 주름을 잡으면서 흠흠 하고 미소를 지었다. 안색이 시원치 않았 던 사람은 나와 우사미, 그리고 사치코 세 사람뿐이었다. 나는 그저 피곤할 따름이었지만, 다른 두 사람은 제각기 생각에 잠겨 있는 것 같았다.

이윽고 자리에서 일어난 행수가 목욕하고 오겠다며 거실에서 나갔다. 욕조는 하나밖에 없으므로 한번 받은 목욕물을 윗사람부터 순서대로 사용한다고 한다.

"바깥양반이 먼저 들어가고, 마지막이 저랑 사치예요. 어제까지는 누가 먼저랄 것도 없었지만 우리 사치는 오늘부터 정식 제자가 됐으니까, 역시 저보다 먼저 목욕해야죠."

"아, 저는 마지막에 해도 괜찮아요."

"그럼 같이 들어갈까?"

안주인의 말에 사치코는 딱딱하게 굳은 얼굴을 설레설레 흔들었다. 권유를 그저 거절하는 것치고는 위화감이 드는 동작이었다.

"아유, 진짜. 그렇게 빼지 않아도 되는데. 사치는 늘 이렇게 거절한답니다. 여자끼리 한번쯤 같이 목욕해도 좋으련만. 그렇죠, 하루살이 씨?"

"아, 뭐……."

내가 애매하게 고개를 저었을 때 협탁 위의 전화가 울렸다. 전화를 받은 안주인은 상대에게 정중하게 인사를 하고 나서 수화기를 사치코 쪽으로 내밀었다.

"가나가와에 계시는 아버님이셔."

"아, 죄송합니다. 낮에 전화했었어요."

드디어 정식 제자가 되었으므로 본가의 자동응답기에 알려두었다고 사치코는 말했다.

"아마도 축하하려고 전화하셨을 거예요."

사치코는 빰을 살짝 끌어올려 웃으며 수화기를 받아 들고 아버지와 잠시 대화를 나누었다. 축하 전화를 받는 것치고는 사치코의 목소리가 점점 낮아지면서 머뭇머뭇하는 투로 바뀌었기 때문에 나는 넌지시 귀를 기울였다. 거실에 있던 다른 사람들도 신경이 쓰이기 시작했는지 이야기를 그만두었고, 마지막에는 모두가 사치코의 등을 주시했다.

"응……. 하지만…… 뭐? 그러니까 괜찮다고…… 오늘 좀 무서운 일이 있었지만……. 아, 그렇게 큰일은 아니고……."

이때 사치코의 목소리가 작아졌다. 수화기를 손바닥으로 막듯이 잡고서 아버지에게 더듬더듬 뭐라고 설명한다.

"사치네 아버지는 커다란 부동산 회사의 사장님인데요."

안주인이 나와 가사사기 사이에 얼굴을 들이밀고 속삭였다.

"무지무지하게 엄한 사람이에요. 엄하다고 할까, 외동딸인 사치를 걱정하는 거죠. 우리 집에 올 때도 마음을 고쳐먹으라고 사치를 한참 설득한 모양이고요. 그래도 우리 사치는 어떻게든 여기서 일하고 싶다면서 억지로 집을 나온 거예요. 요 2년간 사치네 아버지가 여러 번 여기에 왔어요. 설득한답시고."

그 엄격하고 걱정이 많은 아버지가 지금 사치코의 입에서 그 뒤숭숭한 이야기를 듣고 있다는 말인가.

"하지만 아빠들은 뭘 모른다니까. 그렇게 붙잡으면 붙잡을수록 절대로 집에 안 돌아가겠다고 생각할 텐데. 사치에게 직접 들은 건 아니지만 같은 여자니까 알 수 있어요."

안주인은 후 하고 크게 한숨을 내쉬더니 위로하듯 사치코의 등을 바라보았다.

"혹시나 사치네 아버지가 사치를 억지로 데리러 오지는 않아야 할 텐데……."

잠시 후에 사치코가 전화를 끊었다. 이쪽으로 돌아서다 모두가 자신을 보고 있다는 사실을 알아차리자 미안한 듯이 눈을 내리깔았다.

"죄송합니다. 신목 이야기를 하고 말았어요. 하지만 괜찮아요, 절대로 다른 사람한테는 이야기하지 말라고 해두었으니까."

"그런 건 신경 안 써도 괜찮아. 우리 일보다 사치가 문제지. 아버님, 어떠신 것 같아?"

사치코는 안주인의 시선을 피하듯이 아래를 보고 힘없이 대답했다.

"걱정은 하셨지만…… 아마 괜찮을 거예요."

"오우, 오우, 마스오!"

실내복을 입고 거실로 들어온 행수가 어째서인지 나를 향해 똑바로 걸어왔다.

"내가 목욕을 마치고 늘 마시는 특제 음료야. 비타민이 가득하니까 네 녀석도 마셔라. 마셔 봐, 빨랑."

손에 든 병에는 투명한 액체가 담겨 있었다. 나는 가볍게 머리를 숙인 다음, 차를 마시고 있던 찻잔을 내밀었다. 행수는 찻잔에 남실거릴 정도로 액체를 따르더니 단숨에 마시라고 손짓했다. 거절하면 귀찮을 것 같아서 나는 행수가 시키는 대로 했다.

뻑. 뭔가가 뇌를 정통으로 때렸다.

"유감스럽게도 테킬라였습니다!"

어린아이처럼 깔깔 웃는 행수의 목소리가 아득하게 멀어져 갔다.

☼

눈을 떠보니 알전구만 켜져 있는 어스름한 방이었다. 바로 옆에서 코 고는 소리가 드르렁드르렁 시끄럽게 들려온다. 어질어질한 머리를 양손으로 받치면서 상체를 일으켜보니 코를 고는 사람은 행수였다. 나를 사이에 두고 행수 반대편에 가사사기가 앉아 있었다. 방에는 이부자리 세 채가 서로 맞닿게 깔려 있었다. 어떻게 된 것인지 가사사기에게 물었다. 아무래도 내가 술을 마신지 두 시간 정도 지난 모양이었다.

"안주인이 하룻밤 묵고 가도록 호의를 베풀었어. 미나미는 지금 욕실을 빌려서 목욕하는 중이고. 오늘 밤은 안주인 방에서 잔다는 군. 그것보다도 히구라시."

가사사기가 양쪽 입꼬리를 씩 끌어올렸다.

"체크메이트다."

머리가 아파서 이야기할 기분이 아닌지라 나는 적당히 맞장구를 쳤다. 가사사기는 그게 마음에 들지 않은 모양인지 약간 불쾌한 표정을 지었다.

"결국 규명해냈다고, 히구라시. 이번 사건의 진상을 말야."

"진상이라니, 뭔데⋯⋯?"

솔직히 말해서 될 대로 되라는 심정이었다.

"그건 아직 말할 수 없어. 미나미가 목욕하고 나오면 말해줄게. 너한테 설명하고 미나미에게 또 설명하면 두 번 수고하는 거니까. 뭐, 신경 쓰이는 모양이니 힌트는 줄게. 힌트는 '스모 선수의 실리콘*'과 '기묘한 문갑', 그리고 '2 빼기 1은 1'이야. 마지막은 두 가지 의미가 있다고 생각해 줘. 난 내일 아침에 범행 현장에 가볼까 해. 범인의 유류품이 발견될 가능성이 있으니까."

"유류품⋯⋯."

입구의 장지문이 열리더니 파자마 차림의 나미가 복도 불빛을 등진 채 방을 들여다보았다.

"히구라시 씨, 일어났구나. 욕실 비었어."

"음⋯⋯ 나는 됐어. 머리가 아파서."

"편백나무 욕조라서 기분 좋을 것 같은데. 난 욕조 안에 들어가지는 않았어. 털이랑 이것저것 떠 있더라고."

"미나미, 마침 잘 왔어. 지금."

"저기, 가사사기."

나는 바로 가사사기의 말을 막았다.

---

*　정식 스모 선수로 등록하기 위해 거치는 첫 번째 검사에서, 모자란 키를 보충하기 위해 머리에 실리콘을 주입한 사람들이 있었다는 사실에서 유래한 말

"내일 하자. 나미도 피곤할 거야. 어제 밤새 엄마랑 싸웠다고 하잖아."

"하지만 기껏……."

"나미도 머리가 맑을 때 들려주는 편이 좋겠어. 나도 지금은 두통이 심해서 뭘 들어도 내일이면 잊어버릴 거야."

"그런가, 그러면 안 되는데."

순순히 고개를 끄덕인 가사사기는 나미를 돌아다보며 "아무것도 아니야"라고 말했다. 나미는 고개만 살짝 갸웃했다.

"그럼 난 안주인 아줌마 방에서 잘게."

"내일은 꼭 집에 돌아가는 거다."

내 말에 고개를 끄덕였는지 끄덕이지 않았는지, 긴가민가한 몸짓으로 답하고서 나미는 장지문을 닫았다.

잠시 후 가사사기가 알전구를 껐다. 우리는 제각기 이부자리에 누웠다. 행수의 계속되는 코골이 소리에 섞여 가사사기의 숨소리가 색색 들려올 때쯤 나는 한숨과 함께 몸을 일으켜 살그머니 방에서 빠져나왔다. 몸이 휘청거리고 머릿속에 못이 가득 찬 것 같았지만, 꼭 해야 할 일이 있었다.

6

이른 아침, 멀리서 들리는 남자 목소리에 잠에서 깼다.

누구일까. 엄한 말투로 뭐라고 이야기하고 있다. 몸을 일으키자 창문으로 방 안에 아침 햇살이 비쳐 들고 있었다. 행수의 모습은 보이지 않았다. 옆에서 가사사기가 눈을 비비며 장지문 밖에 귀를 기울이고 있었다. 갑자기 장지문이 열리더니 자다 일어나 머리가 헝클어진 나미가 당황한 얼굴을 들이밀었다.

"사치 씨네 아빠가 왔는데, 분위기가 안 좋아!"

거실로 가자 긴박한 분위기가 피부에 와닿았다.

"하여튼 빨리 짐 정리해. 네 이야기는 나중에 들으마."

완고해 보이는 얼굴과 꼿꼿이 세운 허리. 마치 정장을 입은 커다란 활자 같은 인상의 남자였다. 거실에는 공방 사람들이 모여 있었다. 맨투맨 티셔츠 차림의 사치코가 아버지 앞에서 힘없이 고개를 떨어뜨린 채, 색이 없어질 정도로 입술을 꾹 다물고 있었다.

"하지만 아버님."

사치코의 아버지는 재빨리 한 손을 들어 뭐라고 말하려는 행수를 막더니 사치코에게 다시 말했다.

"빨리 짐 정리하라니까. 협박이나 날아드는 뒤숭숭한 곳에 더는 널 있게 둘 수 없다."

어젯밤 안주인이 하던 걱정이 현실이 되고 말았다. 고개를 숙인 사치코의 어깨와 팔이 떨리고, 가녀린 등이 딱딱하게 굳었다. 뺨을 타고 흐른 투명한 물방울이 작은 턱에서 바닥으로 떨어졌다. 그 눈물이 긴장된 방의 분위기를 따라 우리에게까지 전달되어, 방금 일어나서 개운하지 못한 콧속을 찌릿찌릿 아프게 만들었다. 나는 사치코가 흘린 눈물의 의미를 생각했다. 생각하면서 아무 말도 하지 못한 채 우두커니 서 있었다.

"시키는 대로 할 필요 없어."

그렇게 말하며 한 발 앞으로 나선 사람은 뜻밖에도 우사미였다.

"스무 살도 넘었는데 자기가 있을 곳은 스스로 정하면 되지. 너, 여기서 일하고 싶어서 제자로 들어왔잖아? 지난 2년 동안 죽어라 애썼잖아? 아버지가 꽥꽥댄다고 신경 쓸 것 없어."

"꽥꽥……?"

사치코의 아버지가 5센티미터쯤 높은 위치에서 우사미의 눈을 내려다보았다. 우사미는 동요하지 않고 상대방의 시선을 튕겨내듯이 턱을 치켜들었다.

"됐어요, 우사미 씨."

사치코의 목소리는 그녀를 둘러싼 긴박감 속에서 사그라져 버릴 것만 같았다.

"저, 이제 포기할래요."

"포기하겠다니…… 너, 정말 그래도 괜찮겠어?"

"우사미 씨, 행수님, 다쿠 씨와 사모님께…… 폐를 끼치고 싶지 않아요."

"그렇지만."

"됐어요."

대화에 억지로 마침표를 찍듯이 사치코는 억센 목소리로 말했다. 그리고 행수에게 돌아서서 조용히 입을 열었다.

"어제 배달 온 가재도구 값은 제 월급에서 빼주세요. 기껏 정식 제자가 되었는데…… 정말 죄송합니다."

사치코는 깊이 머리를 숙인 후, 노여움과 애처로움으로 가득 찬 침묵 속에서 거실을 빠져나갔다.

"짐, 정리해서 올게요."

사치코의 아버지가 표정 변화 하나 없이 딸을 따라갔다. 사치코가 현관 미닫이문을 열자, 산속 풍경에 어울리지 않게 아침 햇빛을 반사하는 검은색 고급 승용차가 눈에 들어왔다.

"내 생각대로야."

가사사기가 낮게 중얼거렸다. 그리고 현관으로 가자고 눈짓으로 나와 나미를 재촉했다. 셋이서 미닫이문을 열고 밖으로 나가자, 숙소 쪽 길로 말없이 걸어가는 사치코의 아버지와 사치코의 뒷모습이 보였다. 가사사기가 몹시 불쾌한 듯이 말했다.

"사치코 씨도 참 불쌍하군. 그건 그렇고 그 우사미라는 남자…… 정말 연기력이 대단해."

"가사사기 씨, 그거 무슨 뜻이야?"

"나중에 설명할게. 우선은 내 추리가 옳은지 그른지 확인해야 해. 따라와."

가사사기가 앞장서서 걸음을 옮겼다. 숙소 입구에 다다르자 망설임 없이 복도를 나아가 덜걱덜걱 소리가 나는 사치코의 방 앞에 섰다. 문 옆에는 사치코의 아버지가 들고 온 듯한 여행 가방 두 개가 아무렇게나 놓여 있었다.

"뭐 좀 도와드릴까요?"

방으로 들어간 가사사기가 장롱에서 옷가지를 꺼내던 사치코에게 말을 걸었다. 안쪽 벽에 기대 있던 사치코의 아버지가 의아하다는 듯 가사사기 쪽으로 얼굴을 돌렸다.

"아, 아니요. 괜찮습니다. 가사사기 씨와 다른 분께도 정말 폐를 끼쳤네요. 나미한테도. 미안해."

"뭘요, 저희는 괜찮습니다. 그것보다 부디 기운을 내세요. 이런 일에 지면 안 됩니다."

말하면서 가사사기는 방 안을 넌지시 둘러보았다. 하지만 찾는 물건이 눈에 띄지 않는 모양이다. 가사사기의 등 뒤에 서 있던 나는 몸을 구부려서 복도에 놓여 있던 여행 가방을 조금 벌렸다.

"음······ 뭐지, 이건."

작게 말하자 가사사기가 내 목소리에 반응해 뒤를 돌아보았다. 나는 여행 가방에 손을 집어넣어 하얀 물체 두 개를 끄집어냈다. 폭신폭신하니 부드러운 감촉에 손바닥 크기의 낮은 산 같은 생김 새. 조그만 원반 혹은 봉긋한 모양의 빵, 아니면 어깨 패드 같기도 했다.

한순간 눈썹을 치켜올린 가사사기가 내게만 들리는 목소리로 속삭였다.

"다시 넣어놔, 히구라시. 확인했으니까 이제 충분해."

내가 그것들을 여행 가방에 다시 집어넣자 가사사기는 방을 향해 "실례했습니다!"라고 소리치고 재빨리 숙소에서 나갔다. 나미와 나는 허둥지둥 그 뒤를 쫓았다.

그런데 아까 전의 하얀 물체 두 개가 뭐였나 하면, 조그만 원반도 아니고, 봉긋한 모양의 빵도 아니고, 어깨 패드도 아니었다.

"그건 가슴 패드였어, 히구라시."

그래, 그게 정답이다.

"가슴 패드?"

"왜 그런 곳에 가슴 패드가?"

가사사기는 가느다랗고 긴 집게손가락을 들어 나미와 내가 던진 질문을 막았다.

"신목에 상처가 났다는 저목장은 여기서 조금 내려간 곳에 있는 모양이더군. 지금 거기로 갈 거야. 내 추리를 증명하는 데 필요한 증거를 찾을 수 있을지도 몰라."

우리는 산길을 내려갔다. 머리 위를 가린 나뭇잎들 때문에 하늘에 모자이크가 만들어졌다가, 이윽고 그 모자이크의 일부가 크게 트이며 통나무가 가득 쌓여 있는 곳이 나왔다. 여기가 신목 손괴 사건의 범행 현장이다.

바로 옆에 있는 숲에서 쓰르라미 한 마리가 울기 시작했다. 마치 공명하듯이 울음소리가 점점 늘어나더니, 몇 초 후에는 떠들썩한 울음소리가 주변 일대를 감쌌다. 어제 강 건너편에서 들었던 소리와는 딴판으로, 귀를 찌르는 듯한 소음이었다.

"아침에도 우는구나."

"그런가 봐. 그런데…… 이 소리는 멀리서 들어야 듣기가 좋군."

가사사기가 얼굴을 찌푸렸다. 나도 동감이었다.

"미나미, 히구라시, 땅바닥을 잘 살펴봐 주지 않겠어? 뭔가 이상한 걸 발견하면 바로 알려줘."

가사사기의 부탁에 우리는 땅바닥으로 고개를 숙이고 어슬렁거렸지만, 그다지 오래 돌아다닐 필요는 없었다. 나미가 고작 20초 정도 만에 소리를 질렀기 때문이다.

"가사사기 씨, 여기. 이거 혹시 자개 아니야?"

"잘했어, 미나미!"

잔뜩 흥분한 기색으로 달려온 가사사기는 나미의 손에서 그 하얗고 얇은 조각을 집어 들더니, 얼굴 가까이에 갖다 대고서 유심히 들여다보았다. 얇은 조각은 꽃잎 모양이었는데, 끝부분이 깃털처럼 잘게 갈라져 있었다.

"패랭이꽃이다. 패랭이꽃을 본뜬 자개야."

가사사기는 우리를 향해 천천히 돌아섰다. 그리고 몇 초 침묵을 지키다가 엄숙하게 선언했다.

"전부 설명할게."

나미가 얼굴을 빛내며 자세를 바로 했다.

"이번 사건은 우사미 게이토쿠라는 남자가 자신의 야심을 성취하기 위해 치밀한 계산 아래 계획한 사건이었어."

"우사미 씨가?"

나미가 눈을 크게 떴다.

"미나미, 기억나? 어제 강가에서 우사미가 중얼거린 말. 발치의 패랭이꽃을 내려다보며 이번에 만드는 가마에 이 꽃 모양으로 자개를 박아보는 것도 괜찮겠다고 했지. 한편, 신목이 손상된 범행 현장에 패랭이꽃 모양 자개가 떨어져 있어. 두 가지 사실이 모순된다고 생각하지는 않아?"

"모순……?"

"어제 처음으로 디자인을 떠올렸는데 지금 여기에 자개가 떨어져 있을 리 없잖아."

나미가 앗 하고 목소리를 흘려냈다.

"맞아! 그 후에 바로 파티가 시작됐으니까, 우사미 씨는 자개를 만들 시간이 없었을 거야!"

"그 말대로야. 그렇다면 이 자개는 어제 이전에 만들어진 셈이지. 강가에서 처음으로 자개 공예 디자인을 떠올렸다는 건 거짓말이었어. 우사미는 사실 예전부터 가마에 자개 공예를 할 때 패랭이꽃 디자인을 쓰려고 결정해 두었을 뿐 아니라, 실제로 자개를 몰래 만들어놓기까지 한 거야. 그런데 미나미, 이상하지 않니? 신목으로 가마를 만들기로 결정된 건 어제 아침이야. 그때까지는 도리이를 만들지, 가마를 만들지 알 수 없었어. 그러다가 신목이 손상되는 바람에 가마를 만들 수밖에 없었지. 그런데도 우사미는 사전에 가마용 자개를 준비해 뒀어. 어떻게 그럴 수 있었냐고? 바로 우사미가 신목으로 가마를 제작할 것이라는 사실을 알고 있었기 때문이야. 도대체 그는 어떻게 그런 사실을 알 수 있었을까? 정답은 하나밖에 없어."

시험하듯이 가사사기는 나미의 얼굴을 쳐다보았다.

"혹시…… 우사미 씨 본인이 신목을 손상시킬 계획을 세우고, 그 계획을 실행했기 때문에?"

"미나미, 퍼펙트! 이 자개는 그 계획을 실행할 때, 여기 깜빡 떨어뜨리고 간 게 틀림없어. 아마 작업복 소매에라도 붙어 있었겠지. 깊은 밤에 범행을 저질렀다면 잠옷에 붙어 있었는지도 모르지만."

나미가 갈피를 못 잡겠다는 듯이 물었다.

"하지만 우사미 씨가 어째서 그런 짓을?"

"첫 번째 목적은 물론 자신이 활약할 기회를 만들기 위해서야. 2 빼기 1은 1. 도리이 제작이 불가능해지면 공방에서는 가마를 만들 수밖에 없지. 그러면 우사미는 가마에 자개 공예를 하는 큰일을 맡을 수 있어. 하지만 그뿐만이 아니었지. 이번 신목 손괴 사건은 그에게 일석이조의 계획이었던 거야. 그럼 다른 하나의 목적은 뭐였을까. 그건 진작부터 방해물로 여기던 사치코 씨를 공방에서 내쫓는 거였지. 행수와 안주인의 총애를 받는 데다, 목공 소질을 타고나서 앞으로 정식 제자가 될 일만 남았던 사치코 씨를 말이야. 여기서 또 한 번 2 빼기 1은 1이야. 공방에 젊은 제자는 두 사람밖에 없어. 그중 한 명을 제거하면 남은 한 명은 지금보다 훨씬 주목을 받을 수 있지. 우사미는 그렇게 생각한 거야. 사치코 씨를 공방에서 쫓아내기 위해 우사미는 사치코 씨의 아버지를 이용하기로 했어. 우사미는 사치코 씨의 아버지가 엄하고 걱정이 많은 사람이라는 사실을 알고 있었으니, 공방에서 뭔가 뒤숭숭한 일이 벌어지면 사치코 씨의 아버지가 분명히 딸을 데려가려고 찾아올 거라 예상했지. 하지만 그러기 위해서는, 그저 신목을 손상시키는 것만으로는 임팩트가 부족했어."

"그래서…… 그래서 신목에 그런 메시지를 새겼다?"

"좋았어, 미나미!"

가사사기가 나미의 이마를 집게손가락으로 딱 가리켰다.

"신목에 새길 메시지는, 사치코 씨의 아버지가 딸의 몸에 위험이 닥쳤다고 느낄 정도로 흉흉한 내용이기만 하면 뭐든지 상관없었지. 그래서 우사미는 '너도 이렇게 될 거다'라는 자못 불길한 메시지를 새긴 거야. 그걸 어젯밤에 사치코 씨가 전화로 아버지한테 이야기한 거지. 만약 사치코 씨가 이야기하지 않았다면 분명 우사미가 스스로 말할 작정이었을 거고. 편지나 다른 수단을 생각하고 있었는지도 모르지. 하여튼 그럴 필요는 없었어. 딸과 통화한 사치코 씨의 아버지가 오늘 아침에 바로 공방으로 찾아왔으니까. 그리고 우사미가 계획한 대로 사치코 씨에게 짐을 정리해서 공방에서 나오라고 명령했지."

가사사기는 숨을 크게 내쉬고 허공을 노려보았다. 그리고 가슴으로 밀려온 슬픔을 곱씹듯이 그대로 잠시 입을 다물었다. 시간이 별로 없었기 때문에 나는 이야기의 물꼬를 트기로 했다.

"그런데 가사사기. 우사미 씨가 사치코 씨를 쫓아내려고 한 건 이번이 처음이었을까? 어쩌면 지금까지 우사미 씨는 그녀를……."

가사사기가 한 손을 슥 들어 제지했으므로 나는 말을 삼켰다.

"물론 이번이 처음은 아니지. 우사미는 지금까지 어떤 사실을 빌미 삼아 사치코 씨를 계속 공격해 왔어. 하지만 그 전에 히구라시, 하나 지적해야겠군. 네 말은 틀렸어."

"내 말이 틀렸다고?"

"그녀가 아니야. 그다."

나는 눈을 번쩍 뜨고 고개를 내밀었다.

"사치코 씨는 여자가 아니라 남자야. 사치코라는 이름도 분명 가명일 테고. 예를 들면 사치오라든가, 실제로는 그런 이름이 아닐까 싶어. 그는 지금까지 그 사실을 필사적으로 숨기며 공방에서 지내왔지. 그리고 그것이야말로 우사미가 쥐고 있던 약점이었어. 숙소 문 옆 여행 가방에 들어 있던 그 가슴 패드야말로 사치코 씨가 남자라는 결정적 증거야. 사치코 씨는 안주인과 같이 목욕하기를 싫어했다는데, 그야 당연하지. 옷을 벗으면 대번에 들킬 테니까. 그런데 사치코 씨가 남자라는 사실을 꿰뚫어 본 사람이 딱 한 명 있었어. 그게 바로 우사미야. 우사미가 어제 한 말을 떠올려 봐. 우리가 있는 자리에서 당당하게 사치코 씨를 협박한 그 말을."

"우사미 씨가 사치코 씨를 협박한 말……?"

"사치코 씨가 만든 문갑 말이야. 사치코 씨는 재료를 잘못 사용해서 반은 편백나무, 반은 화백나무로 된 문갑을 만들고 말았지. 우사미는 그걸 가지고 '너 같다'고 말했어. 그거야말로 우사미의 교활함이 여실히 드러난 말이잖아. 주위 사람들은 무슨 뜻인지 알 수 없었겠지만, 사치코 씨에게는 강력한 공격으로 다가오는 한마디였으니까."

"어째서 그 말이 사치코 씨를 공격하는 말인데?"

"미나미, 넌."

가사사기는 날카로운 눈빛으로 나미를 응시하다가 물었다.

"학교에서 아직 성염색체에 대해 안 배웠니?"

학교에서 배운 적은 없지만, 책으로 읽은 적이 있다고 나미는 대답했다.

"그렇다면 떠올려 봐. 성염색체 X와 Y를 둘 다 가지는 건 남자니, 여자니?"

"남자야. 그렇게 적혀 있었어."

"잘했어. 자, 다시 잘 떠올려보렴. 어제 안주인이 우리에게 편백나무와 화백나무를 어떻게 구분한다고 가르쳐줬지?"

잠시 생각하던 나미의 얼굴에 떠오른 표정이 한순간 확 변했다. 가사사기가 하고 싶은 말이 무엇인지 알아차린 것이리라.

"잎 뒷면의 하얀 모양이 Y자 모양과 X자 모양, 그렇게 가르쳐 줬어! 알았다. 편백나무와 화백나무, 즉 Y와 X. 이건 남자가 가지고 있는 성염색체의 형태니까 문갑이 너 같다, 라는 우사미 씨의 말은 사치코 씨한테 너는 남자라는 공격과 다름없었구나!"

그야말로 모범 답안이었다. 가사사기는 만족스럽게 고개를 끄덕였다.

"우사미는 그런 종류의 협박, 혹은 심리적 공격을 지금까지 몇 번이나 사치코 씨에게 해왔겠지. 그래도 사치코 씨가 공방을 나가지 않았기 때문에 어쩔 수 없이 이번에는 강경책을 쓴 거고. 사치코 씨가 정식 제자로서 일을 시작하기 전에."

"하지만…… 하지만, 가사사기 씨, 어떻게 된 거야? 사치코 씨가 남자라니, 어째서 그런……."

"모두 꿈을 이루기 위해서지. 내 생각은 그래."

괴로운 심경을 대변하듯 가사사기의 이마에 세로 주름이 하나 새겨졌다.

"안주인이 그랬잖아. 행수는 제자로 지원하는 사람들을 대부분 문전박대했다고. 그리고 사치코 씨가 임시 제자로 일할 수 있도록 허락한 건 행수가 목공에 다양한 관점을 도입하려는 생각에서였다고. 만약 아마추어인 사치코 씨가 남자로서 제자가 되려고 했다면,

아마 다른 사람들과 마찬가지로 문전박대를 당했겠지. 사치코 씨 본인도 그 사실을 알고 있었어. 그래도 꼭 이 공방에서 일하고 싶었던 사치코 씨는 한 가지 계획을 궁리해 냈어. 자신의 몸집이 작다는 사실, 그리고 용모가 여성스럽다는 사실을 이용한 거야."

"앗, 그러고 보니 사치코 씨, 머리를 짧게 자르고 남자 옷을 입으면 남자처럼 보일 수도 있겠어!"

그건 대부분의 여성에게 적용할 수 있는 말이지만, 나는 심각한 얼굴로 고개를 끄덕였다. 가사사기가 고개를 설레설레 젓더니 비통한 표정으로 말을 이었다.

"사치코 씨의 행동은 정식으로 스모 선수가 되고 싶은 마음에 정수리에 실리콘을 주입하는 것과 같은 행동이었어. 다만 사치코 씨의 경우는 입문하고 나서도 만사가 끝나지 않는다는 게 문제야. 자신의 정체를 숨긴 채 하루하루를 보내야 하다니 정말 괴로웠을 테지. 그리고 그렇게 괴로우리라는 것은 그녀, 아니 그도 충분히 잘 알고 있었을 거야. 동경하던 유서 깊은 공방에서 일하기 위해 비장한 결단을 내린 거지. 나는 그의 결의에 경의를 표하며 이 사실을 누구한테도 이야기하지 않을 생각이야. 무덤까지 가지고 가겠어."

그러는 편이 좋으리라.

"자, 이제 돌아가자. 미니 트럭을 타고 산에서 내려갈 시간이야."

가사사기는 높은 하늘을 올려다보았다.

"죄의 향기는 자극적이야……. 하지만 그런 만큼 너무 오래 맡으면 독이 돼."

가사사기는 손에 든 하얗고 얇은 조각을 아무래도 상관없다는 듯 땅바닥에 던져버렸다. 그리고 우리에게 등을 돌려 산길로 되돌아갔다.

"잠깐만, 가사사기 씨. 우사미 씨를 고발하지 않을 거야? 죄를 알면서도 눈감아 주다니."

"그게 아니야, 미나미."

가사사기는 등을 돌린 채 말했다. 멈춰 서서 빙그르르 돌아선 가사사기의 얼굴에는 고단한 듯한, 그리고 어쩐지 쓸쓸한 듯한 미소가 떠올라 있었다.

"이건 그 두 사람의 게임이었어. 각자의 꿈과 야심을 추구하는 두 사람이 죄라는 칩을 걸고 벌인 게임이었던 거야. 이번에 우사미가 저지른 짓이 죄라면, 사치코 씨가 성별을 속이고 일하러 온 것 역시 죄지. 그리고 우리는 게임의 심판이 아니야. 단순한 관객에 지나지 않아."

가사사기는 다시 우리에게 등을 돌리고 말했다.

"게임이 끝나면 관객은 집으로 돌아가는 법이야."

나미는 내리쏟아지는 쓰르라미의 울음소리를 등에 지고 고개를 숙인 채 걸어가는 가사사기를 잠깐 동안 가만히 쳐다보았다. 이윽고 가슴속에 솟구치는 마음에 떠밀리듯 달려가더니, 가사사기의 등을 힘차게 껴안았다. 가사사기가 뭐라고 말하자 나미가 소리 내어 웃었다. 쓰르라미 울음소리에 섞이는 그 웃음소리를 들으며 나는 잠이 부족해서 무거운 눈을 비볐다. 그리고 몸을 구부려 흙 위에 떨어진 하얗고 얇은 조각을 주워 지갑에 넣었다.

어젯밤은 결국 잠을 거의 자지 못했다. 가사사기를 위해서가 아니라 나미를 위해서다. '천재 가사사기'가 있기에 나미가 이렇게 밝게 웃으면서 살아갈 수 있다. 나미를 낙담시킬 수는 없다.

7

공방으로 돌아간 우리는 행수에게만 간단하게 인사했다.

"나미, 오늘은 집에 가는 편이 좋겠어."

내가 미니 트럭에 올라타서 말하자 나미는 뜻밖에도 웃으면서 대답했다.

"당연하지, 갈 거야."

안심하는 한편, 어째서 갑자기 이렇게 고분고분해졌을까 싶었다. 조수석 문을 열면서 나미는 작은 목소리로 말했다.

"아까 가사사기 씨가 한 말, 못 들었어? 관객은 게임이 끝나면 집에 돌아가는 법이야."

그것참. 가사사기의 말이 이럴 때 도움이 될 줄이야.

셋이서 미니 트럭을 타고 공방을 뒤로했다. 올 때처럼 짐칸에 탄 나는 차가 30초쯤 달렸을 때 몸을 내밀고 운전석 창문을 두드렸다.

"미안, 화장실 좀 빌려 쓰고 올게. 토할 것 같아."

"숙취야? 빨리 다녀와."

나는 뛰어서 공방으로 돌아갔지만, 현관으로 들어가지 않고 곧장 숙소로 향했다. 청바지와 티셔츠 차림의 사치코가 짐 정리를 마친 듯 아버지와 함께 방 앞에 서 있었다. 사치코의 손에는 그 '가슴 패드'가 들려 있었다. 내가 다가가자 사치코는 당황스러운 표정으로 그것을 들어 올렸다.

"이거…… 뭘까요? 트렁크에 들어 있던데요."

"글쎄요, 사모님이 주시는 작별 선물 아닐까요? 작은 접시 같으니까요."

"예, 작은 접시에…… 완충재를 감아놓은 것 같아요. 하지만 접착제로 단단하게 붙여두었는데요."

그것은 안주인이 참깨 센베이와 오카키를 담았던 작은 접시 두 개에다 목공품에 두르는 얇은 발포 스티로폼 완충재를 붙여서 만든 물건이었다. 어젯밤 모두 잠들어서 조용해진 후에, 내가 부엌과 목공소에 숨어들어 가져온 재료로 만든 '가슴 패드'다. 아까 가사 사기가 이 방에 들어갔을 때, 가사사기의 등 뒤에서 몰래 여행 가방에 넣어두었다.

"그것보다 사치코 씨, 잠깐만 시간을 내주시겠습니까?"

나는 큰맘 먹고 사치코를 그 강가에 데려가기로 했다. 사치코의 아버지는 수상하다는 듯한 표정을 지었지만, 드디어 딸을 집에 데리고 돌아갈 수 있어서 조금은 마음에 여유가 생겼는지 아무 말도

하지 않았다. 나는 어제와 같은 장소에 앉았다. 망설이다가 사치코
도 옆에 앉았다.

"묻고 싶었습니다."

살그머니 불어온 바람이 사치코의 앞머리를 흔들었다. 그게 거
추장스러웠던 듯, 사치코가 고개를 살짝 흔들자 머리카락은 귀 위
에서 한두 번 흔들리다가 다시 원래 자리로 되돌아갔다. 여름 바람
을 맞고 이토록 자연스럽게 머리카락을 흔드는 사람이 남자일 수
있을까?

"사치코 씨, 어째서 오늘 아침에 우셨어요? 자신의 소원이 이루
어졌는데."

그 한마디를 듣고서 사치코는 아무래도 내가 하고 싶은 말을 알
아차린 모양이다. 한순간 두 눈을 크게 뜨고 나를 보았지만 바로
고개를 숙이고 중얼거렸다.

"알고 계셨나요."

나는 고개를 끄덕이고 다시 똑같은 질문을 했다. 그러자 사치코
는 몹시 망설이다가 이렇게 대답했다.

"분명…… 자신이 한 일이 부끄러워서 그랬을 거예요. 게다가
정말 슬펐어요. 제멋대로인 핑계지만."

"인간이란 모두 제멋대로인 법입니다."

또다시 바람이 불었다. 사치코는 아까보다도 훨씬 아무렇게나
머리카락을 털어냈다.

"하지만 분명히 저 정도는 아닐 거예요."

"저는 당신이 그렇게 멋대로 사는 사람이라고 생각하지 않아요. 그도 그럴 게, 마지막까지 공방을 생각하지 않았습니까. 도망치려는 목적을 달성하기 위해서라면 신목을 더 엉망진창으로 만들었어도 됐을 겁니다. 오히려 그래야 아버님이 그 이야기를 듣고 받으실 충격이 더 클 테니까 당신을 데리러 올 확률이 더 높아지겠죠. 하지만 당신은 가마만큼은 만들 수 있도록, 신목에 교묘하게 상처를 냈어요."

사치코는 대답하지 않고 말없이 자신의 무릎을 감싸 안았다.

가사사기의 이번 추리는 어떤 점에서 상당히 아까웠다. 범인은 분명 손상된 신목으로도 가마를 만들 수 있도록 적당한 곳만 골라 상처를 냈다. 그리고 사건을 전해 들은 사치코의 아버지가 딸이 걱정돼 공방으로 데리러 올 것을 목적으로 삼았다. 하지만 중요한 부분이 틀렸다. 그 짓을 저지른 건 우사미가 아니라 사치코다.

"동경만 품었을 뿐 실제로 생활한다는 게 어떤 의미인지는 깊이 생각하지도 않고 제자로 들어와서…… 정말로 생각이 어렸어요. 목공은 즐거웠지만, 역시 힘든 세계더군요. 제게는 무리였다고요. 임시 제자로 여기서 살기 시작하면서 바로 깨달았죠. 열심히 일하고, 저녁을 먹은 후에도 혼자 대패질이나 톱질 연습을 하면서 이게 내가 하고 싶었던 일이라고, 이렇게 일하는 게 꿈이었다고 매일 스스로를 타일렀지만……."

솟아오른 눈물을 참는 듯, 사치코는 눈을 꼭 감았다.

"역시 무리였어요."

2년 동안 사치코는 그런 괴로운 심정을 자기 가슴속에만 담아두고 있었다.

"저는 분명 드라마나 소설에 나오는 주인공처럼 되기를 바랐던 거예요. 외모와 이름이 평범하니까 어떻게든 그렇게 되고 싶었다고요. 하지만 아버지의 큰 반대를 무릅쓰고 집을 나왔으니 그만두고 싶다고 말할 수가 없어서…… 공방 사람들에게도, 아버지께도."

그러는 동안에 결국 사치코는 행수에게 정식 제자로 인정받고 말았다. 숙소에 가재도구도 준비되고 마침내 뒤로 물러날 수 없는 상황이 되어 갔다. 도망치고 싶다. 집에 돌아가고 싶다. 하지만 어느 누구에게도 이러한 마음을 밝힐 수는 없었다.

"막다른 지경에 몰린 탓에…… 터무니없는 짓을 저지르고 말았어요. 행수님과 사모님, 다쿠 씨, 우사미 씨에게 은혜를 원수로 갚는 짓을."

다시금 눈물이 솟아오르는 듯 사치코는 눈을 감았다. 하지만 이번에는 참지 못했는지, 눈가에서 눈물이 볼을 타고 흘러내렸다. 사치코의 티셔츠에 떨어진 눈물이 스며들어 사라지는 모습을 지켜보면서 나는 말했다.

"어제 작업장의 모습과 축하연처럼 남자 냄새가 풀풀 풍기는 일상의 풍경을 보고 여자가 익숙해지기는 어렵겠다 싶더군요. 사치코 씨, 목욕할 때 늘 욕조에 몸을 담그지 못했죠? 어젯밤에 나미도 못 들어갔다고 했어요."

욕조에 들어가고 싶지 않다는 사실을 안주인에게 들키기 싫어서 사치코는 지금까지 함께 목욕하자고 권해도 거절한 것이다.

생각해보면 어제 우리가 배달한 가재도구도 사치코가 고른 물건이 아니라 행수가 전화로 주문한 물건이었다. 행수 입장에서는 쓸데없는 일로 사치코를 번거롭게 할 필요 없이 일에 집중하게 해주려는 마음에서 그랬는지도 모르지만, 앞으로 매일 사용할 가재도구의 선택권을 본인에게 주지 않다니, 그야말로 무신경하게 강요한 것이나 마찬가지다. 우리가 숙소의 방에 물건들을 옮길 때, 사치코가 그냥 되는대로 놓을 곳을 지시하던 모습이 떠올랐다.

사치코에게 공방 생활은 쓰르라미의 울음소리와 똑같았으리라. 멀리 있을 때는 듣기 좋았다. 하지만 실제로 가까이서 들어보자 상상하던 것과는 완전히 달랐다.

"오늘 아침에 우사미 씨가 당신을 공방에 머무르게 하려고 아버님께 마구 대들었죠. 조금 뜻밖이었습니다. 저는 그 사람만은 사치코 씨의 기분을 이해하는 줄 알았거든요."

사치코가 턱을 살짝 당겼다.

"분명 우사미 씨만은 제 기분을 알고 있었어요. 그 사람도 제가 오기 반년 전에 교토에서 와서 실력을 닦기 위해 매일 열심히 노력했으니까. 어중간한 제 기분을 간단히 알아차릴 수 있었을 거예요. 저, 우사미 씨한테 몇 번 야단맞았어요."

"어떤 식으로요?"

"직접 야단치지는 않았어요. 너무 대놓고 말하면 결국 다 싫어진 제가 그만둘지도 모른다 싶어서 신경을 써준 것 같아요. 그 사람은 다정한 사람이에요. 언제나 에둘러서 제 어정쩡한 부분을 지적하고 격려해줬죠."

반은 편백나무, 반은 화백나무인 문갑이 사치코 같았다는 말도 분명 하나의 격려였으리라. 우사미는 그 문갑이 사치코의 마음과 닮았다고 말하고 싶었던 것이다. 사치코가 도리이를 만들 수 없도록 신목에 상처를 낸 것에는 그런 선배한테 답례하는 의미도 담겨 있었을까. 공방에서 가마를 제작할 수밖에 없는 상황을 만들어 우사미가 자개 공예 실력을 마음껏 뽐낼 기회를 만들어주려는 마음도 담겨 있었을지 모른다.

내가 물어보자 사치코는 시선을 애매하게 떨어뜨렸다. 그리고 아무 대답도 하지 않았다. 하지만 그 침묵은 말보다도 확실한 웅변이었기에 나는 사치코가 아까 입에 담은 '제멋대로'라는 표현을 다시 마음속으로 부정했다.

마침 우리 사이에 패랭이꽃이 피어 있었다.

"그러고 보니 우사미 씨는 가마의 자개 공예에 이 꽃 모양을 쓰겠다고 했습니다."

나는 보드라운 분홍색 꽃을 손가락으로 쿡 찔렀다.

"패랭이꽃을?"

"예. 이걸 써서 훌륭한 자개 공예를 완성하면 당신에게 뭔가 알려줄 수 있을지도 모르겠다면서요. 그때 그 '뭔가'가 뭔지 저는 몰랐습니다. 하지만 이제는 알겠네요."

꽃잎을 어루만지면서 사치코에게 내 생각을 말해주었다.

"패랭이꽃의 꽃말은 '순애'입니다. 순애라고 해서 꼭 연인 관계만을 가리키는 건 아니에요. 우사미 씨는 재능을 타고난 당신이 목공에 올곧은 애정을 쏟아붓기를 바랐다고 생각합니다. 순애로 가득한 훌륭한 자개 공예를 당신에게 보여주고, 그 꽃말을 가르쳐 주면서 올곧다는 것이 얼마나 멋진지 들려주려는 생각 아니었을까요? 올곧은 애정은 이렇게나 아름다운 모양을 그려낸다는 걸 말입니다."

사치코는 여름 바람에 흔들리는 패랭이꽃을 힘없는 눈으로 바라보았다. 이윽고 눈을 들더니 당장에라도 울음을 터뜨릴 것 같은 얼굴로 미소 지었다.

"그 자개 공예를 보고 깨우쳤다면…… 혹시 마음을 바꿀 수 있었을지도 모르겠네요."

사치코는 아직 늦지 않았다는 따위의 말을 듣고 싶지 않았으리라. 불현듯 미소를 지우고 얼굴을 정면으로 돌려 강을 보았다. 알고 보니 주변에는 여름다운 기척이 고루 갖추어져 있었다. 햇살을 튕겨내는 투명한 물. 때때로 잎의 뒷면을 내보이는 짙은 초록빛 풀. 하늘 저편의 적란운. 쓰르라미는 지금은 울고 있지 않다. 멀리에서도, 가까이에서도 그 울음소리는 들리지 않았다.

나는 손목시계를 들여다보고 무릎을 세웠다.

"이만 실례하겠습니다. 쓸데없이 시간을 오래 빼앗아 죄송하게 되었습니다."

사치코는 내게 티셔츠의 어깨 부분을 보인 채 간단한 작별 인사만 입에 담았다. 떠날 때, 사치코가 고개를 수그린 채 뺨을 희미하게 떨고 있다는 걸 알아차렸다. 그 떨림이 점차 커지면서 아주 가느다란 목소리가 목구멍에서 새어 나오는가 싶더니, 사치코는 무릎을 꽉 끌어안고 울기 시작했다. 조용한 흐느낌이었다. 하지만 내 몸은 바로 사치코의 울음소리로 가득 찼다. 망설이고, 망설이고, 한참을 망설인 끝에 내가 그대로 걸어가려 하자 사치코는 의식적으로 낸 듯한 나지막한 목소리로 말했다.

"저, 이제부터 뭘 하든 분명 잘 안될 거예요. 저도 알아요. 계속 평범한 상태에 머물러 있겠죠. 이대로 저는 아무런 쓸모도……."

다음 말은 눈물 속으로 사라졌다. 뒤이어 억누른 오열이 터져 나오며 사치코의 가녀린 등이 이따금 떨렸다. 나는 그 등을 향해 돌아서서, 들어줄지 말지는 모르지만 아까부터 줄곧 품고 있었던 생각을 말하기로 했다.

"어째서 강이 굽이굽이 휘어져 있는지 아시나요?"

대답은 없었다. 그래도 나는 말을 이었다.

"물이 높은 곳을 피해서 지나가기 때문입니다. 그래서 강은 이렇게 구부러지면서 뻗어나가지요. 이 강은 특히 더 그렇습니다. 좌우로 심하게 구부러져 있어요. 하지만 정말 아름답지 않나요?"

이번에도 돌아온 것은 오열뿐이었다. 눈앞에 있는 강을 보지 않으려는 듯 사치코는 청바지 무릎 부분에 얼굴을 묻었다.

"어제 이 강가에 왔을 때 생각했습니다. 만약 이 강이 쭉 곧았다면 그림이 되지 않았을 거라고요. 그렇잖아요. 그래서는 전혀 강답

142

지 않거든요. 그러니까 강은 이게 올바른 겁니다. 굽이굽이 휘어지며 흐르는 법이에요. 구부러져 있으니까 흐르는 겁니다. 누가 지도 위에 자를 대고 그은 선 위를 흐르라고 해도 강은 그렇게는 할 수 없습니다."

사치코의 등을 보며 말을 걸면서도 내가 무슨 소리를 하는 건지 잘 몰랐다. 몰랐지만 그 모르는 것을 어떻게든 사치코에게 전하고 싶었다.

"인간은 매일매일 여러 가지 일을 생각하고, 여러 가지를 동경하며 구부러지는 법입니다. 누구든지 그래요. 그렇게 흐르는 동안은 어디에 다다를지 모르죠. 제 생각에 구부러진다는 건 중요한 일이에요."

이윽고 사치코는 울음을 그쳤다. 사치코는 눈물의 여운을 온몸에 남긴 채 졸린 아이처럼 멍하니 강을 바라보았다. 수면에 스칠 듯이 날아가던 산새의 꼬리가 한순간 물을 두드렸다.

"구부러진 기념으로."

나는 사치코 곁에 쪼그리고 앉아 지갑에서 하얗고 얇은 조각을 꺼냈다.

"이거, 혹시 괜찮다면."

사치코는 그것을 손바닥에 얹어놓고 신기한 듯이 쳐다보았다.

"자개……?"

나는 고개를 저었다.

"어제 만들었어요. 여기에 피어 있던 패랭이꽃 꽃잎을 나미가

143

가지고 있던 수정펜으로 하얗게 물들인 다음, 작업장에 있던 니스를 칠했죠."

뭣 때문에 만들었냐고 물으면 어쩌나. 대답은 준비하지 않았다. 하지만 그런 걱정은 필요 없었다. 사치코는 손바닥 위의 가짜 자개를, 젖은 먹빛 눈으로 잠시 바라보다가 받겠다는 신호처럼 가만히 자신의 가슴에 가져다 댔다.

"어젯밤에 행수님도 말씀하셨는데."

사치코는 강에서 흘러온 솔솔바람에 부드러운 목소리를 실었다.

"히구라시 씨는 좋은 직공이 될 수 있을지도 모르겠네요."

"수정펜을 많이 사서 연습하겠습니다."

사치코는 살짝 웃어주었다. 그 웃음이 정말 예뻐서, 어떤 사람의 얼굴에서도 본 적 없을 정도로 예뻐서 나는 왠지 갑자기 울고 싶어졌다. 당황해서 얼굴을 돌리자 느닷없이 강 건너편에서 쓰르라미가 울기 시작했다. 나 대신에, 한 마리, 두 마리, 세 마리. 건너편이 순식간에 아름다운 울음소리로 가득 찼다. 사치코도 놀랐는지 얼굴을 들고 고개를 살짝 기울인 채 강 건너를 바라보았다. 멀리서 듣는 쓰르라미 울음소리는 역시나 아주 아름답고 기분 좋게 귀를 어루만졌다. 그렇게 생각하자 결국 눈물이 찔끔 났다. 그 눈물을 얼버무리기 위해 나는 억지로 입을 열었다.

"쓰르라미를 '저녁이 아쉬워 우는 매미'라고 부르는 지방도 있는 모양이더군요."

"저녁이 아쉬워 우는 매미……."

나는 지금 이 자리를 떠나기가 정말로 아쉬웠다.

아쉽다는 것은 분명 잊고 싶지 않다는 뜻이리라. 소중히 하겠다는 뜻이리라. 그리고 언젠가 추억에서 꺼내서 자신의 힘으로 삼기 위해, 마음속 어딘가에 간직해 두겠다는 뜻이리라. 나는 사치코도 이 순간을 아쉬워하기를 딱히 바라지는 않는다. 다만 자신이 공방에서 보낸 2년을 아쉬워했으면 좋겠다. 지금이 아니라도 상관없다. 언젠가, 어디선가, 아쉬워했으면 좋겠다. 추억에서 끄집어내 자신의 힘으로 바꾸었으면 좋겠다. 나는 사치코라면 반드시 그렇게 하리라 믿었다.

"아버지, 좀 야위셨던데……."

멀찍이서 들리는 쓰르라미 울음소리를 들으며 사치코가 중얼거렸다.

가을,

남쪽 인연

1

미니 트럭의 운전석에서 내리자 요 며칠 사이에 한층 차가워진 바람이 목덜미를 훑고 지나갔다. 해는 어느덧 자취를 감추었고, 흐린 날의 습한 공기가 주변을 가득 메웠고, 주차장 구석에서는 무릇이 빨간 꽃을 흔들었다. 그리고 역시 지갑에는 돈이 없었다.

"매정하기 짝이 없는 땡중 같으니라고⋯⋯."

이번에도 당했다. 미니 트럭의 짐칸에는 기타 케이스 세 개가 나란히 놓여 있었다. 케이스 안에는 각각 어쿠스틱 기타, 클래식 기타, 일렉트릭 기타가 들어 있다. 방금 오호지의 주지가 억지로 팔아넘긴 물건이다.

청동상 방화 미수 사건과 신목 손괴 사건 때, 대형 쓰레기나 다름없는 장롱과 서궤를 비싼 값에 팔아넘긴 주지는 오늘 또 나를 절로 불러들여 본당 벽에 기대어 놓은 기타 세 개를 보여주었다. 힐끗 보니 셋 다 아주 낡았다. 일부러 그랬는지 아닌지는 모르지만, 현이 전부 풀려 있어서 소리가 제대로 나는지도 분명하지 않았다. 머리가 벗겨진 귀신처럼 무시무시하게 생긴 주지는 기타들을 그리운 눈빛으로 바라보며 자기가 젊었을 적에는 음악의 매력에 사로잡혀 살았다고 중얼거렸다. 그리고 내게 돌아서서 '무아無我'에 대해 설법했다. 자신이 이 절에서 수행하면서 추구하는 무아의 기본은 과거를 완전히 잊는 것인데, 과거란 추억을 말하는 것이며, 추억이란 이 기타 그 자체라고 했다. 그러니 전부 사달라는 것이다.

"얼마에요?"

내가 머뭇머뭇 묻자, 주지는 프랑크푸르트 소시지로 보일 만큼 굵은 손가락을 두 개 세웠다.

"이천 엔요?"

하나에 육백 엔 남짓이면 나쁘지 않다. 하지만 주지는 쯧쯧 혀를 찼다.

"설마 이만 엔……?"

이번에는 쯧쯧쯧 혀를 찼다. 그러더니 하나에 이만 엔이라고 말했다. 나는 깜짝 놀라 가을인데도 땀을 흘리면서 털어놓았다. 지난번에 산 서궤도, 지지난번에 산 장롱도 우리 입장에서는 완전히 적자였다는 사실을. 하지만 무아를 목표로 하는 주지는 그런 과거를 버렸다며 구슬픈 눈으로 먼 곳을 바라볼 뿐이었다.

배수진을 친다는 각오로 흥정한 결과, 매입 가격을 하나에 육천엔으로 떨어뜨렸지만, 주지가 현금을 받아 들며 빙긋 웃는 모습을 보건대 그래도 내 패배였던 듯하다. 혹시 이건 공갈에 가까운 짓 아닐까.

"가사사기가 여간 화내는 게 아니겠는데……."

기타 케이스 세 개를 끌어안고 터벅터벅 창고로 향했다. 입구에 걸린 간판에 어두운 하늘빛이 비치자 어쩐지 평소보다 한층 더 경기가 나쁜 것처럼 보였다.

가사사기 중고상점

잡다하게 놓인 재고들의 틈새를 누비며 창고 안쪽으로 나아간다. 액자, 후지쓰에서 출시한 워드프로세서, 「데라우치 간타로 일가」* DVD 박스 세트, 에스프레소 메이커, 다이어트용 승마 운동기구, 「시티 헌터」**…….

"으헛!"

천장에 잘린 머리가 거꾸로 매달려 있는 걸 보고 나는 소리를 질렀다.

"히구라시 씨, 혹시 그거 기타야?"

사다리를 올라가면 나오는 2층 사무실에서 나미가 고개만 내밀

- 1974년에 일본에서 방영된 인기 텔레비전 드라마
- 1980년대 후반을 배경으로, '시티 헌터'가 미녀 의뢰인의 의뢰를 받아 사건을 해결해 나가는 내용의 일본 만화

어 이쪽을 보고 있었다.

"나미, 그런 짓 하지 마. 응? 아아, 맞아. 기타인데."

"나, 전부터 기타 쳐보고 싶었어. 그거 안 팔래? 수선하면 칠 수 있는 거지?"

"칠 수 있으니까 사 온 거야."

"거짓말. 억지로 떠넘기니까 어쩔 수 없이 사 온 거면서."

"어쩔 수 없이는 무슨. 이쪽도 엄연한 장사거든."

흐흥, 이라는 묘한 웃음과 함께 나미의 머리는 2층으로 쏙 들어가고 목소리만 들려온다.

"제대로 칠 수 있게 만들어 줘."

"알았어. 셋 중에 뭐가 좋겠어?"

"선다우너* 멤버가 치는 거."

"일렉트릭 기타 말인가…….”

선다우너는 나미가 최근에 푹 빠진 인디 밴드인데, 그들이 직접 제작했다는 CD를 나미가 억지로 들려준 적이 있다. 록이라서 뭐가 어떤지 전혀 종잡을 수 없었지만. 기타 세 개를 창고 안쪽에 있는 수선 공간으로 옮기면서 나는 나미가 중학교 교복 차림으로 일렉트릭 기타를 치는 장면을 상상해 보았다. 전혀 어울리지 않는다고 할까, 상식에 어긋난다는 느낌이 들었다.

"클로징 유어 아이즈…… 유 세이 잇츠 다크…….”

* SUNDOWNER, 미치오 슈스케의 작품 중 하나인 『랫맨』에 등장하는 인디 밴드

"나미, 가사사기는?"

콧노래가 들려온다.

"은행에. 올 씽즈 유 니드……."

손님이 오면 어쩔 생각이었을까. 어차피 손님이 오지 않을 거라 예상했으니까 나갔겠지만.

"아아, 히구라시. 돌아왔구나."

수선 공간의 동그란 의자에 앉아 걸레로 일렉트릭 기타의 먼지를 닦고 있자니 가사사기가 창고로 들어왔다.

"아까 전에 왔어. 으응? 비……?"

가사사기가 입은 스누피 운동복의 두 어깨 부분이 조금 젖어 있었다.

"응, 후드득후드득 떨어지던걸."

가늘고 긴 두 팔로 자기 몸을 부둥켜안으며 가사사기는 바깥쪽을 돌아보았다. 건너편 집의 지붕이나 정원수의 잎 등 색깔이 진한 부분에서만 눈에 보일 정도로 가느다란 빗줄기가 떨어지고 있었다. 가사사기의 어깨 너머로 비를 바라보면서 나는 왜 비싼 값을 주고 주지에게 고물 기타를 사들였는지 변명할 말을 생각했다. 가사사기는 장사는 열심히 하지 않는 주제에 남이 맡은 일에는 잔소리가 많다. 내가 오호지에 불려 갔다 온 걸 알고 있으니 금방이라도 일이 어떻게 되었는지 물으리라.

하지만 가사사기는 뒤돌아보지 않았다. 계속해서 말없이 가을비만 바라본다. 내심 고개를 갸웃하면서 가만히 옆으로 다가가자 거의 혼잣말처럼 가사사기가 중얼거렸다.

"그때 내린 비가 생각나네."

"그때라니?"

아아, 그때 말이구나.

나도 비가 내리는 쪽으로 얼굴을 돌렸다. 그래, 그때는 내가 처음으로 가사사기를 위해 움직인 날이다. 그리고 살면서 처음으로 범죄를 저지른 날이기도 하다. 나중에 내가 저지른 범죄에 대해 알아보았을 때, 체포되면 3년 이하의 징역이나 십만 엔 이하의 벌금에 처해진다는 사실을 알고 등줄기가 오싹했다.

2

　작년 가을. 우리가 가사사기 중고상점을 개업한 지 1년하고 조금 더 지났을 무렵이다. 개업 당시부터 계속 적자인 바람에 날마다 소면이나 날달걀에 비빈 밥만 먹던 우리는 창고 입구에서 비를 바라보면서 비타민 이야기를 하고 있었다.

　"비타민A가 결핍되면 시력이 저하된다고 들었어. 시력은 우리 장사에 무엇보다도 중요해, 히구라시. 왜냐하면 매입하는 상품의 가치를 꿰뚫어 봐야 하니까."

　"비타민A는 뭐에 들어 있더라?"

　"장어구이나 동물의 간, 은대구에 많이 함유되어 있다나 봐."

　"전부 비싸잖아."

　가사사기는 고개를 끄덕이고 가을비를 노려보았다.

　우리가 그렇게 하릴없는 시간을 보내고 있을 때, 가게로 전화 한

통이 걸려 왔다. 사무실의 전화가 울리면 이야기가 서투른 나 대신, 스스로 말을 잘한다고 굳게 믿는 가사사기가 받기로 정해 두었으므로 그때도 가사사기가 전화를 받았다. 사무실로 올라간 가사사기가 좀처럼 돌아오지 않길래 나는 희한하게 통화가 길다고 걱정하며 상황을 확인하러 갔다.

"……그럼 15분 안에 찾아뵙겠습니다."

마침 가사사기가 수화기를 내려놓는 참이었다.

"일이야?"

"빅 비즈니스다."

가사사기는 어쩐지 허풍스러운 말과 함께 이쪽으로 돌아섰다.

"가구, 오디오, 장식품, 그 밖에 여러 가지. 방 하나에 있는 가재도구를 전부 사달라는 의뢰야. 전부 다 비싼 물건인가 봐. 일류 메이커의 고급품뿐이라는군."

가사사기는 야윈 어깨를 들썩이며 기쁜 듯이 우후후 웃었다. 빅 비즈니스. 큰 금액을 움직인다는 의미에서는 확실히 그럴지도 모른다. 물건을 사가겠다는 이야기라면 물론 나도 기쁘겠지만…….

"사달라는 거지?"

"그러니까 그렇게 말했잖아."

"자금은 어디 있는데? 사들일 자금 말이야. 고급 가구, 고급 오디오에 고급 장식품이면 액수가 상당하겠는걸?"

가사사기는 한순간 아차 싶은 얼굴을 했지만, 바로 진지한 표정으로 돌아와서 나를 응시했다.

"지금, 가게에 현금은 얼마나 있지?"

"이만 칠천삼십 엔."

"그렇다면 그 금액으로 결판을 내자."

가사사기는 딱 잘라 말했다.

"그게 장사라는 거 아니겠어, 히구라시. 상대방이 싼값이라도 상관없다고 그랬거든. 이참에 제대로 한번 깎아보자고."

"싸게 매입해도 상관없다고 그랬어? 그 손님이?"

"응, 그랬지."

가사사기는 자신만만하게 턱을 젖혔다. 거짓말 같지는 않았다. 원래 억측과 과장이 가사사기의 특기이기는 하지만, 새빨간 거짓말을 할 줄 아는 인간은 아니다.

"이러쿵저러쿵하고 있을 여유 없어. 15분 안에 가겠다고 했다고. 이제 14분밖에 없단 말이야."

나는 어쩔 수 없이 상품 감정 의뢰서와 매입 명부, 사업용 현금이 든 봉투를 가방에 넣고 출발할 채비를 했다. 손님의 집 주소를 물어보자 여기서 차로 10분도 걸리지 않는 고급 주택지인 듯했다.

"그 사람 이름은 뭐야?"

"미나미 씨. 여자였어."

그러더니 가사사기는 팔짱을 끼며 고개를 갸웃했다.

"그런데 그 여자, 내가 이름을 물었을 때 바로 대답하지 않더라고. 뭔가 다른 이름을 말하다가…… 재빨리 바꿔 말했어, 미나미라고. '남녘 남'에 '볼 견'자를 쓴다고."

"자기 성을 바꿔 말하다니 혹시 가명 아닐까? 가사사기, 설마 위험한 일은 아니겠지. 우리에게 장물을 팔려고 한다든가."

"장물을 파는데 자택으로 불러들이지는 않을 테지."

"하지만."

가사사기는 책상 위에 있던 『머피의 법칙』을 들어 올려 표지를 탁 두드렸다.

"볼드리지의 법칙. '무슨 일에 말려들지 사전에 알고 있다면, 우리는 아무것도 시작할 수 없을 것이다.' 히구라시, 인생에 첫 번째로 필요한 건 행동력이라고."

아마도 그 법칙은 원래 '인생의 모든 부분에서는 실패가 기다리고 있다'라는 의미겠지만, 머피의 법칙에 대해 뭐라고 말대꾸를 하면 가사사기가 반드시 화를 내기에 나는 입을 꾹 다물었다. 그리고 가방과 주택 지도를 껴안은 채 미니 트럭의 조수석에 올라탔다.

전화를 건 여자가 알려준 장소에는 그야말로 커다란 집이 있었다. 이렇게 훌륭한 집에서 매입 의뢰가 들어온 적은 없었으므로 차에서 내린 우리는 몇 번이나 장소를 확인했다. 둘이서 우산 하나를 쓴 채 가사사기가 번지를 적은 메모를 봤다가, 지도를 봤다가, 메모를 봤다가, 다시 지도를 봤다.

문패를 확인하면 될 일이었지만 어째서인지 문패를 떼어놓았다.

문기둥에는 직사각형 홈만 남아 있었다.

"뭔가 수상한 냄새가 풍기는데."

"뭔가라니?"

"좋지 않은 일이 일어나지 않아야 할 텐데……."

가사사기는 무의미한 말을 중얼거리더니 아르데코 형식의 대문 너머에 있는 집을 찌르는 듯한 시선으로 쳐다보았다. 가사사기는 옛날부터 틈만 있으면 사건에 말려들어 주겠다고 벼르는 구석이 있었다. 태어나서 처음으로 한 말이 "수수께끼다"였다고 하는데 이 건 분명 거짓말이겠지.

"어쨌든 의뢰인을 만나보자."

꼿꼿이 세운 집게손가락으로 인터폰 버튼을 누르자, 바로 젊은 남자의 목소리가 대답했다. 가사사기라고 이름을 대니 현관까지 오라기에, 우산을 함께 쓰고 대문으로 들어가서 덩굴장미가 감긴 아치를 빠져나와 서양식 포석 위로 나아갔다. 주변 공기를 가득 채 운 젖은 흙냄새까지도 고급스러운 느낌이 들었다. 현관에 다다르 자 거의 동시에 중후한 목제 문이 안쪽에서 열리며 아까 들렸던 목 소리의 주인이 우리를 맞이했다.

"오시느라 고생하셨습니다. 물건은 2층에 있으니 들어오십시오."

훤칠하게 키가 커서 안경 쓴 콩나물 같은 느낌을 주는 남자였다. 일자로 앞머리를 내리고 딱 달라붙는 쇼트커트 스타일로 자른 머 리 모양이, 콩나물을 거꾸로 들고 끝부분만 소스에 살짝 담근 듯한 느낌이다. 우리처럼 20대 후반 정도로 보였다.

"사모님, 중고상점에서 오셨습니다!"

본인은 크게 소리쳤다고 생각하는지도 모르지만, 그는 가냘프게 외치며 앞장서서 계단을 올라갔다. 도중에 한 번 돌아보더니, 이 집의 잡일을 맡고 있는 도무라고 자신을 소개했다.

2층으로 올라가자 왼쪽에 복도가 뻗어 있었고 복도 좌우에 문이 두 개, 정면에 하나로 총 다섯 개가 있었다. 문은 모조리 닫혀 있었지만, 외관으로 상상하건대 분명 전부 다 상당히 넓은 방이리라. 도무라는 정면에 있는 방문을 두드리더니 조그맣게 대답하는 소리를 듣고 문을 열었다. 서재인 것 같았다. 광택이 나는 마룻바닥. 저희는 외제이옵니다, 하고 말하는 듯한 목제 가구들. 턴테이블이 달린 튼튼한 오디오와 커다란 스피커. 함석 모형이 진열된 수집 선반. 방 한가운데에는 여자 한 명이 서 있었다.

방구석에서 캭 하는 소리가 났다. 뭔가 했더니만 하얀 고양이가 한 마리 있었다. 나와 가사사기를 보고 놀랐는지 귀신이라도 본 듯한 얼굴로 소파 밑으로 도망쳐 들어갔다. 꼬리만 약간 갈색이었는데, 종류는 모르겠지만 발바닥에 흙 한번 묻혀보지 않았을 것처럼 고급스러워 보이는 고양이였다.

"야옹아, 무서워할 것 없어. 손님이시니까."

방에 있던 여자가 조용히 말을 걸었지만 소파 밑은 잠잠했다.

"저희 사모님이십니다."

도무라가 나뭇가지 같은 팔로 여자를 가리켰다.

"연락드린 미나미예요. 전화로 말씀드렸다시피, 이 방에 있는 물건을 전부 가지고 가주세요. 큰 것부터 작은 것까지 전부 다."

"알겠습니다. 그러면 바로 상품 감정에 들어가겠습니다. 아아, 소개가 늦었군요. 저는 가사사기이고 이쪽은……."

소파 밑에서 튀어나온 하얀 털 뭉치가 엄청난 기세로 방을 비스듬히 가로질렀다. 다다다다닷 하고 복도에서 멀어지는 발소리가 들렸고, 뒤돌아보았을 때는 이미 갈색 꼬리가 계단 어귀로 사라지는 참이었다.

"여전하네요."

도무라가 쓴웃음을 지었다.

"저 아이는 겁이 많아서 큰일이야."

부인은 조그맣게 한숨을 내쉬었다. 나이는 30대 후반 정도일까. 오똑한 콧대가 외국 동전에 새겨진 여자의 옆얼굴을 연상시킬 만큼 아주 아름다운 사람이었다. 하지만 내가 내민 상품 감정 의뢰서에 적은 '미나미 리호'라는 서명을 보니 글씨는 그다지 예쁜 편이 아니다. 조잡하지는 않았지만 학생처럼 동글동글한 글씨체다. 그 글씨를 보자 리호라는 여자가 아까보다도 좀 더 친근하게 느껴졌으니 사람이란 참 제멋대로다.

"그럼 부탁할게요. 저는 아래에 있을 거예요. 도무라 씨도 내려와도 괜찮아요. 저녁 식사 준비 좀 해주고, 아이들 밥도 부탁할게요."

리호는 가볍게 고개를 숙인 후 조용히 복도로 나갔다. 이어서 도무라도 방을 뒤로했다.

"어디 보자."

우리는 매입할 상품들을 향해 돌아섰다.

"뭐부터 시작할까, 히구라시."

"큰 거부터 하는 게 낫지 않을까. 그런데 저 사람, 아이가 몇 명이나 있는 거야."

"왜?"

"아까 아이들 밥도 부탁한다고 그러길래."

"몇 명이든 무슨 상관이야."

"왜 '저녁 식사 준비'랑 '아이들 밥'이 따로따로지?"

"몰라."

나와 가사사기는 신경 쓰는 부분이 다 다르다. 하루 이틀 일도 아니거니와 이미 서로 익숙해졌으므로 우리는 이야기를 마무리 짓고 가재도구 감정에 착수했다. 그렇지만 어디까지나 형식적인 감정이었기 때문에 바로 끝났다. 어쨌거나 사전에 매입 가격을 이만 칠천삼십 엔이라고 결정해 두었으니 금액의 내역만 적당히 조정하면 된다. 솔직히 말해 우리는 방에 들어간 순간부터, 여기 있는 물건 전부를 이만 칠천삼십 엔이라는 헐값에 사들이다니 말도 안 된다고 생각했다. 하지만 현금이 그것밖에 없으니 어쩔 수 없다.

"그럼 히구라시, 부인을 불러오자."

"너무 빠르다고 의심하지 않을까?"

"그렇군. 일리 있어."

그런 연유로 우리는 할 일이 없어졌다. 가사사기는 광택이 나는 천연 목제 책상에 엉덩이를 얹었고, 나는 책상과 짝을 이룬 의자에 앉았다. 그러고선 둘 다 팔짱을 꼈다. 집이 넓어서 그런지 아무 소리도 들리지 않았다. 바깥에는 비가 내리고 있었지만, 빗방울이 떨어지는 소리가 들려올 정도는 아니었다.

"그런데…… 이봐, 히구라시. 어떻게 생각해?"

눈을 감고 가만히 생각하던 가사사기가 불쑥 중얼거렸다.

"어째서 부인은 이 물건들을 전부 팔려는 걸까."

"아니, 그런 건 손님의 사생활이잖아."

"보아하니 이 서재는 성인 남자가 사용하는, 혹은 사용하던 장소야. 그런 방의 물건들을 모조리 팔아치운다는 건……."

누가 문을 두드려서 우리는 튀어 오르듯이 일어섰다. 작업에 열을 올리고 있는 듯한 자세를 취했을 때, 문이 열렸다. 도무라가 찻잔 두 개를 얹은 쟁반을 손에 들고 서 있었다.

"왜 꼼짝도 안 하고 계십니까?"

도무라가 눈썹을 찌푸린 것도 당연하다. 우리 둘 다 활인화*처럼 일시정지한 상태였기 때문이다. 인간이란 당황하면 하지 않아도 될 일까지 하고 만다.

"저희 버릇입니다. 어렸을 적에 '무궁화 꽃이 피었습니다'를 지나치게 많이 해서 그렇죠. 하하하."

다행히도 도무라는 가사사기가 늘어놓은 어처구니없는 변명을

• 　그림 속 인물과 똑같이 분장시킨 사람을 배경 앞에 배치해, 역사나 문학의 한 장면 등을 실제로 재현하는 예술

농담으로 받아들였는지 가볍게 웃으며 방으로 들어왔다. 표정과 동작에서 또래를 편하게 상대하는 마음이 엿보였다.

"괜찮으시면 차라도 드시죠. 그러면 두 분은 어렸을 때부터 친하셨나 보군요?"

"네."

"아니요."

우리는 동시에 다른 대답을 했다. 가사사기의 변명에 맞추어 "네"라고 대답한 게 나고, 방금 자기가 한 말을 잊고서 "아니요"라고 대답한 게 가사사기다. 얼굴을 휙 마주 본 우리는 재빨리 말을 바꾸었다.

"아니요."

"네."

"아하하하, 저도 어릴 적에 그런 친구가 있었습니다. 사이좋다는 걸 인정하고 싶기도 하고 인정하고 싶지 않기도 한 그런 친구요."

특별히 도와주려고 한 건 아니었겠지만, 도무라는 멋지게 우리의 실수를 덮어주며 협탁 위에 쟁반을 놓았다.

"여기 놓아두겠습니다. 그럼 잘 부탁드립니다."

"아, 잠깐만요."

가사사기가 물러가려는 도무라를 불러 세웠다.

"사모님은 몸이라도 안 좋으십니까? 아까 뵀을 때 기운이 너무 없어 보이시던데요."

"그렇습니까?"

164

"예. 뭐랄까 그, 난처한 일이라도 있는 것처럼요."

말하면서 가사사기는 빈틈없는 눈으로 도무라를 쳐다보았다. 아까부터 궁금해하던 가재도구 매각의 이유를 알아내기 위해 속마음을 넌지시 떠볼 속셈인 듯하다.

"난처한 일…… 글쎄요, 저는 잘 모르겠습니다. 아침부터 마루가 기분이 안 좋다고 걱정하기는 하셨는데……."

뒷부분을 혼잣말처럼 중얼거리던 도무라는 고개를 갸웃했다.

"마루는 반려 고양이인가요?"

"고양이요? 아니요, 고양이가 아닙니다. 마루는요."

그때 도무라가 갑자기 입을 다물고 뒤를 돌아보았다.

"아, 큰일이다. 실례하겠습니다."

도무라는 갑자기 방에서 나갔다. 그대로 복도를 두세 걸음 나아가다 재빨리 돌아오더니 밖에서 문을 닫았다. 도대체 무슨 일인가 싶어 귀를 기울이자, 야옹야옹하고 응석 부리는 듯한 고양이의 울음소리가 점점 다가왔다. 도무라의 나직한 목소리가 들린다. 그리고 다시 목소리. 이번에는 여자아이의 목소리다.

"누구야?"

"아아, 음. 그게 좀……."

가사사기와 얼굴을 마주 보고 있자니 고양이 울음소리가 또 가까워졌다.

"아, 잠깐 기다려."

"왜 기다려야 되는데?"

아무래도 고양이는 아이에게 착 달라붙어서 걷고 있는 모양이다. 고양이 울음소리와 사람 발소리가 함께 가까워지더니, 문손잡이가 찰칵 돌아갔다. 문을 연 사람은 회색 치마에 흰색 긴소매 와이셔츠의 사립 초등학교 교복을 입은 단발머리 여자아이였다. 그다지 눈에 익지 않은, 배낭에 가까운 모양의 란도셀°을 메고 있다. 아이의 발치에 붙어 있던 고양이는 우리를 보자마자 마치 괴물이라도 본 것 같은 얼굴로 복도를 달려 달아났다. 겁쟁이인 주제에 아무래도 좀 얼빠진 구석이 있는 고양이인 듯하다.

"뭐 하는 거야?"

느닷없이 여자아이가 물었다. 아래에서 올려다보는데도 마치 내려다보는 듯한 눈빛이었다.

"응, 우리 말이니? 우리는 일을 하고 있단다."

가사사기가 대답했다.

"일이라니?"

"가재도구를 감정하러 왔지. 이만 칠천삼십 엔이 아니라, 보자, 그러니까⋯⋯."

"감정?"

소녀는 날카로운 눈으로 되물었다.

"저기, 사실은 그게⋯⋯."

뒤에서 도무라가 뭐라고 말하려 하자 소녀가 단호하게 막았다.

•   대부분의 일본 초등학생들이 메고 다니는, 각진 네모 모양의 책가방

"이 사람들한테 묻고 있잖아. 도무라 씨는 아래로 내려가 있어."

"아니, 그래도……."

"됐다니까."

도무라는 눈썹을 축 늘어뜨린 채 몇 번인가 뒤돌아보면서 복도로 사라졌다. 계단을 내려가려다가 멈춰 서서 걱정스럽다는 듯이 이쪽을 쳐다보았다.

"그래서, 무슨 일인데?"

소녀는 우리를 번갈아 응시했다. 이렇게 예측할 수 없는 상황이 닥치면 나는 쭈뼛쭈뼛하기만 할 뿐, 그다지 도움이 되지 않는다. 그 사실을 알아차렸는지 소녀의 시선은 이윽고 가사사기의 얼굴 위에서 멈췄다.

"감정이라니, 그러니까 값어치를 따져서 사들이겠다는 뜻이야?"

"아아, 응, 그런 뜻이지."

"엄마가 그러라고 했어?"

"엄마? 아까 그 손님 말하는 건가? 그래, 그 사람이 우리에게 연락을 쳤지."

갑자기 소녀의 흰 얼굴이 아래를 향했다. 소녀는 그대로 오랫동안 입을 다물고 있더니, 실수로 아주 싫어하는 음식을 먹었다가 도로 내뱉을 때처럼 중얼거렸다.

"최악이야."

소녀의 내리깐 긴 속눈썹이 희미하게 떨렸다. 우리는 곤혹스러운 시선을 교환하다가 결국 가사사기가 흠흠, 헛기침을 하고 물었다.

167

"그런데 넌 누구니?"

"이 집 딸인데."

"아, 혹시 마루라는……?"

"아니야. 하지만 마루가 되고 싶을 지경이야."

무슨 뜻일까.

"마루가 아니라면……."

"나미."

시선을 아래로 향한 채 소녀는 알아듣기 힘들 만큼 작은 목소리로 대답했다. 앞머리로 반쯤 가려진 얼굴은 가면처럼 표정이 없었다. 나는 그 얼굴을 아주 옛날에 본 적 있는 듯한 기분이 들었다. 언제였더라. 어디였더라.

"나미구나."

고개를 한 번 끄덕이고 나서 가사사기는 갑자기 입을 다물더니 소녀의 얼굴을 신기한 듯이 들여다보며 다시 물었다.

"나미 맞니?"

"응."

"그러니까 이름이…… 미나미 나미?"

"그래. 웃어도 돼."

지금 와서 생각해 보니 너무 늦게 깨달았다. 남성용 가재도구의 매각. 전화로 다른 성을 말하다가 바로 고쳐 말한 모친. 떼어낸 문패. 내가 그런 일들과 '이별'이라는 말을 연관 지어 생각한 것은 이때가 처음이었다. 사별일까. 이혼일까. 어느 쪽이든 이 소녀는 그 이별 탓에 미나미 나미라는 이름을 가지게 됐는지도 모른다.

"이봐, 가사사기."

"좋은걸."

가사사기가 손뼉을 짝 쳤다. 화약이라도 터진 것처럼 요란한 소리가 났다. 나는 깜짝 놀라 말을 삼켰고, 소녀도 상체를 뒤로 젖히며 가사사기를 쳐다보았다.

"작명 센스 한번 끝내주는데! 누가 지었지? 아빠? 엄마?"

온몸에 '흥미'라고 써 붙인 가사사기가 상대를 거의 덮을 듯한 기세로 상체를 구부려 나미에게 얼굴을 갖다 댔다.

"바보 아니야?"

나미는 몸을 휙 돌려 복도로 사라졌다. 돌아서기 직전에 살짝 보인 나미의 얼굴은 화가 나 있었지만, 무표정한 것보다는 조금 나은 것 같은 기분이 들었다.

3

가족에 대한 내 상상을 이야기하자, 가사사기는 두 눈을 휘둥그 레 뜨고 굳어버렸다.

"그렇다면…… 혹시 아까 나는 말도 안 되는 실언을?"

"아니, 그건 나름대로 나쁘지 않았다고 생각해. 잘 모르겠지만."

"아빠는 죽었나? 아니면 집을 나갔나?"

"나한테 물어본들 모르지."

"미나미는 엄마의 옛날 성일까. 하지만 왜 부모가 헤어졌다고 딸의 성까지 바꾸는 거지? 그렇구나. 모녀가 성이 다르면 이상하니 까 엄마가 옛날 성으로 되돌아갈 때 딸의 성도 같이 바꾸게 됐나?"

"그러니까 난 모른다고."

문 건너편에서 고양이 울음소리가 가까워졌다. 야옹, 야옹…… 울음소리와 함께 발소리도 다가온다. 우리는 재빨리 작업하는 듯한 자세를 취했지만, 이제 슬슬 작업이 끝나도 부자연스럽지 않은 시간이다 싶어 잽싸게 작업을 종료한 자세로 바꾸었다. 문을 연 사람은 리호였다. 발치에 딱 붙어 따라온 고양이가 우리를 보자 마치 흉악한 짐승과 마주치기라도 한 듯한 얼굴로 복도를 달려 사라졌다. 혹시 바보인가.

"아아, 사모님. 때맞춰 잘 오셨습니다. 지금 막 감정이 끝난 참입니다."

"수고하셨어요. 얼마인가요?"

리호는 턱을 새치름히 들고 오히려 자신이 상대의 값어치를 평가하는 듯한 눈빛으로 가사사기를 보았다.

"어디 보자, 다 합쳐서……"

청바지 뒷주머니에서 더러운 메모장과 볼펜을 꺼낸 가사사기는 입술을 오므린 채 마치 어려운 계산을 하는 것처럼 오랫동안 뭔가 끼적이다 턱을 천천히 문지르더니 음, 하고 고개를 한 번 끄덕인 후에 얼굴을 들었다.

"이만 칠천삼십 엔이군요."

리호는 잠시 가사사기의 눈을 똑바로 응시했다. 그리고 입꼬리를 끌어올리며 예쁜 외모에 어울리지 않는 꺼림칙한 표정을 지으며 웃었다.

"그거면 됐어요."

나는 이때 리호가 남편과 '사별'이 아니라, '이별'했다고 확신했다. 덧붙여 그다지 좋지 않은 사정으로 남편과 이별한 것이 틀림없

171

다고 생각했다. 리호가 우리 가게에 가재도구를 사달라고 의뢰했을 때는 싼값이라도 상관없다고 했다는데, 분명 진심이었으리라. 아니, 오히려 리호는 우리가 되도록 싸게 사들이기를 바랐다. 집을 나간 남편의 가재도구를 가능하면 빨리 처분하고는 싶지만, 폐기 업자에게 부탁해서 처분 비용을 지불하면 부아가 치밀 테니 중고 상점을 골랐다. 또한 중고상점에서 너무 높은 가격으로 사겠다고 해도 화가 날 테니 싼값이라도 괜찮다고 사전에 말했다. 아마 그렇게 된 것이리라.

"어, 괜찮겠습니까?"

가사사기가 진지한 얼굴로 쓸데없는 질문을 하자 리호는 이해하기 힘들다는 듯 하얀 이마에 주름을 잡았다. 나는 당황해서 적당히 변명했다.

"어, 그게, 아까 따님이 어쩐지 반대한다고 할까, 그런 느낌이었거든요."

"아이는 상관없어요."

리호는 냉담하게 말했다.

"바로 실어주세요."

❦

운반은 난항을 겪었다. 고급스러운 목재를 사용했기 때문에 가구가 죄다 무거웠던 데다가 현관에서 대문까지 긴 통로가 이어져 있었고, 당연하지만 그 통로에는 지붕이 없었기 때문이다. 우리는 씩씩대며 가구를 방에서 꺼내 끙끙대며 계단을 내려와서, 가구에 방수포를 씌우고 헉헉대며 미니 트럭까지 옮겼다. 비에 몸이 젖어서 체온이 떨어진 탓인지 나는 소변이 마려웠다.

"미안, 잠깐 화장실 좀 빌려 쓰고 올게."

"땡땡이칠 생각은 아니겠지."

"도중에 땡땡이칠 바에야 서둘러 정리하는 편이 낫지. 나도 빨리 가게에 돌아가고 싶으니까."

"그렇군, 미안하다. 너무 힘들어서 얼이 좀 빠졌나 봐."

"괜찮아."

양해를 구하려고 거실로 들어가자 부엌에 있던 도무라가 돌아보았다. 호리호리한 몸에 귀여운 하늘색 앞치마를 둘렀다. 독립형 주방 카운터에서 무슨 요리를 하고 있던 듯하다.

"저기, 화장실을……."

"예, 쓰세요. 현관 바로 오른쪽에 있는 문입니다."

"감사합니다."

대답은 그렇게 했지만 나는 거실 입구에 우두커니 선 채 움직일 수 없었다. 수조. 수조. 수조. 그리고 또 수조. 널찍한 거실에는 폭 2미터는 됨 직한 거대한 수조가 세 개, 전자레인지 정도 크기의 수조가 세 개, 오븐 토스터 정도만 한 수조가 네 개, 합쳐서 열 개나 되는 수조가 놓여 있었다. 수조 안은 형형색색을 띤 물고기, 수수한 색깔의 물고기, 모양이 납작한 물고기, 길쭉하고 가느다란 물고기

등등 헤엄치는 물고기들로 가득했다.

"굉장하죠?"

갸름한 얼굴의 도무라가 표정을 누그러뜨리며 다가왔다.

"사모님의 취미입니다."

"대단하군요. 열대어인가요?"

"물론 열대어도 있습니다만, 열대어가 아닌 것도 많습니다. 바닷물고기도 있고 민물고기도 있고 뭐, 여러 가지죠."

"저기 있는 건 메기 같은데요."

"어디…… 아, 마루예요."

이 녀석이 마루였구나.

"예, 남미산 메기예요. 레드테일캣이라는 종입니다. 고양이 같은 이름이죠? 아침부터 기분이 별로라서 사모님이 걱정하고 계세요."

마루는 무지막지하게 컸다. 길이가 1미터……까지는 역시 안 되겠지만, 70센티미터 정도는 된다. 검은 등에 하얀 배, 꼬리지느러미가 빨간 것이 왠지 모르게 강해 보인다. 훌륭하게 뻗은 수염이 그야말로 메기라는 인상을 주었다. 커다란 수조 속을 불쾌한 듯이 헤엄치고 있다. 아니, 마루가 평소에 어떻게 헤엄치는지는 모르지만 도무라의 말 때문인지 그래 보였다. 수조는 바닥에 비싸 보이는 유목 하나가 옆으로 누워 있을 뿐인지라 커다란 마루가 헤엄쳐도 여전히 널찍하다. 바닥에는 구불구불한 검은색 소시지 같은 것이 가라앉아 있다. 아무래도 똥인 듯하다. 당연한 말이지만 똥까지 크다.

"물고기가 엄청 많은데…… 사모님이 옛날부터 즐기시던 취미인가요?"

"아니요, 아니요. 최근에 기르기 시작하셨습니다. 나미와 둘이
되고 나서요. 처음에는 구피나 네온테트라부터 시작하셨는데, 점점
몰두하시다 보니 지금은 수조가 이렇게 늘어났죠. 사모님은 한 마
리 한 마리를 정말로 귀여워하셔서 조금이라도 상태가 이상한 아
이가 있으면 몹시 걱정하십니다. 마루처럼 각자 이름이 있어요."

도무라는 수조를 가리키며 이건 누구고 저건 누구라고 몇몇 물
고기의 이름을 잇달아 가르쳐 주었지만, 다른 사람이 기르는 물고
기 이름을 외워봤자 아무 쓸모도 없으므로 적당히 흘려들었다. 그
대신에 나미를 생각했다.

―마루가 되고 싶을 지경이야.

그때 나미가 보여준 무표정한 얼굴. 나는 어딘가에서 똑같은 얼
굴을 본 적 있는 듯한 기분이 들었다. 어디였더라. 언제였더라. 이
제서야 겨우 생각이 났다. 우리 어머니가 돌아가셨을 때다. 눈물을
참고, 또 참으면서 장례식을 지켜본 뒤에 약간 분홍빛이 도는 어머
니의 뼈를 주워 담다가 설사가 나서 화장실에 갔을 때, 벽에 붙은
거울에 잠깐 비친 내 얼굴은 나미의 얼굴과 똑 닮지 않았던가. 물
론 나는 이 집의 사정을 잘 모른다. 하지만 나미가 뭔가를 꾹 억누
르고 있다는 사실만은 알 수 있었다.

"아, 나미. 간식으로 젤리 만들어 뒀어."

도무라의 목소리에 얼굴을 들자, 나미가 교복을 입은 채 거실을
가로질러 가는 참이었다.

"나미가 좋아하는 사과도 넣었는데. 어디 가니?"

나미는 돌아보지도 않고 거실에서 나갔다. 현관문이 세게 닫히는 소리가 들렸다.

"저기…… 좀 엉뚱한 소리이기는 합니다만, 저희가 정말로 가재도구를 가지고 가도 되겠습니까?"

손님의 사생활에 너무 간섭해서는 안 된다고 생각했지만 아무래도 묻지 않을 수 없었다. 나미는 분명 아빠의 물건이 이 집에서 사라지는 것을 슬퍼하고 있다.

도무라는 몇 초 뜸을 들이다 대답했다.

"어쩔 수 없죠. 사모님이 그러라고 하셨으니까요."

얼굴은 웃고 있었지만, 시선을 조금 내린 눈에서는 포기한 듯한 기색이 엿보였다. 천장의 형광등 불빛이 안경알에 반사되어 그 눈은 곧 보이지 않게 되었다.

"저는 그저 잡일을 하는 사람이니까요."

그때 복도 쪽에서 "하아아아" 하고 가사사기가 들으라는 듯이 숨을 내쉬었기 때문에 나는 도무라에게 고개를 살짝 숙여 인사하고 거실을 나섰다. 기다리고 있던 가사사기에게 실은 지금 화장실에 갈 거라고 말하자 가사사기는 입을 떡 벌리고 마치 모르는 사람을 보는 것처럼 나를 바라보았다.

🍃

화장실에서 볼일을 보고 가사사기와 둘이서 작업을 다시 시작했지만, 나미를 생각하자 어쩐지 도둑질이라도 하는 듯한 기분이 들었다. 하지만 물론 장사도 소중히 여겨야 한다. 개업한 지 1년이 조금 더 지나는 동안 가게는 계속 적자의 늪에서 허우적댔다. 이만큼이나 되는 고급 가재도구를 이만 칠천삼십 엔에 사들일 수 있었으니 기뻐해야 하리라. 전부 팔면 벌이가 상당하다. 장사, 장사, 장사. 돈, 돈, 돈. 나는 될 수 있는 한 쓸데없는 생각을 하지 않도록 그런 말을 머릿속으로 되풀이했다.

"이사하는 거요?"

건너편 집의 문기둥 뒤편에서 흥미진진하게 이쪽을 보고 있던 아저씨가 말을 걸었다. 이 근방에서는 그 집만이 상당히 낡았다.

"아니요, 가재도구만 매입한 겁니다."

"아아, 이 집 바깥양반의?"

"그…… 그럴지도 모르겠네요. 자세한 건 저희도 잘……."

말을 얼버무리자, 엷게 때가 묻은 스웨터를 입은 아저씨는 팔짱을 끼더니 이중턱에 삐죽삐죽 돋은 수염을 엄지손가락으로 슥슥 문지르면서 말했다.

"이 집 바깥양반, 분명히 몸만 달랑 나갔을 텐데. 뭐, 돈은 어딘가에 잔뜩 가지고 있었겠지만."

"아, 예……."

적당히 고개를 끄덕이고 다시 대문 쪽으로 가다가 문득 뒤돌아서서 물어보았다.

"이 집 주인은 어떤 사람이었나요?"

"사장이었지."

말하고 나서 이중턱 아저씨는 악취라도 맡은 듯이 코에 주름을 잡았다.

"하지만 변변치 않은 녀석이었어. 대체로 돈만 생각하는 녀석들은 모두 돼먹지 못한 것들이지. 더 소중한 것이 얼마든지 있을 텐데 말이야. 돈, 돈, 돈, 뭐든지 돈. 그래서는 인간이 이상해진다고."

그 말이 비에 젖어 붙은 가슴을 쿡쿡 쑤셨다.

4

결국 저녁이 되어서야 가재도구를 미니 트럭에 모조리 싣는 작업이 끝났다.

가느다란 비는 그칠 줄을 몰랐다. 윗도리고 바지고 땀과 빗방울로 흠뻑 젖은 탓에 가만히 있으면 몹시 추웠다. 짐을 실은 미니 트럭에 씌운 포장을 밧줄로 단단히 고정한 후, 작업을 마쳤다는 보고를 하려고 가사사기와 둘이서 현관으로 들어갔다.

"수고하셨습니다. 그럼 사모님을 모셔 오겠습니다."

도무라가 거실을 가로질러 안쪽으로 사라지자 가사사기의 눈이 먹잇감을 노리는 맹금류의 눈처럼 날카롭게 빛났다.

"여긴 생선이 참 많네, 히구라시."

나는 아까 전부터 가사사기의 배가 꾸르륵거리고 있다는 사실을 알고 있었다.

"그런 눈으로 보면 부인한테 혼날 거야. 이름까지 붙여놓고 귀여워하는 모양이니까. 참고로 저기 있는 메기가 마루래."

"마루는 장어를 조금 닮았군."

"비타민A를 생각하는 건 아니겠지?"

가사사기는 홋홋홋 하고 이상한 웃음소리를 냈다.

사실 우리는 오늘 아침에 날달걀에 비빈 밥을 먹은 이후로 지금까지 아무것도 먹지 못했다. 나도 상당히 배가 고플 만한데도 공복감이 전혀 느껴지지 않았다. 짐작 가는 이유는 하나밖에 없었지만, 더는 그 이유를 생각하고 싶지 않았다. 매입한 가재도구를 최대한 비싸게 팔아서 번 돈으로 장어덮밥이든 뭐든 먹어주마. 그러면 된다. 장사니까. 이제 이만 칠천삼십 엔이 든 봉투를 리호에게 건네고 나면 이번 일은 끝이다. 우리 생활을 가장 먼저 생각하는 게 뭐가 나쁘냐.

그때 도무라가 어쩐지 당황한 모습으로 다시 나타났다.

"저기…… 좀 물어볼 게 있습니다만."

우리 앞까지 다가온 도무라는 한순간 주저했지만 큰맘 먹은 듯이 말했다.

"나미 못 보셨습니까?"

"없습니까?"

"그때 현관으로 나갔는데 아직 안 돌아왔어요. 여섯 시가 통금 시간인데, 벌써 일곱 시네요. 저녁 먹을 때가 되었는데 아직 안 돌아왔다니."

"도무라 씨."

리호가 거실로 들어왔다.

"쓸데없는 소리는 안 해도 돼요. 조만간 돌아오겠죠."

"아, 예……."

"가사사기, 차로 잠깐 근처를 빙 둘러보고 오자."

괜찮다는 몸짓을 하면서 도무라가 쓴웃음을 띤 얼굴을 이쪽으로 돌렸다. 그 눈이 우리에게 더는 아무 말도 하지 말아달라고 부탁했다.

리호는 주방으로 가서 테이블 앞에 앉았다. 이제 이쪽을 보려고도 하지 않았다. 우리는 도무라에게 현금이 든 봉투를 건네고 미나미 씨네 집을 뒤로했다.

❦

"그 아이, 분명히 빈손으로 나갔어."

"그렇다면 그렇게 멀리 가지는 않았을 것 같은데."

우리는 미니 트럭으로 일단 근처의 공원과 편의점 따위를 확인하며 돌아다녔지만, 나미는 어디에도 없었다. 나도 걱정되었고 가사사기도 마음에 걸리는 듯했지만, 생각해 보면 아직 그렇게 늦은 시간도 아니다. 우리는 결국 그대로 가게로 돌아와 어두운 주차장에 미니 트럭을 세운 뒤, 차 뒤쪽으로 돌아가서 천막을 씌운 짐칸을 올려다보았다.

"짐은 내일 내리면 되겠지?"

"오늘은 이미 지쳤어. 히구라시, 저녁 식사 부탁해."

"달걀 프라이 반숙으로 할까. 아침이랑 메뉴가 똑같으면 영양이 불균형해질 테니까."

"아야······."

웬 목소리가 들렸다.

나와 가사사기는 고개를 내밀며 얼굴을 마주 본 후, 동시에 짐칸을 뒤돌아보았다.

"설마."

"맞으려나."

"걷어볼까?"

"당연하지."

재빨리 밧줄을 풀고 좌우에서 천막을 당기자 컴컴한 짐칸 안쪽에서 뭔가가 움직였다. 크게 하품을 하는 기척도 났다.

"등 아파 죽겠네······."

여기 있었다.

"가사사기. 설마 이거, 유괴범으로 몰리는 건 아니겠지?"

"바로 연락하지 않으면 그럴 가능성도 있어."

"그럼 연락하자."

나는 서둘러 휴대폰을 꺼내 미나미 씨네 집 전화번호를 눌렀다.

5

"집에 있기 싫었어. 특별히 가출 같은 거창한 짓을 하려던 건 아니야. 그냥 아빠가 쓰던 물건을 다른 사람이 싣고 가는 걸 보기가 싫어서 나왔어. 하지만 비는 내리지, 카페 같은 데 갈 돈도 없지, 편의점에 서서 잡지 읽기도 피곤하지, 그래서 일단 짐칸으로 들어간 거야."

"하지만 아빠의 가재도구를 싣고 가는 거 보기 싫었다면서?"

"내가 짐칸에 있으면 들여놓는 게 되잖아."

"아, 그렇군."

나도 모르게 수긍했다.

"그러다 잠들어 버린 거니?"

나미는 고개를 끄덕하고 창밖으로 눈을 돌렸다. 나미가 앉은 곳은 조수석. 운전석에서 운전대를 잡은 사람은 가사사기. 나는 두 사람 사이, 원래대로라면 사람이 타서는 안 되는 곳에 엉거주춤한 자세로 자리를 잡은 채 나미의 이야기를 듣고 있었다. 어째서 엉거주춤했느냐 하면, 엉덩이 밑에 사이드 브레이크와 기어가 있었기 때문이다.

나미를 찾았다고 리호한테 알린 다음 집까지 바래다주는 참이었다. 어디서 딸을 찾았느냐고 묻기에 내가 대답하려고 했는데, 나미가 재빨리 손을 뻗어 휴대폰을 가리더니 "나중에, 나중에"라고 말했다.

"나중에 설명하겠습니다."

나는 리호에게 그렇게 말하고 나미를 미니 트럭에 태웠다.

창밖의 어두운 풍경을 바라보면서 나미는 집안 사정을 이야기해주었다. 나미가 6학년이 된 지 얼마 되지 않은 올해 봄에 부모님이 이혼했고, 아빠인 고조는 집을 나갔다고 한다.

"이혼하기 두 달쯤 전인가 밤중에 아빠가 이혼하려는 이유를 이야기하는 소리가 들렸는데, 나는 무슨 말인지 이해를 못 했어. 가정에 있기 지쳤다고 아빠가 그랬는데 무슨 뜻인지 모르겠는 거야. 왜냐하면 아빠가 집에 있을 적에 우리 가족은 절대 지칠 만한 사이가 아니었단 말이야. 일요일에는 셋이서 쇼핑을 하거나 영화를 보러 다녔고, 아빠랑 엄마도 열렬하다는 느낌까지는 아니었지만 사이가 좋았어. 지금은 지쳤지만. 혼자 남게 되더니 엄마가 갑자기 변했으니까."

"어떻게 변했는데?"

"엄마가 딴사람이 됐어. 공부에 눈이 멀었어."

나미의 목소리에서 온도가 사라졌다.

"자기가 무식하니까 그 사람은 그게 싫어서 나갔다. 자기를 바보 취급하고서 나갔다. 엄마한테 그런 소리를 수도 없이 들었어. 진짜 지긋지긋할 정도로."

아빠는 일류 국립대학교를 나왔지만 엄마는 이른바 '학력이 낮은 사람'이라고 나미는 말했다.

"우리 엄마, 전에는 내가 무슨 짓을 해도 용서해 줬거든. 숙제를 안 해도 화를 안 냈고, 텔레비전이나 만화책도 같이 보면서 웃어주기도 했어. 그런데 아빠가 집을 나가고 나서 그런 거 전부 금지야. 절대 금지. 숙제 안 한 걸 들키기라도 하면 완전 호랑이 같은 얼굴로 화를 내."

작은 한숨을 섞으며 나미는 말을 이었다.

"야옹이랑 물고기만 귀여워하게 된 나머지, 나도 조련이라도 해야 되는 동물처럼 보이나 봐. 이상적인 애완동물로 만들기 위해."

"그런 식으로 생각하면……."

"시험 점수가 나쁘면 저녁을 안 주겠대. 못 믿겠지? 어디 만화에 나오는 집도 아닌데."

"밥을 굶기는 건 좋지 않아."

줄곧 입을 다물고 있던 가사사기가 말을 꺼내자 배에서 꾸르륵 소리가 났다.

"맞아, 난 지금 한창 클 때잖아. 오히려 엄마보다 도무라 씨가 나를 더 생각해 줘. 영양 균형도 맞춰서 밥을 해주려고 애쓴다니까.”

“영양⋯⋯.”

또 가사사기가 입을 열었다.

“이혼하는 부부가 텔레비전 같은 데에 자주 나오잖아. 하지만
우리 엄마 아빠만은 괜찮을 거라고 생각했어.”

“사이가 나쁘지 않았으니까?”

“그것도 그렇지만, 우리 아빠랑 엄마는 둘이서 같이 고생했거든.
결혼했을 때 아빠는 보통 회사원이었대. 하지만 사장과 싸우고 그
만둔 뒤에 자기 힘으로 회사를 차렸어. 처음에는 일이 잘 안 풀려
서 엄마랑 둘이서 엄청나게 힘든 생활을 했나 봐. 게다가 그럴 때
내가 태어나서⋯⋯.”

더 힘들어졌다는 말인가. 고조의 회사는 나미가 초등학교에 입
학하고 나서야 겨우 궤도에 올라서기 시작했다고 한다.

“그다음부터는 일이 점점 바빠져서 돈도 많이 벌었지. 그래서
차도 사고, 집도 사고⋯⋯ 작년까지만 해도 엄마 아빠 둘 다 그때
즐거웠던 일이나 그 전의 힘들었던 일을 그리운 듯이 이야기했거
든. 그러니까 텔레비전에 나오는 이혼 같은 건 우리 집하고는 절대
상관없다고 생각했어. 설마 아빠가 나랑 엄마를 두고 집을 나갈 만
한 사람이었다니 말도 안 돼. 사람들은 돈을 많이 벌면 변해버려?
돈이란 그런 물건이야? 하지만 돈은 뭔가를 사거나 손에 넣기 위
해 있는 거 아니야?”

나미가 처음으로 얼굴을 돌렸다. 나는 힘없는 눈으로 그 얼굴을

마주 바라볼 수밖에 없었다. 나는 큰돈을 손에 넣은 적이 없으므로 나미 아빠의 기분이 어땠는지 이해하기 어렵다. 아니, 그건 그냥 나 자신을 속이는 걸까. 금액의 문제는 아닌 걸까. 나 역시 오늘, 나미가 슬퍼한다는 사실을 알면서도 결국 나미 아빠의 가재도구를 전부 옮겨 실었다. 어디까지나 생활을 위해서라는 이유가 있기는 했지만 새로운 생활을 추구한다는 의미에서는 나미 아빠와 무엇 하나 다를 바 없었는지도 모른다. 가재도구를 옮겨 실으면서 몹시 고민하긴 했어도, 그래서 뭐 어쩌라는 말인가. 나미 아빠도 분명히 고민했을 것이다.

그러나 나는 한 가지만은 도저히 이해가 되지 않았다. 그것은 가정을 버리는 사람의 기분이다. 나는 옛날부터 가정이라는 것을 동경했다. 떠들썩하든, 조용하든, 따뜻하든, 차갑든 상관없다. 언젠가 가정을 꾸려 살 수 있으면 좋겠다고 줄곧 생각해왔다. 나미 아빠는 어째서 가정을 버렸을까. 가정은 돈과 닮은 걸까. 손에 넣었으면 넣은 대로 도리어 부족함을 느끼고 마는 걸까.

내가 잠자코 있자 나미는 다시 시선을 돌렸다. 옆 유리창에 비친 나미가 천천히 눈을 한 번 깜박이는 것이 보였다.

"아무리 서로 힘을 합치고 같이 고생해도 나중엔 다 잊어버리게 되는 걸까? 영화를 봐도 모험을 함께한 두 사람은 행복하게 오래오래 살았다고 끝나잖아. 거기서 영화가 더 길어지면 행복한 결말이란 건 맞이할 수 없는 거야? 나이를 먹고 나서 깨끗이 갈라서는 바람에."

"글쎄, 어떨까……."

내 대답은 나 자신이 애처로워질 정도로 애매했다.

얼마 지나지 않아 엉거주춤한 자세를 유지하던 넓적다리 근육에 한계가 찾아왔다. 때마침 미니 트럭도 미나미 씨네 집 대문 가까이에 다다랐다. 가사사기가 담 가까이에 차를 세웠다. 하지만 나미는 좀처럼 조수석에서 내리려고 하지 않았다.

"조금만 더 달리면 안 돼? 앞으로 5분 정도만 더."

나미는 이쪽을 보지 않고 조그맣게 말했다.

"상관없어."

가사사기는 공복이 한계에 다다랐을 텐데도 선선히 승낙하더니 차를 출발시켰다. 그 눈은 멍하니 앞 유리창 너머를 보고 있었다. 나도 5분만 더 넓적다리 근육을 떨면서 버텨보기로 결심했다. 나미를 위해서 뭔가 해주고 싶지만 내가 할 수 있는 일이라고는 그 정도밖에 없다. 가사사기가 미니 트럭을 설렁설렁 모는 동안 나미는 한 번도 입을 열지 않았다. 좁은 차 안에 세 사람이나 타고 있는데도 단조로운 와이퍼 소리만 울려 퍼졌다.

✤

미니 트럭이 다시 미나미 씨네 집 앞에 멈추자 나미는 "고마워"라고 말하고 조수석에서 내렸다.

"엄마한테는 내가 설명할 테니까 이제 돌아가도 돼."

"그럼 그렇게 하지. 히구라시, 돌아갈 때는 네가 운전해 줄래? 어쩐지 의식이 몽롱해졌어."

"위험한데."

자리를 바꿔 앉은 우리는 다시 창문 너머로 나미를 바라보았다.

"그럼, 잘 자."

"잘 자."

"가사사기, 너한테 한 말 아닌데."

"나도 그래."

가사사기는 결국 체력의 한계를 맞았는지 축 늘어져서 조수석에 몸을 묻었다. 나미는 살짝 웃으면서 우리에게 등을 돌려 비에 젖은 대문에 손을 대다가, 갑자기 뒤를 돌아보았다.

"저기, 있지."

"응?"

"아니야, 이쪽의 키 큰 아저씨."

"아아…… 어이, 가사사기."

"응."

"내 이름 정말로 이상하다고 생각 안 했어?"

"안 했어."

가사사기가 대답하자, 나미는 입술을 뾰로통하게 내밀고는 가사사기의 얼굴을 잠시 바라보았다. 대문 앞 노란 불빛 속에서 여전히 가늘게 떨어지고 있는 빗방울이 앞머리에서 살짝 튀어 오르는 모습이 보였다.

"아빠가 집을 나갔을 때, 내 성을 자기 옛날 성으로 바꾼 엄마의 기분, 어쩌면 알 것 같아."

나미의 목소리는 밤비에 녹아서 사그라질 것처럼 조용했다.

"그러니까 참을래. 여자는 언젠가 결혼하면 어차피 성이 바뀔 테니까⋯⋯. 가사사기 씨라고 그랬나?"

"그래, 가사사기."

"고마워."

통로로 사라진 나미가 초인종을 눌렀을 때, 현관문을 연 사람은 도무라였다. 엄마인 리호는 거기 없었고, 문 저편으로 사라져가는 나미의 뒷모습은 그날 본 모습 중에서 제일 작아 보였다. 가사사기가 닫힌 문을 언제까지나 보고 있어 봤자 소용없다고 말할 때까지 나는 나미의 뒷모습이 사라진 그곳에서 눈을 돌릴 수 없었다.

가게에 도착하기 전에 비는 그쳤다.

6

"히구라시, 어젯밤에 난 지진, 규모가 어느 정도였을까."

"글쎄, 진도 4나 5 정도는 되지 않았겠어?"

"5는 아니겠지."

다음 날인 토요일 아침, 우리는 미나미 씨네 집에서 인수해 온 가재도구를 미니 트럭에서 내리기 위해 창고로 향했다.

"마루가 그랬으려나*."

"설마. 미신을 제법 믿는구나, 히구라시."

늦은 밤에 지진이 일어났다. 다락방에서 자던 우리는 각자의 침대에서 상체를 벌떡 일으킨 채 흔들림이 가라앉기를 기다렸다. 그다지 오래 끌지 않고 고작 몇 초 정도 만에 지진이 멎길래 다시 이

• 일본에는 예부터 땅속의 거대한 메기가 몸부림치면 큰 지진이 난다는 미신이 있다.

불을 덮어쓰고 누웠는데, 의식이 멀어지기 직전에 멀리서 구급차 사이렌을 들은 듯한 기분이 들었다.

"그쪽 가게 사람입니까?"

누군가가 나지막한 목소리로 불러 세웠다. 돌아보자 인상이 몹시 안 좋은 남자가 가게 창고를 가리키며 우리 얼굴을 찬찬히 살폈다. 그 눈빛에서 '범죄자'나 '경찰'이라는 단어를 연상한 나는 약간 경계했다.

"경찰에서 나왔습니다."

반은 맞았다.

"미나미 씨 댁에 관해 이야기를 좀 들었으면 하는데요."

"거기서 무슨 일이라도?"

가사사기가 눈을 빛냈다.

"아니요, 어제 좀 그런 일이 있어서요. 지금 정보를 모으는 중입니다."

인상은 뚜렷하지만 말은 모호하게 하는 형사는 자신을 다시로라고 소개했다. 그러고는 우리에게 몇 시에 미나미 씨네 집을 방문했고 몇 시에 돌아갔는지, 그 후에는 어디 있었는지, 누구랑 있었는지 등의 질문을 했고 우리는 정직하게 대답했다. 물을 만큼 묻고 나자 다시로는 "감사합니다" 하고 형식적으로 머리를 숙인 뒤 골목길을 걸어 사라졌다.

"대체 무슨 일이……."

당연한 소리를 하면서 가사사기는 다시로의 뒷모습을 노려보았다. 물론 우리는 바로 미니 트럭에 올라타고 미나미 씨네 집으로 향했다.

🍃

어젯밤에 도둑이 들었다고 한다.

오늘 아침에 일어나서 누군가가 침입한 흔적이 있다는 것을 알아차린 리호가 경찰을 불렀다. 경찰관과 우리가 아까 만난 다시로라는 형사가 오자 리호는 피해 상황을 확인하기 위해 집 안을 돌아다녔다. 미나미 씨네 집에는 리호의 값비싼 액세서리가 많았을 뿐아니라 현금 십만 엔과 신용카드가 든 지갑도 있었지만, 다행히도 이것들은 전부 리호의 침실에 보관해 두었기 때문에 무사했다. 거실 서랍 속에 있던 통장과 현금카드도 역시 무사했다. 서양식으로 꾸민 방에 놓여 있던 고급 항아리와 식당에 있던 골동품 도자기도 마찬가지였다. 그렇다면 도대체 뭘 도둑맞았는가?

"야옹이를 도둑맞았어."

나미는 흥분한 얼굴로 우리에게 말했다.

"야옹이가 없어지기는 했지만 그뿐이야. 아무것도 도둑맞지 않았어. 아, 부엌에 놓아둔 빈 상자가 없어졌다. 아마도 도둑은 그 상자에 야옹이를 넣어서 데려갔을 거야."

미나미 씨네 대문 앞이었다. 걱정돼서 와보기는 했지만, 초인종을 누르기가 망설여져 담 바깥에서 집을 힐끔힐끔 들여다보고 있는데 나미가 우리를 발견했다. 결국 피해 신고서에 기재된 것은 고양이 한 마리뿐이라 경찰은 이미 철수한 모양이다. 지금쯤 어딘가에서 야옹이를 찾고 있을까.

"이거 미스터리 맞지? 기껏 집에 숨어들었으면서 고양이밖에 훔쳐 가지 않다니."

이마에 세로로 주름을 한 줄 잡으면서 가사사기가 천천히 고개를 끄덕였다.

"고양이만 훔쳐갔다니 확실히 이해할 수 없군. 그런데 미나미, 도둑은 어디로 침입했지?"

"내 방 창문으로."

"엇!" 하고 놀라며 우리가 나미의 얼굴을 다시 쳐다보자 나미는 2층에 남향으로 나 있는 창문을 눈짓으로 가리켰다. 예쁘장하고 조그만 발코니가 딸려 있다.

"물받이랑 발코니 난간에 도둑의 발자국이랑 장갑을 낀 손자국 같은, 그러니까 누가 숨어든 흔적이 남아 있었어. 그걸 엄마가 발견하고 경찰을 부른 거야."

"그거 무서운데. 그렇다면 도둑은 잠들어 있던 나미의 바로 옆을 지나간 거로구나. 하지만 창문이 이렇게 많은데……."

어째서 도둑은 굳이 사람이 잠든 방의 창문으로 침입했을까.

"잠겨 있지 않았던 창문이 그것뿐이라서 그랬겠지. 다른 창문이랑 현관문은 엄마가 자기 전에 철저히 문단속했으니까."

나미는 어젯밤 늦게까지 밖을 바라보다가 잠들기 직전에 창문

194

을 닫았는데, 그때 잠그는 걸 깜박했다고 창문이 잠겨 있지 않았던 이유를 설명했다.

"밤중에 창문을 열고 뭘 했니?"

"비가 그쳤길래 별을 봤어. 나는 별을 엄청 좋아해. 밤이 되면 늘 창문을 열고 하늘을 가만히 쳐다보면서 별자리를 찾아."

뜻밖에도 낭만적인 구석이 있는 듯하다.

"그렇다면 도둑은 2층에 있는 나미 방 창문으로 숨어들었다가 다시 그 창문으로 나간 건가? 하지만 야옹이가 든 상자를 안고 물받이를 밟고 내려가다니."

"똑같은 창문으로 왜 나가? 히구라시 씨, 그래서야 도둑질은 못 하겠다. 나갈 때는 평범하게 현관문으로 나간 모양이야. 엄마가 틀림없이 잠갔을 현관문이 아침에는 잠겨 있지 않았으니까."

"그렇구나. 그렇다면 도둑은 미나미의 방 창문으로 침입한 후, 야옹이를 붙잡아다 부엌에 있던 빈 상자에 넣어서 도망쳤다고 봐야겠지?"

"그렇지 않을까."

입술을 삐뚜름하게 다문 채 흐음 하고 소리를 내던 가사사기는 잠시 깊은 생각에 잠겼다가 뭔가를 꿰뚫을 듯한 눈빛으로 말했다.

"냄새가 나는군."

"무슨 냄새가 난다는 거야?"

"어쩌면 무시무시한 범죄의……."

가사사기가 말하는 도중에 나미가 "미안" 하고 왼손을 얼굴 앞

195

에 세웠다.

"파스 냄새 나지?"

"파스?"

코를 갖다 대자 과연 나미한테서 톡 쏘는 고약 냄새가 났다. 세 장이나 붙였다고 말하며 나미는 노란 파카 위로 오른쪽 어깨를 문질렀다.

"어젯밤에 큰 지진이 났잖아. 그때 벽에 걸어둔 시계가 어깨 위에 떨어졌어. 죽는 줄 알았다니까."

"아아, 그래서 엄마가 파스를 붙여주셨구나."

"내가 붙였어. 엄마는 물고기만 걱정하더라고. 수조가 깨지지는 않았는지, 놀라서 밖으로 튀어 나간 물고기는 없는지. 뭐, 늘 그러니까 이제 아무렇지도 않지만. 파스를 붙이니까 아픔이 가라앉길래 다시 침대에 들어가서 눈 좀 붙이나 싶었는데 이른 아침부터 도둑 소동이 벌어지지 않겠어? 정말 짜증 나. 오른팔은 움직이지도 못하겠고."

"못 움직여?"

"응. 새빨갛게 부었는데 억지로 움직이면 팔이 빠질 것 같은 느낌이 들어. 아, 도무라 씨, 좋은 아침."

벽돌 담 모퉁이에 도무라가 서 있는 걸 알아차리고 나미가 말을 걸었다. 언제부터 거기 있었을까. 콩나물같이 길쭉한 도무라는 미소를 지으며 다가오더니, 우리 얼굴을 보고 왜 왔냐고 묻듯이 눈썹을 치켜올렸다.

"아까 우연히 집 앞을 지나가다가 마침 나와 있던 미나미에게 도둑 이야기를 듣고 있었습니다."

가사사기가 적당히 설명했다.

"도무라 씨는 지금 출근하십니까?"

"예, 이제 막 들어가려는 참입니다. 여기 사는 건 아니니까요. 어, 그런데 나미, 도둑이라니?"

"그게 말이지."

나미는 우리에게 한 이야기를 도무라에게 되풀이했다.

"무서워라. 그러면 엄마도 불안해하고 계시겠네."

"몰라. 물어보든지."

나미의 차가운 반응에 도무라는 눈썹을 축 늘어뜨리고 난처한 표정을 지었다. 그러더니 손목시계를 힐끗 보고서는 "그럼 저는 이만" 하고 말하고 대문으로 들어갔다.

"조금만 더 저쪽으로 가자. 여기는 집 안에서 보인단 말이야. 엄마한테 공부하라는 소리 들으면 귀찮으니까."

우리는 담을 따라 조금 움직여서 꽃이 거의 진 금목서 뒤쪽으로 이동했다. 셋이서 벽돌담에 기댄 채 팔짱을 끼고 도둑에 대해 생각해보았다. 오늘은 종일 흐릴 것이라는 일기예보에 걸맞게 구름에 가려져 희미해진 아침 햇빛이 발치의 물웅덩이에 반사됐다.

"도둑……."

"물받이를 타고……."

"야옹이는……."

저마다 그런 소리를 중얼거리고 있는데, 뒤에서 리호의 목소리가 들려왔다. 도무라와 함께 나왔는지 정원에 심은 나무에 대해 뭐라고 지시를 내리고 있었다. 살짝 돌아보았지만, 금목서에 가려져서 모습은 보이지 않았다. 이윽고 화제가 도둑으로 옮겨 가길래 우리는 별생각 없이 그 자리에서 귀를 기울였다.

"아까 저기서 나미한테 들었는데, 나미 방을 통해 들어왔다고 하더군요. 이야, 하지만 아무 일도 없어서 다행입니다. 자칫 잠에서 깨었는데 도둑이 폭력이라도 휘둘렀다면, 어휴."

리호의 대답을 기다리는 듯 도무라는 말을 잠깐 멈췄지만, 리호는 아무 말도 하지 않았다. 도무라가 이야기를 계속했다.

"나미도 무사하고 금품도 도난당하지 않았으니 정말로 다행입니다."

"우리 야옹이가 금품보다 중요하지 않다는 거예요?"

"예? 아니요, 그런 게 아니라."

처음 봤을 때부터 리호는 신경질적인 분위기를 풍겼는데, 오늘은 한층 더 예민해진 것 같았다.

"뭐, 그러니까 도둑이 야옹이를 데려간 일은 경찰한테 맡기기로 하고…… 아, 맞다. 지진."

도무라가 손뼉을 짝 쳤다. 리호의 신경이 날카로워졌으므로 화제를 바꾼 것이리라.

"지진이 제법 크게 났었죠. 나미 어깨 위로 시계가 떨어졌다고 들었는데요?"

"구급차까지 불렀어요."

그렇게 큰일이었나. 나는 엉겁결에 나미의 옆얼굴을 쳐다보았다. 나미는 시선을 내리깐 채 입을 가만히 다물고 있었다. 그건 그렇고, 지금 리호의 말투에는 냉소 같은 것이 섞여 있는 느낌인데.

"구급대원의 눈은 속일 수 없었던 모양이지만."

"어…… 속이다니요?"

"시계가 떨어졌다는 건 거짓말이에요. 그 아이, 나를 걱정시키려고 거짓말을 한 거라고요. 그걸 아니까 구급차를 안 부른 거고요. 그 아이는 불러달라고 했지만. 그랬더니 결국 자기가 부르더군요."

"거짓말이었습니까?"

"그래요. 구급대원들이 어깨를 진찰하면서 이런저런 질문을 하는 사이에 점점 탄로가 났죠. 마지막에는 시계가 떨어진 곳이 오른쪽 어깨에서 왼쪽 어깨로 바뀔 않나. 정말로 얼마나 부끄럽던지. 결국은 머리 숙여 사과하고 구급대원들을 돌려보냈어요."

나는 나미의 옆얼굴을 가만히 바라보았다. 나미는 앞만 바라보는 채로 아니라는 듯이 고개를 저었다.

"거짓말이 아니라는 걸 증명할 작정인지는 모르겠지만, 그 아이 오늘 아침부터 파스 냄새를 풀풀 풍기더군요. 몰랐어요? 난 그런 걸 일일이 다 상대해줄 수 없다고요. 도무라 씨도 섣불리 걱정하면 안 돼요. 그 아이, 자기 뜻대로 됐다고 우쭐거릴 테니까."

"하지만……."

"사실 말이에요, 난 어제의 도둑 소동도 나미가 일으킨 게 아닐까 해요. 다친 척이 안 통하니까, 이번에는 도둑이 자기 방을 통해 들어온 걸로 꾸며서 날 걱정시키려고 한 거라고요."

가사사기가 몸을 돌려서 뭔가 말하려고 했지만, 나미가 가사사기의 팔을 재빨리 붙잡았다.

"사모님, 아무리 그래도…… 경찰이 꼼꼼하게 조사했지 않습니까? 밖에서 들어온 흔적이 있었다고 아까 나미한테 들었는데요."

"그 아이가 그런 건지도 몰라요."

"나미가 어떻게 그러겠습니까. 물받이를 타고 2층까지 올라가다니요."

딱딱한 웃음이 섞인 목소리로 도무라가 반박했다.

"그럴지도 모르죠. 하지만 물받이를 타고 정원에 내려가는 거라면 분명히 할 수 있어요. 예를 들어 진흙이 묻은 신발을 미리 준비해뒀다가 창문에서 물받이를 타고 내려가서 현관으로 들어오는 건 간단하잖아요. 내 생각에는 야옹이도 그 아이가 어디 버리고 온 게 아닐까 싶어요. 그 아이는 내가 고양이나 물고기들만 귀여워하고 자기는 그냥 내버려 둔다고 굳게 믿으니까 야옹이가 밉지 않았겠어요? 맞다. 지금 생각났는데, 지진이 났을 때 그 아이가 오른쪽 어깨를 다쳤다고 거짓말한 것도 자신이 도둑이라는 걸 의심받지 않기 위한 작전 아니었을까요? 오른쪽 어깨가 움직이지 않는다고 말해두면 발코니나 물받이에다 잔꾀를 부릴 수는 없다고 모두 생각하겠죠?"

"진심이십니까?"

리호는 잠시 입을 다물었다가 도무라의 질문에는 대답하지 않고 다른 이야기를 꺼냈다.

"어젯밤에도 그 아이, 집에 돌아왔을 때 거짓말을 했는데, 알아차렸어요?"

"돌아왔을 때라뇨……."

"빌딩 옥상에 혼자 서 있는데 중고상점에서 온 사람들이 발견했다고 그랬죠?"

"아, 네."

나미는 그런 말로 둘러댔나.

"그것도 당연히 거짓말이에요. 내가 이상한 상상을 해서 자기를 걱정하도록 그런 거라고요. 내가 어느 빌딩이냐고 물었더니 그 아이, 대답을 못 했잖아요."

"네…… 입을 다물어 버리고 말았죠."

10초 정도 침묵이 이어졌다.

"사모님, 땅도 젖었고 하니 슬슬 들어가시지 않겠습니까?"

두 사람의 대화가 멀어지다가 마침내 들리지 않게 되었을 때, 나미가 잠긴 목소리로 말했다.

"내가 그런 짓을 할 리 없잖아…… 도둑이 든 것처럼 꾸미다니…… 야옹이를 어디 버리고 왔다니."

그리고 경련하듯 숨을 들이마시더니 얼굴을 숙인 채 말을 이었다.

"난 야옹이를 정말 좋아해. 2학년 때부터 계속 같이 살았는데. 아빠가 집을 나가고 나서도, 엄마의 태도가 차가워지고 나서도 쭉 함께였는데."

나미는 쏟아지는 눈물을 보이지 않으려고 양손으로 때리듯이 얼굴을 덮었다. 우리는 분명치 않은 울음소리를 냈다 말았다 하는 나미를 그저 내려다보았다. 이때 분명 가사사기도 알아차렸을 것이다. 나미가 움직일 수 없다던 오른팔을 들어 자기 얼굴을 덮었다는 사실을. 하지만 우리는 아무 말도 하지 않았다. 할 수 없었다. 물론 리호가 도무라에게 들려준 이야기를 믿는 것은 아니다. 우리는 그저 나미의 슬픔이 얼마나 깊은지 헤아릴 수 없어, 당혹스러운 기분으로 조용히 우는 나미를 바라볼 따름이었다.

오른팔을 들었다는 건 나미 자신이 금방 알아차렸다. 나미는 퍼뜩 놀라 두 손을 얼굴에서 뗀 뒤 우리 쪽으로 천천히 눈을 돌렸다. 이윽고 젖은 그 눈에 포기한 듯한 미소가 떠올랐다.

"내가 무슨 말을 해도 소용없겠지…… 거짓말쟁이니까."

그리고 나미의 얼굴에서 표정이 사라졌다. 그 얼굴. 아주 옛날 화장장의 화장실 거울에 비치던 얼굴. 말이 나오지 않았다. 그때 나미 앞에 우두커니 서 있던 내 가슴에 솟구쳐 올랐던 것은 공감도 동정도 아니었다. 아주 뜨거운 한 가지 소원이었다. 나는 두 번 다시 나미의 이런 얼굴을 보고 싶지 않았다.

지진이 일어났을 때 벽에서 시계가 떨어졌다고 엄마에게 거짓말을 한 나미. 스스로 구급차를 부른 그 기분. 냄새 나는 파스를 어깨에 붙인 그 기분. 빌딩 위에 혼자 서 있는데 발견됐다고 말한 그 기분. 나미는 분명 거짓말을 했다. 하지만 거짓말을 할 수밖에 없었던 그 기분은 더할 나위 없이 진심이었을 것이다. 나미는 어째서 거짓말을 들켰을까. 나미가 거짓말을 할 줄 모르는 아이기 때문이다. 실제로는 목놓아 울고 있는 얼굴을 무표정이라는 거짓으로 덮어도 슬픔을 조금도 감출 수 없는 것과 마찬가지다.

"시작하기에…… 장소…… 당신이……."

가사사기가 뭐라고 중얼중얼 혼잣말을 했다. 두 주먹을 꽉 움켜쥐고 발치의 젖은 아스팔트를 굳센 눈으로 노려보며 가사사기는 똑같은 말을 또 중얼거렸다.

"울프가 말한 기획의 법칙…… '시작하기에 좋은 장소란 지금 당신이 있는 바로 그곳이다.'"

가사사기.

가사사기가 느닷없이 반쯤 쉰 쇳소리를 질렀다.

"잠깐 기다려!"

우리는 갑자기 땅을 박차고 달리기 시작한 가사사기를 쫓았다. 대문을 활짝 열어젖히고 통로로 뛰어들어간 가사사기는 기세를 몰아 정원 잔디밭으로 달려들더니, 집에 들어가려던 리호와 도무라를 향해 힘껏 뛰어갔다. 가사사기는 놀라서 휘둥그레진 눈으로 돌아본 두 사람 앞에 딱 멈춰 서서 의기양양하게 턱을 젖히고 이렇게 선언했다.

"제가 진실을 밝혀내겠습니다!"

7

"그래서?"

우리는 아까와 똑같은 장소에서 나란히 벽에 기댄 채 다시 팔짱을 끼고 있었다. 나미는 이제 없다. 이상한 사람들이랑 뭐 하는 짓이냐고 리호가 야단을 치며 집으로 데리고 들어갔다.

"어떻게 할 거야, 가사사기."

물어보았지만 가사사기는 대답하지 않았다. 아직 흥분이 가라앉지 않은 표정으로 거친 숨을 몰아쉬며 뺨을 씰룩이는가 싶더니 느닷없이 이런 말을 중얼거렸다.

"꼭 한번 이렇게 해보고 싶었어……. 꿈까지 꿀 정도로 동경하고 있었지."

어쩐지 기쁜 듯한 목소리였다.

"어, 뭐를?"

"불가사의한 사건을 해결하는 탐정 역할 말이야."

"가사사기, 혹시…… 나미가 처한 상황에 화가 나서 그랬던 거 아니었어?"

가사사기는 "화가 났다니?" 하고 이해가 안 된다는 듯이 눈썹을 찡그렸다.

"나미가 가여운 나머지 정의감에 불타서 화도 나고, 그래서 도와주려고 한 거 아니었느냐는 말이야."

"무슨 그런 소릴. 남의 일을 신경 쓸 때가 아니었다고. 오랫동안 꿈꿔왔던 활약의 기회가 드디어 찾아왔는걸. 아니, 그야 물론 미나미도 가엽긴 하지만."

변명하듯이 가사사기는 눈을 두리번두리번하며 단숨에 말했다. 아이고, 이 녀석도 참. 나는 콧김을 내뿜으며 다시 팔짱을 꼈다.

"뭐 됐어. 하여튼 진실을 밝히겠다고 했으니 열심히 머리를 써야 해."

"물론 쓸 거야."

"마지막에 나미가 한 말 말인데."

리호가 팔을 붙들고 집안으로 데려갈 때, 나미는 고개만 돌려 우리에게 이런 말을 남겼다.

—나, 누가 도망치는 걸 본 것 같아. 캄캄했으니까 잘못 봤나 싶어서 경찰한테는 말 안 했어. 어젯밤에 구급대원들이 돌아가는 모습을 2층 창문에서 보고 있었는데, 그때 누가 대문으로 나간 것 같았어.

그렇게 말하고 나서 나미는 문득 서글픈 표정으로 눈을 내리깔았다.

─하지만 소용없겠지. 내 말은 못 믿을 테니.

"믿지? 가사사기."

"당연하지."

구급대원이 돌아갈 때 대문으로 나간 사람. 그때까지 정원에서 도대체 뭘 하고 있었을까? 구급차 소동이 벌어진 후, 나미와 리호가 다시 잠에 빠지고 나서 도둑이 들었다고 했다. 그 도둑과 대문을 빠져나간 사람은 동일 인물일까.

"도둑질을 하려고 정원에 들어왔는데, 갑자기 구급차가 와서 소란스러워진 탓에 일단 도망쳤다. 이윽고 구급차가 떠나고 집 안의 불이 꺼지자 다시 찾아와서 2층 창문으로 집에 숨어들었다. 일단 그렇게 생각하는 게 맞을 테지."

가사사기의 생각에 나는 애매하게 고개를 끄덕였다.

"그렇게까지 해서 들어왔는데, 왜 야옹이만 데려간 걸까?"

"그건 이제부터 생각해봐야지. 우선 탐문을 시작하자."

그렇게 말하면서 가사사기는 의기양양하게 걸음을 옮겼다.

❦

가사사기는 주변의 집을 순서대로 방문했다. 그리고 방문할 때마다 사람들은 가사사기를 의심하고 귀찮아했다. "당신 누구야?"

"아까 경찰한테 이야기했는데요?" "밤중에 일어난 일은 몰라요, 자고 있었으니까." 등등. 탐문하는 모습을 리호에게 들키면 난처하기에 미나미 씨 집에서 현관이 보이는 맞은편 집만은 뒤로 미루었다.

"어, 리호 씨 나가는데."

그러다가 리호가 대문으로 나가는 모습을 발견한 가사사기는 기뻐하며 맞은편 집으로 바삐 걸어가 초인종을 눌렀다. 그러자 수확이 있었다. 나를 진상으로 이끌 말을 들려준 사람은, 어제 내게 돈 이야기를 한 그 이중턱 아저씨였다.

"아, 도둑이 들었어? 아니, 오늘 아침부터 경찰이 요 주변 사람들한테 뭔가 물으며 돌아다니는 것 같아서 신경이 쓰였거든. 어젯밤 늦게 구급차도 왔던 것 같고."

정원 쪽에서 나온 아저씨는 흥미진진하다는 표정으로 가사사기에게 얼굴을 가까이 댔다.

"그 구급차가 돌아갈 때 말인데요. 미나미 씨 댁 정원에서 도망치는 수상한 사람이 목격됐습니다. 혹시 못 보셨습니까?"

"봤어."

"네?"

자기가 물어봤으면서 가사사기는 눈을 동그랗게 뜨고 입을 떡 벌리며 놀랐다.

"여자잖아?"

온몸에 가득 찬 흥분을 감추지 못하고 가사사기는 잇달아 질문을 퍼부었다. 어떤 여자였느냐? 머리 모양은? 키는? 복장은? 하지만 아저씨는 잘 모르겠다고 말했다.

"밤이었는걸. 그런 것까지는 안 보인다고. 다만 구급차가 왔길래 신경이 쓰여서 2층 창문으로 지켜보고 있자니 마른 여자 같은 형체가 어딘가로 뛰어가는 모습이 보였을 뿐이야."

"그렇습니까……. 이것 참 감사합니다. 범인이 여자라는 사실을 안 것만으로도 큰 수확입니다."

"그 여자가 범인이야?"

"그건 아직 뭐라고도 말씀드리기가."

"지금 그렇게 말했잖아."

"말이 그렇다는 거죠."

"뭐, 아무리 봐도 범인 같기는 했지만. 엄청 허둥지둥 뛰어가더라고."

가사사기가 몇 가지 질문을 더 던졌지만, 그 이상의 정보는 얻을 수 없었다. 우리는 아저씨에게 감사 인사를 하고 현관 앞을 떠났다.

❦

그 후에 일단 가게로 돌아갔다. 점심을 먹으려고 2층 사무실에서 라면을 끓이고 있는데 전화벨 소리가 났다. "아, 미나미구나" 하는 가사사기의 목소리가 들리길래 나는 가스레인지와 환풍기를 끄고 귀를 기울였다.

"그렇구나…… 흠……. 그래. 일부러 연락해 줘서 고마워. 응? 당

208

연하지, 반드시 해결하고말고. 히구라시도 의욕이 넘친다고. 원래 히구라시는 왓슨 같은 존재니까 그다지 도움은 되지 않지만."

핫핫핫 하고 웃고 나서 가사사기는 전화를 끊으려고 했다.

"나미야?"

"듣고 있었어?"

가사사기가 흠칫 놀란 얼굴로 이쪽을 보았다.

"그래, 미나미가 전화했어. 아무래도 야옹이의 신병을 확보한 모양이야."

"어, 돌아왔어?"

"대문 인터폰이 울려서 도무라 씨가 나가봤더니 사람은 없고 어젯밤에 사라진 상자만 오도카니 놓여 있었다는군. 열어보니 웬걸, 안에 야옹이가 들어 있더래. 밥은 잘 먹었는지 건강에도 이상은 없었대."

"잠깐 바꿔줘."

확인하고 싶은 일이 있었기 때문에 나는 가사사기에게서 수화기를 뺏어 들었다.

"나미구나? 저기, 하나 물어볼 게 있는데."

입가를 손으로 막고 물어보니, 나미의 짧막한 대답은 역시 내 예상대로였다. 수상쩍다는 듯 이쪽을 곁눈질하는 가사사기의 시선을 신경 쓰면서 나는 전화를 끊었다.

"무슨 이야기지?"

"아니, 야옹이가 정말로 돌아왔나 싶어서."

"내가 그렇다고 했잖아."

내가 적당히 얼버무렸더니 가사사기는 바보 같다는 듯 고개를 젓고 나서 기운차게 일어섰다.

"아무래도 사건은 대단원을 맞이한 것 같군. 드디어 내 뇌세포를 100퍼센트 가동시킬 때가 왔어. 하지만 아직 정보가 조금 모자라. 내가 알고 있는 진실만으로는 체크메이트가 어려울 것 같단 말이지. 그러니 히구라시, 네가 미나미 씨네 집에서 보고 들은 일을 이야기해주지 않겠어? 아무리 사소한 것도 빼놓지 말고 전부 다. 모든 정보를 내 뇌세포에 입력할 필요가 있어서."

"그건 괜찮은데, 잠깐만 기다려."

요리를 하는 도중이었기 때문에 나는 일단 가스레인지 앞으로 돌아가서 라면을 마저 끓였다. 푹 퍼진 라면을 둘이서 후루룩 먹으면서, 나는 내가 보고 들은 모든 일을 이야기해 주었다. 가재도구를 한창 옮기다가 화장실을 빌리려고 거실로 들어가 도무라와 대화를 나눈 대목에 다다르자 가사사기가 느닷없이 젓가락으로 테이블을 탁 내리치며 얼굴을 들었다.

"레드테일캣이라고? 마루라는 게?"

"응, 그런 종류의 메기인가 봐."

"어째서 그걸 빨리 말하지 않은 거야!"

도대체 무슨 일인지. 열 손가락으로 자기 머리를 쥐어뜯으며 가사사기는 무시무시한 표정으로 라면 그릇을 노려보았다.

"레드테일캣……. 고양이 같은 이름의 메기…… 고양이 같은…… 메기……."

무슨 소리를 하는지 영문을 알 수 없어진 나는 다시 라면을 먹기 시작했다. 그러자 가사사기는 바람을 가르듯 한 손을 옆으로 휘두르며 말했다.

"미안하지만 면 먹는 소리 좀 그만 내면 안 될까. 집중 좀 하자. 앞으로 한 수라고, 히구라시. 앞으로 한 수만 더 두면 돼."

또 나왔구나. 예컨대 가게의 경영을 어떻게 개선해야 할지 둘이서 상의할 때도 마지막에는 언제나 가사사기의 입에서는 이 말이 나온다. 나와도 그걸로 끝이다.

"생각에 방해되면 미안하니까 광고지라도 돌리고 올게."

나는 가게 광고지를 끌어안고 사무실 사다리를 내려갔다.

❦

"체크메이트다."

짧은 가을 해가 저물어 갈 무렵, 가사사기가 가게를 보던 내게 선언했다.

"진상을 알아냈어, 히구라시."

"진상이라고? 뭔데?"

가사사기는 입꼬리를 올리며 씩 웃었다.

"그렇게 별생각 없는 태도를 보인 걸 나중에 반드시 후회할 거야. 하여튼 이제부터 엄청난 체포극을 감행해야 해. 어쩌면 상당한 위험이 따를지도 모르는 체포극을."

"뭐?"

"우리 손으로 도둑들을 붙잡는 거지. 오늘 밤쯤에 도둑들은 분명 다시 그 집을 찾아온다. 훔치는 데에 실패한 물건을 되찾으러 말이야."

"도둑들?"

"범인은 2인조야. 분명 남자와 여자일 테지."

"무슨 소리야?"

"모든 건 범인을 붙잡은 다음에 설명할게. 뭐, 하지만 아무것도 모른 채 위험한 임무를 맡을 수는 없으니 힌트만 주지. 힌트는 '지진', '홧김에 먹은 음식', 그리고 '선물 작전'이야."

뭐냐, 그건.

"알겠지, 밤이 되면 우리는 미나미 씨네 집으로 간다. 미니 트럭 안에 숨어서 집을 감시하는 거야."

밤이 됐다.

열 시가 지났을 즈음, 가사사기는 잔뜩 들뜬 기색으로 나를 조수석에 태운 뒤 미나미 씨네 집을 향해 미니 트럭을 출발시켰다. 차는 맞은편 집 가까이에 세웠다. 물론 미나미 씨 집에서 훤히 보이는 정면 골목길이 아니라 남쪽 골목길에 세워두었다.

"자, 짐칸에 숨자. 주차한 차에 사람이 타고 있으면 녀석들이 분명 경계할 거야."

미나미 씨네 집의 서재에서 실어온 가재도구는 오후에 창고로 옮겼으므로 짐칸은 텅 비어 있었다. 둘이서 짐칸에 올라타고 천막 틈새로 바깥을 살펴보았더니, 과연 정원이 잘 보인다. 구름 한 점 없는 하늘에서 달빛이 환히 내리비쳐서 수상한 자들을 기다리기에는 안성맞춤인 밤이다. 애시당초 가사사기가 기다리는 수상한 자들이 실제로 나타나리라고는 도저히 생각할 수 없었지만……. 이제 어떻게 하지.

"히구라시, 겁먹은 거 아니야?"

"아니, 별로."

"센 척하는 건 아니고?"

가만히 있기가 답답한지 가사사기는 두 손을 바쁘게 마주 비비며 천막 틈새를 향해 책상다리를 하고 앉았다.

"자, 언제든지 오너라, 악당 녀석들아."

나는 생각했다. 생각하고, 생각하고, 또 생각했다. 생각하는 것만으로도 큰일인데 생각하지 않는 척을 해야 하니까 더 큰일이다. 그러고 있는 동안에 시간은 흘렀다. 희미하게 비쳐드는 달빛으로 손목시계를 확인하자 열한 시 반이 지났다. 가만히 한숨을 쉬면서 가사사기의 등 너머로 밖을 내다보았다. 미나미 씨네 집에 불빛은 하나도 없다. 리호와 나미 둘 다 이미 잠들었을까. 아니다.

"나미다!"

2층 창문으로 나미의 얼굴이 살짝 보였다. 남쪽 하늘을 똑바로 올려다보고 있었다.

"어디…… 진짜 나미네. 곤란한데. 저런 곳에서 사람이 얼굴을 내밀고 있으면 녀석들이 물건을 훔치러 안 올 거 아니야. 앗, 이쪽을 봤다."

잠시 이쪽을 바라보던 나미는 이윽고 골목길에 세워져 있는 것이 우리의 미니 트럭이라는 사실을 알아차렸는지, 창문으로 상체를 내밀고 찬찬히 살피기 시작했다.

"저기, 가사사기. 도둑 소동이 일어난 다음이라 이상한 오해를 사기는 싫으니까 나미한테는 설명해 두는 편이 낫지 않겠어? 내가 가서 잠깐 이야기하고 올게."

가사사기가 뭐라고 말하려 했지만, 나는 짐칸에서 뛰어내려 대문으로 들어갔다. 이상하다는 듯한 나미의 시선이, 발소리를 죽인 채 조용히 통로를 나아가는 나를 따라왔다.

이때 나는 이미 나미를 위해 한바탕 일을 벌이자고 결심한 뒤였다. 분명히 말하건대, 내가 하려는 일은 범죄에 해당한다. 하지만 그게 뭐 어쨌다는 말이냐. 인생에는 꼭 해야 할 일이 있다.

"엄마는 주무시니?"

창문 아래에 서서 나미에게만 겨우 들릴 만한 목소리로 묻자 나미는 고개를 끄덕였다.

"있지, 어쩌면 오늘 밤에 도둑이 또 찾아올지도 모른대."

어, 하고 나미의 입이 벌어졌다.

"하지만 걱정할 필요 없어. 가사사기가 그 도둑을 붙잡으려고 하거든. 그래서 저기 트럭 안에 숨어 있는 거야. 나미는 안심하고 자도 돼."

당황한 듯한 기색을 보이면서도 나미는 턱을 살짝 끌어당겼다. 슬쩍 뒤를 돌아본 나는 내 말소리가 가사사기에게 닿지 않는다는 사실을 확인하고 나서 말을 이었다.

"가사사기가 도둑을 유인하기 위해 1층 거실 창문의 자물쇠를 풀어놓으라고 전해달래."

"알았어."

속닥속닥 대답한 나미의 얼굴이 창문에서 쏙 들어갔다. 얼마 후 바닥까지 닿아 있는 거실의 커다란 창문이 안쪽에서 열리더니 파자마 차림의 나미가 상체를 내밀고 숨소리를 내듯 작게 물었다.

"여기를 열어두면 돼?"

"그래, 정말 고마워. 그럼 뒷일은 우리한테 맡겨. 별만 너무 보고 있으면 감기 걸린다."

내가 물러가려 하자 나미가 불러 세웠다.

"저기, 히구라시 씨."

"응?"

"물고기자리에 얽힌 이야기 알아?"

"물고기자리에 얽힌 이야기?"

"나…… 그게 부럽더라."

"뭐가?"

"미안, 아무것도 아니야."

나미는 눈을 돌리고 얼굴을 집어넣더니 창문을 닫았다. 나미는 무슨 말을 하려고 한 걸까.

8

"이 녀석들…… 아무래도 포기한 모양이군."

짐칸 천막 틈새로 약하게 아침 햇살이 비쳐 들기 시작했을 무렵, 가사사기가 나지막한 목소리로 그렇게 중얼거렸다. 아침까지 계속 감시한 탓에 눈 아래에는 다크서클이 생겼고, 뺨은 여느 때보다 한 층 수척해졌다. 하지만 밤새 깨어 있던 것은 아니다. 자정이 가까 워졌을 즈음부터 가사사기가 꾸벅꾸벅 졸길래 번갈아서 망을 보는 게 어떻겠느냐고 내가 제안했기 때문이다. 가사사기는 그 제안을 받아들였고, 우리는 한 시간 간격으로 자다 깨다 했다.

"가사사기, 슬슬 설명해 주지 않을래?"

"괜찮겠지. 하지만 설명은 저 집 안에서 해야 해. 말만 들으면 좀 처럼 이해하기 힘들 테니까. 리호 씨와 미나미가 일어날 때까지 기 다리자. 그때까지 잠깐 쉬어야겠어."

각자 휴대폰 알람을 아홉 시에 맞춰놓은 다음 우리는 짐칸에서 잠시 눈을 붙였다. 그렇지만 둘 다 알람을 끄고 다시 잠들었는지, 일어나보니 열 시가 지나 있었다.

"이런…… 뭐, 상관없지. 가자, 히구라시."

우리는 미나미 씨네 집의 초인종을 눌렀다. 인터폰에 대고 도둑에 대해서 설명하러 왔다고 가사사기가 말하자, 리호는 들으라는 듯이 한숨을 쉬더니 들어오라고 말했다.

"어, 또 오셨습니까?"

리호를 따라 거실로 들어가자 주방에서 설거지를 하고 있던 도무라가 안경 안쪽의 두 눈을 깜박깜박했다.

"도무라 씨도 계셨습니까. 마침 잘됐군요. 이제부터 제가 그저께 든 도둑에 대해 설명하려고 합니다. 괜찮으시다면 이쪽으로."

이미 거실에 있던 나미가 앉아 있던 소파에서 엉덩이를 들고 불안한 듯한, 하지만 약간 설레는 듯한 눈길을 보냈다.

"그래서…… 뭐죠?"

리호의 목소리에서는 몹시 귀찮다는 듯한 느낌이 묻어났다. 하지만 가사사기는 기죽지 않고 리호, 나미, 도무라 쪽을 향해 똑바로 서더니 귀에 잘 들어오는 목소리로 이렇게 말했다.

"전부 설명하겠습니다."

나미가 목 언저리를 긴장시키며 진지한 눈으로 가사사기를 쳐다보았다.

"리호 씨. 요전에 도둑 소동이 일어났을 때, 따님을 의심하셨죠.

218

누군가 집에 침입한 것처럼 꾸미고 야옹이를 어디에 버린 건 따님이 아니겠느냐고요. 하지만 그건 잘못된 생각입니다."

"딱히 진심으로 말한 건 아니에요."

진심이 아니기에 무슨 말을 해도 상관없다고 생각한다면, 그것이야말로 리호가 고쳐야 할 잘못된 생각이리라. 하지만 나는 아무 말 없이 잠자코 상황을 지켜보았다.

"리호 씨, 한 가지 확인하겠습니다. 그저께 밤에 지진 소동이 일어났을 때까지는 야옹이도 집에 있었죠?"

"네…… 있었어요."

그렇군요, 하고 가사사기는 팔짱을 끼고 설명을 시작했다.

"이번에 이 집에 숨어들어 야옹이를 훔쳐 간 것은 분명히 도둑입니다. 그것도 2인조요. 다만 녀석들이 특별히 고양이를 원했던 건 아니고, 목적은 일반적인 도둑과 마찬가지로 금품이었습니다."

"그렇다면 왜 야옹이를 데려간 건데?"

나미가 묻자 가사사기는 집게손가락을 딱 들이댔다. 잠이 부족한 탓에 표정만은 섬뜩할 만큼 무서웠다.

"그것이 바로 이번 사건의 중요한 포인트지. 알겠니, 미나미. 범인은 야옹이를 데려갔을 때, 고양이를 훔칠 생각이 아니었어."

"그럼 도대체?"

"말했잖아, 범인의 목적은 금품이었다고. 그게 뭐였는지는 나도 잘 몰라. 이제 곧 알 수 있겠지만. 어쨌든 범인은 야옹이가 그걸 가지고 있다고 굳게 믿었지. 그래서 이 집에서 데려간 거야."

"야옹이가 가지고 있다고 굳게 믿었다고……?"

"그래. 만약 단독범이었다면 그런 바보 같은 실수는 분명 하지 않았을 테지. 하지만 이번 사건의 범인은 2인조였어. 게다가 의사소통이 그다지 원활하지 않은 2인조였지."

정신을 통일하듯이 가사사기는 눈을 가볍게 감고 잠시 천장으로 얼굴을 들었다.

"순서대로 설명할게. 그저께 밤에 일단 도둑 2인조 중 한 명이 찾아왔어. 물받이를 타고 잠겨 있지 않은 미나미의 방 창문을 통해 이 집에 숨어들었지. 이 녀석은 도망치는 모습을 목격당했는데, 주변에 탐문을 한 결과 여자라는 사실이 밝혀졌어. 그녀는 도둑질할 목적으로 집에 침입해서 방을 살폈지. 어디를 어떻게 살폈는지는 몰라. 어쨌든 그녀는 금방 어떤 물건을 손에 넣었어. 내 생각에는 보석류일 것 같아. 그 물건을 찾아낸 그녀는 뭔가 돈이 될 만한 물건이 또 없는지 계속 살폈지. 그런데 그때 예상치 못한 일이 일어났어."

"뭔데?"

"지진이야."

가사사기의 오싹한 눈빛이 나미의 눈을 찔렀다.

"큰 지진이었지. 그녀는 큰일 났다고 생각했을 거야. 지진 때문에 집에 있는 사람이 깨어날지도 모르니까. 아니나 다를까, 리호 씨와 미나미 둘 다 잠에서 깼어. 리호 씨는 거실로 내려와서 수조와 물고기들의 상태를 확인했고, 미나미는 구급차를 불렀지. 그때 범

220

인은 아직 이 집 안에 있었어. 어떻게 하지, 어떻게 하지, 하고 몸을 떨면서 안 보이는 곳에 가만히 숨어 있던 거야."

마치 자신이 그때의 도둑이라도 된 것처럼 가사사기는 불안한 듯한 눈으로 자신의 두 어깨를 끌어안았다.

"도망쳐야 한다. 한시라도 빨리. 그때 구급차가 도착했지. 구급 대원들이 집으로 들어왔어. 그들은 리호 씨의 안내를 받아 2층으로 통하는 계단을 올라갔지. 도망치려면 지금밖에 없다고 생각한 그녀는 숨어 있던 곳에서 정신없이 뛰쳐나와 급히 현관으로 향했어. 그러다가."

가사사기가 손뼉을 짝 쳤다.

"엄청난 실수를 저질렀어."

"어떤 실수?"

"넘어졌는지, 아니면 물건을 쥐고 있다는 사실을 깜박했는지는 모르겠지만, 훔친 물건이 손에서 쑥 빠져나와서 날아가 버렸어."

"어디로?"

"저기로!"

가사사기가 마치 권총을 들이대듯이 가리킨 것은 어느 수조였다. 마루가 헤엄치는 거대한 수조다.

"히구라시, 이제 네가 해줘야겠다."

역시 내 역할이구나.

"저 수조 속을 찾아봐 주지 않을래? 도둑이 들고 이미 밤이 두 번이나 지났어. 물건은 분명 수조 바닥에서 찾을 수 있을 거야."

리호, 나미, 도무라가 어안이 벙벙한 얼굴로 지켜보는 가운데, 나는 수조로 다가갔다. 몇 번을 봐도 마루는 참 크다. 여기에 손을 넣으라는 건가. 허리를 구부리고 수조를 들여다본다. 보이지 않는다. 각도를 바꿔서 구석에 옆으로 놓여 있는 유목 뒤쪽을 보자…… 아아, 저기 있다.

"음, 뭔가 빛나는 게 있는데?"

"그것만 따로 굴러다니고 있지는 않을 거야."

"검은 뭔가에 파묻혀 있어. 이거…… 똥이로군."

"꺼내봐."

"응……."

다행히도 이 역할은 도무라가 나서서 해주었다. 도무라는 수조 곁에 놓아둔 뜰채로 유목 뒤에 가라앉아 있던 그것을 솜씨 좋게 건져 올렸다. 그리고 아무 망설임 없이 뜰채 속을 맨손으로 만지작거리다가 앗, 하고 소리를 질렀다.

"반지다!"

모두가 도무라의 손에 시선을 모았다. 반짝반짝 빛나는 반지. 금색 링에 상식에서 벗어날 정도로 커다란 분홍색 보석이 박혀 있다.

"역시 반지였나. 그런 물건일 것 같기는 했지만."

가사사기는 성큼성큼 걸음을 옮겨 도무라의 손에서 반지를 받아들었다.

"이게 범인이 훔친 물건입니다."

반지를 보고 나미와 리호가 동시에 뭐라고 말하려 했지만, 가사사기는 알아차리지 못하고 말을 이었다.

"그렇다면 그다음에 일어난 일을 설명하겠습니다. 도둑의 손에서 빠져나간 이 반지는, 마루가 있는 수조에 떨어졌습니다. 그리고 당치 않게도 마루가 반지를 덥석 삼키고 만 거죠. 그날 마루의 기분이 좋지 않았던 것이 불운이었습니다. 평소 같았다면 분명 반지 따위는 먹지 않았을 테니까요. 하지만 기분이 나빴던 마루는 홧김에 반지를 먹어치우고 말았습니다."

"홧김에 먹었다……."

도무라가 멍하니 중얼거렸다.

"마루의 불쾌한 기분은 분명 지진과 밀접한 관계가 있으리라고 추정됩니다만, 그 방면에는 문외한이니 설명을 삼가겠습니다. 추리에 상상을 개입시키면 위험하니까요."

흥미로운 발언을 끼워 넣고 나서 가사사기는 원래 하던 이야기를 이어 나갔다.

"마루가 반지를 삼키자 범인은 절망했겠죠. 어쨌거나 마루는 이처럼 무시무시하게 생겼으니까 입에 손을 집어넣어 반지를 되찾을 용기는 좀처럼 나지 않았을 겁니다. 수조를 통째로 들고 가려고 해도 크기가 너무 크고요. 무엇보다도 머뭇거리면 도망칠 수 없습니다. 그래서 여자 도둑은 결국 포기했습니다. 즉, 아무것도 훔치지 못하고 이 집에서 도망친 거죠. 이제 아시겠죠? 도망치는 그 모습을 나미가 2층에서 목격한 겁니다. 여기까지가 사건의 제1막이었습니다."

가사사기는 천천히 숨을 뱉어낸 후 손안의 반지를 침통한 얼굴로 바라보았다.

"제2막에서 등장하는 건 또 다른 도둑입니다. 이쪽은 누구한테도 목격되지 않았기 때문에 성별은 불명입니다. 하지만 저는 어떤 이유에서 이 도둑을 남자라고 생각합니다."

"어떤 이유라니 뭔데?"

이제는 가사사기의 바로 옆에서 추리에 귀를 기울이던 나미가 물었다.

"남자는 여자를 위해선 몰래 도움이 되고자 하는 법이거든. 너도 어른이 되면 알 거야."

"몰래 도움이 되고자 한다고……?"

"여자 도둑이 훔치지 못한 반지를 손에 넣으려고 한 거야. 그녀를 위해. 나중에 그녀한테 반지를 건네서 환심을 사려는 속셈이었을 테지. 그래서 그는 이 집으로 숨어들었어. 리호 씨와 미나미가 다시 잠들어서 조용해진 후에."

"두 번이나 도둑이 들었다는 거야? 우리 집에?"

"그래, 하룻밤 동안에 말이지. 하지만 두 번째 도둑 역시 큰 실수를 저질렀어. 여자 도둑한테 정확한 정보를 듣지 않고 행동을 개시하고 말았던 거야. 분명 남자 특유의 허세 때문이겠지. 그는 자기가 하려는 일을 그녀에게 들키고 싶지 않았어. 어디까지나 몰래 반지를 찾아놓고 나중에 선물해서 놀라게 해주고 싶었겠지. 그래서 사전에 군이 자세한 이야기를 물어보지 않고 부정확한 정보만 지닌 채 이 집에 숨어들었어."

"가사사기, 그 부정확한 정보란 도대체……."

좋은 질문이라는 듯이 가사사기는 내게 얼굴을 휙 돌리더니 옅은 눈썹을 움찔거리며 말했다.

"뭐가 반지를 삼켰느냐는 정보지. 그렇다면 그녀는 그에게 도대체 어떤 정보를 들려주었을까. 때로는 스스로 생각해 보는 것도 좋을 거야, 히구라시. 넌 이미 진상에 다다르는 열쇠를 손에 쥐고 있으니까."

나는 말없이 고개를 갸웃하며 바쁘게 눈을 깜박거리거나, 입술이 삐뚤어질 정도로 입을 꾹 다문 채 생각하는 모습을 보이다가 결국 "항복이야" 하고 두 손을 들었다. 그러자 가사사기는 동정하듯이 따뜻한 눈으로 고개를 살짝 끄덕이더니 우리 모두를 향해 이렇게 말했다.

"분명 그녀는 그에게 이렇게 말했겠죠. 반지는 레드테일캣이 삼켜버렸다고."

앗, 하고 입속으로 소리를 지른 사람은 나미다. 나미는 잠시 허공을 올려다보며 머릿속을 정리하듯이 중얼중얼 입술을 움직이다가 갑자기 가사사기에게 시선을 되돌리고 말했다.

"혹시 야옹이라고 생각한 거야?"

"퍼펙트!"

가사사기가 손가락을 딱 튕겼다.

"그는 그녀가 말한 레드테일캣이 뭔지 몰랐어. 설마 메기일 줄은 꿈에도 모르고 틀림없이 고양이일 거라고 굳게 믿었지. 설치류인 프레리독을 이름 때문에 개라고 믿는 사람이 있는 것처럼 말이야. 그는 레드테일캣이라는 고양이를 훔쳐내기 위해 이 집에 숨어들었어. 그리고 거기에는 틀림없이 꼬리가 빨간색인 고양이가 있었지."

"하지만 가사사기 씨, 야옹이의 꼬리는 안 빨개. 갈색이야."

"미나미."

얕은 생각이라고 말하고 싶은 듯 가사사기는 천천히 고개를 저었다.

"코난 도일이 쓴 「빨간 머리 연맹」을 읽은 적 없니? 머리카락이 빨간 사람이 많이 나오는 이야기야."

내용을 대충 설명하자 나미는 곤혹스러운 표정을 지었다.

"뭐, 소설의 내용은 아무래도 상관없어. 내가 하고 싶은 말은 빨간 머리가 꼭 빨갛다고는 할 수 없다는 거지. 빨간 머리라고 불리는 사람들의 머리카락은 사실 빨간색이 아니라 오히려 갈색에 가까워. 그 사실을 알고 있던 도둑은 야옹이를 본 순간 이 고양이가 그녀가 말하던 레드테일캣이 틀림없다고 생각하고 말았어. 그리고 그는 야옹이를 붙잡아 이 집에서 데리고 나간 것이지."

가사사기는 그렇게 말하고는 이 부분에서 턱을 끌어당겨 크크 웃었다.

"아마도 그는 야옹이가 똥을 많이 누도록 밥을 잔뜩 먹였을 거야. 그리고 똥을 핀셋이나 나무젓가락으로 실컷 주물렀겠지. 있지도 않은 반지를 찾으려고 말이야. 자기가 착각했음을 알아차린 건 아무리 찾아도 똥 속에서 반지가 나오지 않았기 때문인지, 아니면 여자 도둑한테 레드테일캣이 메기라는 이야기를 들었기 때문인지 그건 모르겠어. 어쨌든 그는 야옹이에게 반지가 없다는 걸 알고 풀어주었지. 그게 이번 사건의 진상이었어."

"그런…… 그런 어처구니없는 일이."

"확실히 이번 사건은 어처구니없어. 하지만 말이야, 히구라시. 생각해 봐, 이 세상은 어처구니없는 착각으로 가득하다고. 다들 그걸 알아차리지 못한 채 살고 있을 뿐이지."

나는 마음속으로 고개를 끄덕였다.

"리호 씨. 이 반지는 돌려드리겠습니다. 보아하니 상당히 비싼 물건인 것 같으니 앞으로는 엄중히 보관하시기 바랍니다."

리호는 가사사기가 내민 반지를 살짝 받아 들었다. 그 눈에 내가 리호를 만난 이래 처음으로 보는 감정이 비쳤다. 쓸쓸하고 애절한 감정. 나는 그녀를 약간 다시 봤다.

"그건 그렇고, 도대체 이건 몇 캐럿입니까? 보통 보석의 서른 배 정도는 돼 보이는데요."

가사사기의 말에 리호의 입꼬리가 희미하게 위로 올라갔다. 부끄러운 듯이.

"이거 장난감이에요. 오래전에 나미가 용돈으로 사서 선물해 준 거죠. 저랑 남편, 그러니까 헤어진 남편한테 하나씩이요. 이 아이가 아직 초등학교 1학년이었을 때의 결혼기념일이었어요."

"아. 이야, 미나미."

가사사기는 태연한 척하면서 나미 쪽을 바라보았다.

"그게…… 결혼반지 같은 거 없었다고 했으니까."

나미는 엄마와 눈을 맞추지 않았다.

"엄마, 경찰한테 아무것도 도둑맞지 않았다고 그랬는데…… 그 반지 없어진 거, 지금까지 몰랐어?"

딸의 질문에 리호는 고개를 숙이고 입술을 깨물었다.

"여자 도둑이 장난감 반지를 진짜라고 생각한 거로군."

이런 전개가 뜻밖이었는지, 가사사기는 침착함을 잃고 두 사람을 힐끔힐끔 번갈아 봤다. 그러다 이윽고 오호, 하고 이상한 헛기침을 했다.

"자, 이걸로 저희 역할은 끝입니다. 조금 지쳤으니 이만 실례하도록 하겠습니다. 그럼."

세 사람은 현관을 나서는 우리를 배웅해 주었다. 나미가 트럭까지 같이 가겠다고 하자 리호도 반대하지 않았다. 가사사기와 나미가 먼저 통로를 나아가고 뒤따라가려고 하는데, 리호의 머뭇거리는 목소리가 내 다리를 붙들었다.

"저기…… 히구라시 씨, 정말일까요? 아까…… 도둑 이야기."

리호 뒤에 있는 도무라도 반신반의하는 표정이었다.

글쎄요, 하고 나는 고개를 갸웃했다.

"저는 뭐라고 말씀을 못 드리겠네요."

나는 머리를 숙여 인사하고 서둘러 물러나면서 미나미 씨네 집

주방에서 어육 소시지 하나와 젤라틴 약간, 그리고 구운 김 한 장이 사라졌다는 사실을 도무라와 리호가 알아차리지 못하길 바랐다.

9

그건 그렇고 열 시간 전쯤, 자정을 넘겼을 무렵의 일이다.

"그럼 가사사기는 자. 일단 내가 한 시간 동안 감시할 테니까."

"잘 부탁한다. 그럼 잘게."

가사사기는 팔베개를 하고 벌렁 드러눕더니 금방 색색 잠들었다. 나는 가사사기를 내버려 둔 채 미니 트럭 짐칸에서 내렸다.

담을 따라 돌아가자 미나미 씨네 맞은편 집 대문이 열려 있었다. 대문을 슬며시 통과해서 무성하게 자란 잡초에 달빛이 비치는 정원으로 들어갔다.

이중턱 아저씨가 툇마루에 가만히 앉아 있었다. 곁에는 커다랗게 부푼 여행 가방이 놓여 있었다.

"기다리게 해서 죄송합니다."

내가 말을 걸자 아저씨는 고개를 휙 들더니 경계하는 듯 널찍한 어깨가 경직되는 모습이 보였다. 시간이 별로 없었으므로 나는 옆에 앉아서 바로 본론으로 들어갔다.

"어젯밤에 미나미 씨네 집에 숨어든 사람은 당신이죠?"

내가 알고 있으리라는 사실은 충분히 예상했을 것이다. 상대는 그다지 놀라지도 않고 고개를 끄덕였다.

"경찰에 신고할 생각은 아니겠지? 밤중에 일부러 이런 곳에서 만나자고 했으니까."

"물론이죠. 경찰이라니 말도 안 됩니다."

낮에 나미가 가게에 전화를 걸어서 야옹이가 돌아왔다는 사실을 알려주었을 때다.

―나미구나? 저기, 하나 물어볼 게 있는데.

나는 나미에게 이렇게 물었었다.

―너희 맞은편에 있는 집, 빈집이지?

나미는 그렇다고 대답했다. 조만간 철거할 예정인 모양이다. 전화를 끊은 후 나는 광고지를 돌리러 간다고 거짓말을 하고 여기로 찾아왔다. 아저씨는 지금과 똑같은 장소에서 똑같이 등을 웅크린 채 가만히 앉아 있었다. 다시 만날 수 있어서 안심했다. 오늘 밤에 이야기를 잠깐 하고 싶다고 하자, 아저씨가 말없이 눈썹을 찡그리길래 나는 이렇게 덧붙였다.

―나미를 돕기 위해섭니다.

실은 혼자 올 생각이었다. 그런데 가사사기가 밤새도록 미나미 씨네 집을 감시하겠다고 설치는 바람에 이렇게 몰래 짐칸을 빠져

231

나오는 꼴이 되었다.

"나미 아버지시죠? 고조 씨?"

내가 그렇게 물었을 때도 아저씨는 크게 놀라지 않았다. 이중턱을 당겨 고개를 끄덕이고 지쳐 보이는 눈을 들었다.

"그런데 어떻게 알았지? 어제나 오늘이나 여기 사는 사람인 척 연기를 잘 했을 텐데. 집에서 내 사진이라도 봤나?"

"아니요, 사진 같은 건 못 봤습니다. 두 번이나 현관 앞에서 만났는데 현관문을 드나드는 모습은 한 번도 못 봐서, 처음부터 이상하다고는 생각했어요. 게다가 오늘 우리가 여기 와서 도둑 이야기를 했을 때, 고조 씨는 미나미 씨네 집에 도둑이 들었다는 사실을 몰랐던 척하지 않았습니까? 하지만 경찰이 근처를 돌아다니면서 뭔가 물어본 것 같아서 신경이 쓰였다고도 했죠."

─아, 도둑이 들었어? 아니, 오늘 아침부터 경찰이 요 주변 사람들한테 뭔가 물으며 돌아다니는 것 같아서 신경이 쓰였거든.

"경찰은 탐문하러 돌아다니면서 이 집 초인종도 눌렀을 겁니다. 맞은편 집이니까요. 도둑에 관해 뭔가 도움이 될 만한 정보를 얻을 가능성이 제일 높죠. 하지만 정원에 있던 당신은 나오지 않았습니다. 이유는 간단합니다. 이 집 사람이 아니라는 걸 경찰한테 들키면 곤란하니까요."

"그야, 멋대로 정원에 들어왔으니까 그렇지."

"게다가 미나미 씨네 집에 숨어든 장본인이기도 하고요."

"음…… 뭐."

겸연쩍은 듯이 고조는 시선을 내렸다.

"그거랑 구급차 이야기. 그때 고조 씨, 어젯밤 늦게 구급차도 왔던 것 같다고 하지 않았습니까. 하지만 도대체 무슨 일이 있었는지 우리한테 묻지 않았고요."

"그랬던가?"

"보통은 물을 겁니다. 한밤중에 맞은편 집에 구급차가 왔으니까요. 그런데 궁금해하지 않으니 혹시 이 사람은 구급차가 왔다가 돌아갔을 때의 사정을 알고 있는 거 아닐까 싶었죠. 그날 밤 미나미 씨네 집 정원에 숨어들어서 몰래 상황을 엿보았던 거 아니겠느냐고요. 구급대원들이 돌아갈 때, 정원에서 도망치는 수상한 사람을 나미가 목격했다고 들었는데요, 그건 고조 씨였죠? 그래서 그때 우리가 수상한 사람을 보지 못 했느냐고 물었을 때 '마른 여자'라고 대답한 거죠?"

마른 여자, 즉 자신과 정반대의 인물상을 순간적으로 생각해 우리에게 전한 셈이다.

"하지만 그렇다고는 해도 어떻게 내가 나미의 아빠라는 걸 알았지? 그저 맞은편 집에 숨어 있는 수상한 사람일 수도 있잖아."

"미나미 씨네 집에 숨어들었을 때, 당신이 야옹이를 데리고 나왔기 때문입니다."

아아, 하고 고조는 이해했다는 듯한 목소리를 흘려냈다.

"야옹이는 집안사람이 아니면 다가가지 않습니다. 그 대신 집안사람에게는 울음소리를 내며 어리광을 부리죠. 미나미 씨네 집에

233

숨어들었을 때, 야옹이가 당신한테 들러붙은 거 아닙니까? 그래서 리호 씨와 나미가 일어나면 큰일이다 싶어 야옹이를 부엌에 있던 상자에 넣어서 데리고 나온 거죠."

"미안하긴 했지만."

고조는 어깨를 흔들며 헤헤 웃었다.

"고조 씨, 도대체 왜 어젯밤에 미나미 씨네 집에 숨어든 건가요?"

물어보자 고조는 갑자기 진지한 표정을 지으며 팔짱을 꼈다.

"나미가 걱정이었어. 봐봐, 큰 지진이 났잖아. 그 후에 집에 불이 켜졌고 어쩐지 어수선해지더니…… 결국은 구급차가 왔어. 지진 때문에 리호나 나미가 다쳤나 싶어서 정원에 숨어서 상황을 살피고 있었는데, 아무래도 이상하더라고. 현관문에 얼굴을 바짝 대고 귀를 기울였더니 마지막에는 구급대원들의 웃음소리 같은 것도 들렸고 말이야. 그러고 있는데 구급대원들과 리호가 2층에서 내려와서 서둘러 도망쳤지."

그 모습을 나미가 2층에서 본 것이리라.

"결국 구급차에는 아무도 태우지 않고 돌아가더군. 뭐, 그래서 아마도 나미가 어딘가에 살짝 부딪힌 걸 가지고 호들갑을 떨다가 구급차를 불렀으리라고 생각했지. 하지만 역시 걱정이 되니까 내 눈으로 괜찮다고 확인할 때까지는 마음이 가라앉지 않겠더라고. 그래서……."

"숨어들었다."

"그래. 어쩌면 나미의 방 창문이 열려 있을 수도 있을 것 같아서.

우리 나미, 별을 좋아해서 말이야. 밤에 늘 그쪽 창문으로 하늘을 바라보더라고. 그래서 밤이 되면 이 정원에서 나미의 얼굴을 쳐다 봤지. 마침 빈집이라 몰래 숨어서. 직접 만나서 얼굴을 볼 수는 없 으니까 여기서 훔쳐보는 거야. 자기 전에 창문을 꼭 잠그라고 나랑 리호가 몇 번이나 말했는데. 녀석이 아무리 말해도 잊어버린다니 까. 창문을 닫기만 해도 마음이 놓이는지 잠그지를 않아."

고조의 옆얼굴에 마치 낡은 앨범이라도 들여다보는 듯한 표정 이 떠올랐다.

"그래서 어제도 물받이를 타고 올라가 봤더니, 역시 자물쇠가 풀려 있었어. 창문으로 살그머니 들어가서 나미의 얼굴을 봤지. 조 용히 자고 있더군. 몸을 뒤척일 때까지 계속 보고 있었는데, 별 상 처는 없는 것 같았어. 그래서 겨우 안심했지."

"그런데 고조 씨, 어째서 다시 창문으로 나가지 않았습니까? 야 옹이를 부엌에 있던 상자에 넣었으니 1층에 내려갔다는 뜻이죠?"

"잊어버린 물건이 있었어."

고조가 미나미 씨네 집에서 들고 나온 물건이 무엇이었는지 아 직 몰랐으므로 나는 고개를 갸웃하며 상대의 얼굴을 보았다.

"집을 나올 때 이걸 깜박했거든. 계속 가지러 가고 싶었는데 그 럴 수가 없어서."

고조가 꺼낸 것은 금색 링에 분홍색 유리구슬이 달린 장난감 반 지였다. 나미가 초등학교 1학년 때 자신과 리호에게 사준 거라고 고조는 말했다.

"거실에서 이걸 찾고 있는데 야옹이가 들러붙더라고. 어쩔 수 없으니까 밖으로 데리고 나왔지."

"반지를 찾고 나갈 때 어째서 야옹이를 집에 돌려놓지 않았죠?"

"아니, 돌려보내려고 했어. 그런데 상자 속에서 야옹야옹 너무 시끄럽게 굴어서. 집에 들여놓고 있는데 리호나 나미가 일어나서 나오면 큰일이잖아."

그 이유만은 아닌 것 같았다.

"뭐…… 좀 쓸쓸하기도 했고. 하룻밤만 빌렸어. 이 툇마루에서 같이 잤지. 스웨터 속에 억지로 밀어 넣고 재우기는 했지만."

그렇게 말한 고조는 가슴 언저리를 천천히 문질렀다. 그러다가 갑자기 얼굴을 들고 말했다.

"그런 것보다 이봐. 나미 이야기를 해야지. 그 녀석한테 무슨 일이라도 있나? 나미를 돕느니 뭐니……."

"아, 맞다. 리호 씨가 말이죠, 도둑은 나미가 아니었겠냐고 해서요. 나미가 그 이야기를 듣고 몹시 상처 입었어요."

"리호가……."

"그러니까 어떻게 하면 좋을지 나미 아버님한테 상담해야겠다 싶어서."

"좋아, 알았어. 리호와 나미한테 사실을 말해줘. 자, 여기."

고조는 퉁명스러운 동작으로 내 손에 반지를 쥐여주었다.

"숨어든 사람이 나라는 증거가 필요할 테지. 이걸 보면 리호도 이해할 거야. 어차피 지금의 나한테는 이걸 가지고 있을 자격 따위

236

없으니까."

"정말로 이야기해도 됩니까?"

확인하자 고조는 입을 다물었다.

"이야기하지 않고 넘어갈 방법은 없을 텐데."

"정말 없을까요?"

"있나?

고조의 얼굴이 확 밝아졌다.

"있으면 그야, 할 수 있으면……. 아니, 어떻게든……."

고조는 다시 입을 다물었다.

"어떻게든 해보겠습니다."

나는 의심하는 듯한 고조의 시선을 받으며 자리에서 일어섰다.

"어떻게든 되도록 애써볼게요."

시간이 별로 없다. 머리 숙여 인사하고 정원에서 떠나려 하자 고
조가 불러 세웠다.

"저기, 이봐. 내가 대체 왜 이런 꼴로 돌아다니게 되었는지는 안
물어보나?"

고조는 엷게 때가 묻은 스웨터와 크게 부풀어 오른 여행 가방을
배배 꼬인 듯한 표정으로 가리켰다.

"가르쳐 주셔도 저는 분명 도움이 안 될 테니까요."

"보면 대충 알겠다는 건가?"

"뭐, 그럭저럭."

"시험 삼아 한번 물어봐."

어쩔 수 없이 나는 다시 앉아서 무슨 일이 있었는지 물었다.

집을 나갔을 때, 고조의 회사는 이미 도산하기 직전이었다고 한
다. 리호와 나미, 소중한 가족 두 사람이 길거리에 나앉지 않도록
고조는 이혼하고 가족의 곁을 떠났다. 예금과 주식은 위자료 명목
으로 리호에게 양도했으므로, 회사를 처분한 뒤 거래처에 채무를
변제하고 나자 빈털터리가 되고 말았다. 지금은 살 곳조차 없다고
한다.

"리호와 나미는 이대로 충분히 잘해나갈 수 있을 거야. 돈도 있
고 살 집도 있지. 회사는 원래 내 명의였지만, 집과 땅은 리호 명의
로 해두었으니까. 이런 날이 올 때를 대비해서."

"예상하고 있었습니까?"

"그런 예상을 하겠어?"

개가 작게 짖는 듯한 목소리였다.

"하지만 혹시 모를 때를 위한 준비는 필요하잖아."

"고조 씨. 전부 털어놓고 셋이서 다시 시작할 생각은 없습니까?"

"바보 같은 소리 하지 마. 남편의…… 아빠의 이런 꼴을 보여줄
수 있겠느냐고."

"이해해 줄 것 같은데요."

"그러니까 안 된다고. 그러면 리호는 자기도 일하러 나가겠다고
할 테니까. 나미도 아르바이트하겠다며 나설 게 틀림없고. 분명 그
럴 거야."

속상함이 가득한 눈으로 고조는 미나미 씨네 집을 노려보았다.

−남자는 여자를 위해 몰래 도움이 되고자 하는 법이거든.

가사사기의 입에서 그런 말이 튀어나온 것은 그로부터 열 시간 정도 후다. 그 말은 어떤 의미에서 정곡을 찔렀는지도 모른다. 어떤 남자는 소중한 여자를 위해 몰래 도움을 주려고 한다. 가사사기가 생각한 범인도, 고조도. 몰래 도와주려고 하지만 그 방법이 잘못되었다는 점까지 똑같다.

"물어보라고 해놓고서 좀 그렇기는 하지만."

잠시 후에 내가 일어서자 고조는 고지식한 얼굴로 이쪽을 쳐다보며 말했다.

"지금 한 이야기는 입 밖에 내지 마. 내가 어떻게 살고 있는지는 절대 비밀이야."

그런 말을 들으면 원래 이 일의 당사자가 아닌 나로서는 거부하기 어렵다. 그래도.

"역시 두 사람한테는 제대로 이야기하는 편이……."

"언젠가 재출발할 거야. 반드시 할 거라고. 그러면 그때 가족들을 맞이하러 올 생각이야. 돈이나 그 어떤 것보다도 제일 소중한 가족들을 맞이하러 오겠어. 그때까지는 비밀이야. 절대로 말하지 마. 당신도 날 이해한다면 알겠지, 절대로 말하면 안 돼."

나는 어쩔 수 없이 고개를 끄덕였다.

"알겠습니다."

"약속했어."

상대의 미소에 이끌려 마주 웃어주고 나서 달빛이 비치는 정원을 나섰다.

오른손에 쥔 장난감 반지가 어쩐지 뜨겁게 느껴졌다. 지금부터 준비할 연극이 잘 진행되면 나미에게 품은 리호의 오해는 풀린다. 하지만 의심받았다는 사실까지 나미의 가슴속에서 사라지는 것은 아니다. 나는 나미가 앞으로 엄마와 이야기를 많이 하고, 함께 웃고, 즐거운 추억을 가슴속에 간직하고, 불쾌한 추억을 지워나가기를 바랐다. 그 바람은 분명 실현될 것이다. 나는 리호가 원래는 사랑이 아주 많은 사람이라고 생각한다. 자신이 배우지 못한 탓에 남편이 집을 나갔다고 굳게 믿는 리호는 나미가 몹시 걱정스러웠던 것이다. 응석받이로 키우면 안 된다는 완고한 생각에 지금처럼 극단적으로 엄한 엄마가 되었으리라. 사실 지금도 예전처럼 나미와 함께 텔레비전을 보거나 만화책을 보며 웃고 싶을 것이 틀림없다. 하지만 그렇게 할 수 없는 것이다. 추측건대 리호는 그래서 물고기를 기르기 시작했는지도 모른다. 억누르고 있는 커다란 사랑의 배출구가 필요했는지도 모른다. 단순히 동물을 기르고 싶었다면 개나 고양이를 한 마리 더 길렀어도 상관없었겠지만, 그런데도 리호는 체온이 없는 물고기를 선택했다. 그건 나미에 대한 무언의 사과이자 작은 변명이라고 생각할 수는 없을까.

미나미 씨네 집의 대문으로 들어가 나미가 자물쇠를 풀어준 창문으로 향하면서 나는 별생각 없이 뒤를 돌아보았다. 구름이 완벽하게 걷힌 남쪽 하늘은 씻어낸 듯이 투명했고, 떠오른 별들은 숨을 삼킬 만큼 아름다웠다. 내가 아는 별자리가 몇 개 보였다. 페가수스

자리, 물병자리, 고래자리, 물고기자리.

"아……."

그제야 비로소 깨달았다.

─물고기자리에 얽힌 이야기 알아? 나…… 그게 부럽더라.

그때 나미가 하려고 했던 이야기. 물고기자리는 물고기 두 마리가 서로의 꼬리지느러미를 리본으로 묶은 모습이라고 한다. 신화에 따르면, 강 옆을 걷던 비너스와 그녀의 아들 큐피드는 갑자기 나타난 괴물에 놀라서 물고기로 모습을 바꾸어 도망쳤다. 그때 서로 헤어지지 않도록 꼬리지느러미를 리본으로 묶었다고 한다.

나미도 자신과 엄마를 묶는 리본을 가지고 싶었는지도 모른다. 그래서 그렇게 남쪽 하늘을 올려다보고 있었나. 나미의 시선 끝에는 언제나 물고기자리의 리본이 있지 않았을까.

달빛이 비치는 정원에 서서 가을 하늘을 올려다보는 동안, 가슴속에서 미나미 씨 집안의 장래를 비관하는 마음이 점점 작아져 가는 것이 느껴졌다. 괜찮아질 것이다. 리호와 나미도 다시 리본으로 서로를 꼭 묶는 날이 언젠가 반드시 온다. 애당초 별자리를 만든 것은 자연이나 신이 아닌 인간이다. 나미와 리호도 언젠가 반드시 자신들 사이에 튼튼하고 아름다운 리본을 그리리라. 꼭 둘이서 할 필요는 없다. 나랑 가사사기도 있다. 고조도 반드시 되돌아온다. 모두 함께하면 된다.

나는 고개를 크게 한 번 끄덕이고 마루의 가짜 똥을 만들기 위해 미나미 씨네 집으로 다가갔다. 일단은 소시지를 꺼낸 다음에 비닐에 물과 젤라틴을 넣고⋯⋯ 검은색은 구운 김이라도 녹이면 될까. 젤라틴이 굳으면 소시지 비닐에서 꺼내서 거기에 반지를⋯⋯. 만약 소시지가 냉장고에 없으면 랩으로 잘 해보자. 그런데 무단 주거 침입은 들키면 어느 정도의 죄가 되려나.

10

"내가 처음으로 활약한 사건을 생각하고 있구나, 히구라시?"

다 알고 있다는 듯한 눈으로 가사사기가 내 얼굴을 들여다보았다. 가을비가 창고 바깥에 소리도 없이 내리고 있었다.

"뭐, 그렇다고 할 수 있지."

"나도 그래. 나도 지금 그 사건을 내 손으로 멋지게 해결한 순간을 떠올리던 참이야. 아아, 왠지 모르게 갑자기 장어가 먹고 싶다."

"저기, 가사사기. 하나 물어봐도 될까?"

"뭔데?"

"그때…… 그러니까 1년 전에 그때, 나미네 집 앞에서 네가 갑자기 리호 씨와 도무라 씨를 향해 뛰어갔잖아. 잠깐 기다리라고 외치면서."

"아아, 응."

"그때는 정말로 사건을 해결하는 탐정이 되고 싶어서 그랬던 거였어?"

내 말이 끝나자마자 가사사기는 예상 그대로의 반응을 보였다. 그야말로 깜짝 놀랐다는 듯이 입을 벌려 아랫니를 살짝 내보이며 옅은 눈썹을 치켜세운 채로 내 얼굴을 물끄러미 내려다보았다. 그때 가사사기는 분명 나보다도 훨씬 강한 분노와 나미에 대한 연민에 사로잡혀 있었으리라. 하지만 가사사기는 그런 사실을 솔직하게 말할 만한 사람이 아니다.

"미안, 아무것도 아니야."

너무 꼬치꼬치 따지면 미안하니까 나는 다시 비를 바라보았다. 가사사기가 입속으로 뭐라고 중얼중얼했다.

그런데 그 후로 고조는 어떻게 되었을까. 다시 만나지는 못했다. 미나미 씨네 맞은편에 있던 집은 그해 겨울에 철거됐고, 지금은 새로운 2세대 주택이 들어섰다. 이제 종종 정원으로 숨어들어 미나미 씨네 집을 바라볼 수는 없다. 도대체 그는 어디서 어떻게 살고 있을까.

몇 번인가 나미에게 아빠에 대해 넌지시 물어보았다. 역시 연락은 없는 모양이다. 대답할 때마다 나미는 몹시 슬픈 표정을 짓는다. 물론 나미에게 전부 털어놓고 싶었던 적이 한두 번이 아니다. 솔직히 매일 그런 생각을 한다. 하지만 나는 고조와 약속했다. 절대로 말하지 않겠다고. 고조가 새출발해서 가족들을 맞이하러 올 때까지 절대로 말하지 않겠다고.

앞으로 그들이 어떻게 될지 나는 모른다. 하지만 그다지 비관하지는 않는다. 계절이 바뀌고 아침이 온다고 해도 별이 하늘에서 사라지지는 않으니까. 지금 당장은 보이지 않더라도 얼마 지나지 않아 꼭 다시 나타난다. 사라지지 않는 한 언제라도 서로 연결될 수 있다.

"히구라시 씨, 빨리 기타 고쳐줘."

사무실에서 나미의 목소리가 났다.

"기타라니?"

가사사기가 한쪽 눈썹을 치켜세웠다.

"아, 오호지에서 사 왔어. 일렉트릭 기타를 고쳐서 나미한테 팔기로 했거든."

"미나미가…… 기타라."

"그런데 이거 고칠 수 있을까. 엄청 낡았는데."

"그럼 안 돼, 히구라시. 약속은 반드시 지켜야지."

"알아."

나는 수선 공간으로 들어가서 일렉트릭 기타를 들어 올렸다.

"약속은 지킬 거야."

이렇게 된 이상 완벽하게 고쳐주마. 하는 김에 겉모양도 새것처럼 번쩍번쩍하게 광을 내자. 누가 봐도 부러워할 만한 기타로 만들어서 나미한테 선물하는 거다.

나미를 낙담시킬 수는 없다.

겨울,

굴나무가 자라는 절

1

미니 트럭 운전석에서 내리자 정면에서 불어온 차가운 바람이 코트 등 부분을 두둥실 부풀렸다. 해 질 녘이 되자, 주차장의 무릇 꽃은 어느 틈엔가 모습을 감추었다. 숱이 적은 머리카락처럼 듬성 듬성 나 있던 잡초들도 전부 시들었고, 공기는 한겨울의 단단함을 머금었으며, 지갑에는 돈이 있다.

있다!

"스님……."

사랑스러운 사람의 이름을 입에 담는 것처럼 나는 겨울 하늘을 올려다보며 중얼거렸다.

미니 트럭 짐칸에는 아무것도 실려 있지 않다. 가게를 나설 때 실었던, 턴테이블이 달린 커다란 오디오 세트는 방금 오호지에 두고 왔다.

어제 주지가 가게로 전화를 걸어 쓸 만한 오디오 세트가 필요하다고 상담했다. 마침 가게 창고에는 작년에 일어났던 '레드테일캣 덥석 사건' 때 미나미 씨네 집에서 공짜나 마찬가지로 사들인 물건이 그대로 놓여 있었다. 상태나 크기 따위를 간단하게 설명하자, 주지는 그걸 팔라고 했다. 이런저런 사정이 얽힌 상품이라 일단 나미에게 상의했는데 나미는 뜻밖에도 선선히 판매를 승낙해 주었다. 그리고 오늘 내가 오호지로 상품을 가져가서 웬걸 이만 이천 엔에 주지한테 팔았다. 최종적으로는 만 이천 엔 정도까지 깎이리라는 각오로 금액을 제시했는데 놀랍게도 주지는 순순히 고개를 끄덕이더니 지갑에서 현금을 꺼내주었다. 그리고 부처님 같은 얼굴로 미소를 지으며 특별히 따뜻한 차까지 대접해 주었다. 그 후에 완전히 마음을 푹 놓는 바람에 사실 저건 공짜나 다름없는 가격으로 인수한 상품이라고 깜빡 입을 잘못 놀렸을 때도, 주지는 화를 내기는커녕 쾌활하게 웃었다. 그리고 자네도 장사 수완이 제법이라면서 나를 장난꾸러기 같은 눈길로 바라보았다.

콧노래를 부르면서 창고로 향한다. 입구의 간판은 맑은 하늘빛을 받아 반짝반짝 빛나고 있었다.

가사사기 중고상점

다리미, 경전을 얹는 탁자, 나가시소멘* 세트, 「고보 짱」,** 『원색 식물도감』. 좀처럼 팔리지 않는 상품들 사이를 게걸음으로 나아간다. 2층 사무실로 통하는 사다리를 올라가자 앰프에 연결하지 않은 일렉트릭 기타 소리가 띵띵 들려왔다.

도, 레, 미, 파, 솔, 라, 시…… 도#.

"기타리스트가 되는 길은 먼 것 같구나."

"진짜 안 돼. 아무리 연습해도 실력이 안 늘어."

나미는 여전히 틈만 나면 우리 가게에 드나들며 상품으로 내놓은 만화책을 보거나, 텔레비전을 보거나, 멋대로 볶음밥을 만들고는 했다 최근에는 이렇게 일렉트릭 기타를 연습하고 있다. 집에서 치면 그런 것 치지 말고 공부나 하라고 엄마가 잔소리를 한다고 한다.

"어, 나미. 그러고 보니 어째서 교복을 안 입었어?"

"오늘부터 겨울방학이거든."

화장실에서 물을 내리는 소리가 나더니 문을 열고 가사사기가 나왔다.

"어, 히구라시. 오호지에 갔다 왔는데 웬일로 얼굴이 어둡지 않은걸."

"그게 실은 말이야."

절에서 있었던 일을 설명하자 가사사기는 "뭐?" 하고 소리를 지르며 내 얼굴을 다시 보았다.

- 　대나무 따위로 만든 통에 소면을 냉수와 함께 흘려보낸 뒤, 소면을 건져서 장국에 찍어 먹는 요리
- •• 1982년부터 현재까지 일본의 요미우리신문에서 연재 중인 4컷 만화. 단행본으로도 나와 있다.

"대단한데! 이만 이천 엔?"

"그래, 이만 이천 엔이라고."

지갑에서 현금을 꺼내서 보여주자 가사사기는 옅은 눈썹을 거듭 움찔대고 숨을 허억허억 쉬면서 두 손을 내밀었다.

"정말이지 넌 장사 천재구나, 히구라시. 할 때는 하는 남자야!"

그런데 가사사기의 얼굴이 갑자기 굳더니 아차 하는 표정을 지었다. 그러더니 그는 천천히 자세를 바로 하고선 옆에 있는 사무용 책상에서 늘 들여다보는 『머피의 법칙』을 집어 들었다.

"'만약 처음에 성공하더라도 깜짝 놀란 표정은 짓지 마라'……
나도 원, 멜닉의 법칙을 완전히 잊고 있었어."

하기는 나 역시 그로부터 이틀 후에 일어날 일을 알았다면, 조금도 흥분하지 않았을 것이다.

2

이틀 후는 크리스마스이브였다. 오후에 슈퍼에서 저녁으로 먹을 치킨을 사왔는데 가게의 전화가 울리고 있었다. 받아보니 오호지의 주지였다.

"이보게, 귤 좋아하나?"

나는 갑작스러운 질문에 당황하면서도 좋아한다고 대답했다.

"그렇다면 어떤가, 우리 절에 귤을 먹으러 오지 않겠나? 마침 뒤뜰의 귤을 수확해야 할 시기인데."

"귤을 먹으러…… 오라고요?"

오호지의 정원에 귤나무가 많다는 건 물론 알고 있었다. 이틀 전에 오디오 세트를 배달하러 갔을 때 맛있겠다고 생각한 것도 기억한다. 하지만 가슴속에서 직감이 조심하라고 소리를 질렀다.

"그럼, 그 값은 어느 정도인가요?"

"핫핫핫, 바보 같은 소리 하지 말게, 당연히 공짜 아니겠는가. 그리고 물론 직접 수확한 귤은 전부 먹어도 상관없네. 다 먹지 못하면 가지고 가도 되고. 지금까지 여러모로 신세를 진 보답일세."

"어, 그러니까…… 수확하는 것도, 먹는 것도, 가지고 가는 것도 무료란 말씀입니까?"

"당연하지 않은가. 도대체 뭘 경계하는 게야. 몇 개를 수확하든, 몇 개를 먹든, 몇 개를 가지고 돌아가든 돈 같은 건 절대로 받지 않음세. 이보게, 어떻게 할 텐가. 올 거야, 말 거야?"

나는 여전히 속으로는 고개를 갸웃하면서도, 동료한테 잠깐 상의해 보겠다고 말하고 전화를 끊었다.

"누구야?"

가사사기가 다락방에서 내려왔기에 나는 방금 주지와 나눈 통화 내용을 설명했다. 그러자 그는 별안간 몸을 앞으로 기울이고 얼굴을 들이밀더니 규, 규, 규, 하면서 말을 더듬었다.

"귤을 먹으러 오라고?"

"뭐야, 가사사기. 귤 좋아해?"

"좋아하다마다!"

가사사기가 얄팍한 가슴을 쭉 폈다. 그리고 어린 시절에는 귤로 유명한 에히메현에서는 수도꼭지만 틀어도 주스가 나온다는 소문을 믿어서, 크면 반드시 에히메현으로 이사를 가겠다고 진지하게 생각했다는 사실을 가르쳐 주었다.

"그건 몰랐네. 그럼 가볼래?"

그리하여 우리는 나갈 채비를 했다. 광고지 뒤편에다 '오늘 급한 일로 임시 휴업합니다'라고 써서 접착테이프로 셔터에 붙이고 있자니 머플러를 둘둘 만 나미가 찾아왔다.

"어디 가?"

"응, 귤 먹으러 잠깐 오호지에."

"어, 오호지면 히구라시 씨가 기타를 사 온 그 절?"

"맞아."

"나, 칠 줄 아는 사람한테 기타 배우고 싶었는데. 혼자서는 하나도 모르겠단 말이야. 같이 가도 돼?"

"알았어. 귤도 먹고 주지 스님한테 기타 가르쳐 달라고 하면 되겠지?"

사실 주지가 정말로 기타를 칠 수 있는지 없는지 시험해 보고 싶은 생각도 조금 있었다. 가을에 억지로 떠넘겨받은 기타 세 대는 어쩌면 주지가 쓰레기장에서 주워 온 건 아닐까 의심스러웠기 때문이다.

❄

오호지는 간선도로에서 산 쪽으로 들어가서 내가 남몰래 '대머리 귀신 도로'라고 부르는, 길고 비탈진 오르막길을 다 올라가야지 나온다. 운전석에는 가사사기가, 조수석에는 기타를 껴안은 나미가 앉았고, 나는 외풍이 맹렬하게 들이치는 짐칸에 탄 채 이동했다.

미니 트럭을 주차장에 세우고 총문總門을 통과하자 앞뜰에 서 있던 승복 차림의 거대한 몸이 이쪽을 돌아다보았다.

"오오, 왔는가."

"이야, 늘 이용해주셔서 감사합니다. 저는 여기 히구라시와 함께 가게를 경영하는 가사사기라고 합니다. 오늘은 귤을 무료로 따고, 무료로 먹고, 무료로 가지고 돌아가도 좋다는 말씀을 듣고 찾아뵀습니다."

가사사기가 기뻐하며 다가가자 주지는 고개를 살짝 끄덕였다. 그리고 가사사기가 내민 가냘픈 손을 글러브 같은 손으로 마주 잡더니 뒤에다 대고 크게 소리쳤다.

"여봐라, 소친. 손님 오셨다!"

만화에 나오는 잇큐* 스님처럼 하얀 기모노에 검은 띠를 맨 동자승이 대빗자루를 들고 절 뒤편에서 뛰어왔다. 머리는 전구처럼 반들반들하고 하얀 볼은 분홍색으로 상기되어 있었다. 몇 번인가 여기로 공갈을 당하러 왔을 때 그가 본당 안쪽에서 걸레와 먼지떨이를 들고 부지런히 청소하는 모습을 본 적이 있는데, 분명 주지의 제자 같은 존재이리라.

"인사드려라."

주지가 말하자 그는 싱글벙글 웃으며 우리에게 머리를 숙였다.

"다치바나 소친입니다. 아버지가 항상 신세를 지고 계십니다."

---

* 무로마치 시대의 유명한 승려이자 시인

아버지.

"어, 혹시 아드님입니까?"

"그래, 내 외동아들인데?"

주지한테 아들이 있었다니 놀랐다. 결혼했다는 사실도 처음으로 알았다.** 그건 그렇고 도대체 어떻게 하면 이런 아버지에게서 이렇게 선이 가늘고 순진해 보이는 아이가 태어난단 말인가.

"히구라시 씨, 그리고 가사사기 씨. 잘 부탁드립니다."

우리가 간단하게 자기소개를 하자 소친은 그렇게 말하며 다시 머리를 꾸벅 숙였다. 그리고 나미 쪽으로 얼굴을 돌리더니 질문하듯 미소를 지었다.

"아, 미나미 나미예요."

"미나미?"

"나미."

"……미나미?"

"나미."

주지가 느닷없이 맹수 같은 목소리로 웃었다.

"아가씨 이름은 아주 색다르군그래. 우리 소친이랑 또래로 보이는데?"

"중학교 1학년이에요."

"그렇다면 소친보다 한 살 아래야. 이 녀석은 지금 중학교 2학년

**　　일본 불교의 승려는 보통 결혼하거나 자식을 가지는 것이 가능하다.

257

이거든, 정말이지 세월은 빠르다니까."

주지는 아버지의 얼굴로 소친을 내려다보았다.

"그럼 바로 귤을 따도록 할까. 도구는 지금 소친에게 준비시키
겠네."

주지가 눈으로 재촉하자 소친은 창고인 듯한 오두막 쪽으로 달
려갔다. 주지는 우리를 절 뒤편으로 안내했다. 하얀 숨을 내뿜으며
굵은 자갈을 밟으면서 앞뜰을 걸어가자 건물 건너편에 노란 열매
가 드문드문 보이기 시작했다. 귤밭으로 향하는 동안 주지는 이 밭
은 절이 생기기 전부터 있었고, 그래서 이곳에는 오호지*라는 이름
이 붙었다고 설명해 주었다.

"저기, 이거 말입니다. 확실히 먹을 수 있는 귤이죠?"

나는 마지막으로 확인할 생각으로 물었다.

"먹지도 못할 귤을 키워서 어찌하겠는가. 여기에 열린 귤은 전
부 달고 맛난 온주귤**이라네. 처음에는 기주귤***을 심었는데, 제
2차 세계대전이 끝나고 나서 서서히 온주귤로 바꿔 갔지. 역시 온
주귤이 인기가 있으니까."

"이걸 전부 바꿔 심다니 힘들었겠다."

나미의 혼잣말에 주지는 고개를 저었다.

---

* 黃豐寺, 노란색이 넉넉하게 많은 절이라는 뜻이다.
** 중국 온주 지방이 원산지인 상등품 귤
*** 중국 남부 지방이 원산지로, 신맛이 강한 작은 크기의 귤

"바꿔 심은 게 아니야, 아가씨. 접목이지. 뿌리와 줄기는 그대로 두고, 기주귤 가지에 온주귤 가지를 접한 거야. 학교에서 그런 건 배우지 않는가 보구나."

"오래 기다리셨습니다."

소친이 커다란 박스를 들고 왔다. 안에 전지가위와 대나무로 엮은 귤 바구니가 각각 세 개씩 들어 있었다. 귤 바구니는 넓고 깊은 통 모양이라 귤을 제법 많이 담을 수 있을 것 같았다. 이런 바구니는 어디서 파는 걸까. 광고지를 돌릴 때도 편리할 것 같다.

가사사기가 재빨리 전지가위와 바구니를 손에 들고 콧김을 내뿜으며 귤밭으로 시선을 돌렸다.

"진짜 아무리 많이 따도 상관없는 거죠?"

"암, 상관없고말고."

주지는 쾌활하게 웃으며 옆에 있는 나무를 커다란 손으로 탁 두드렸다. 그 기세에 가지가 휘도록 열린 귤들이 흔들흔들 흔들렸다.

"여기에 열린 귤은 전부 자네들 것이라 생각하게. 전부 따서 먹어도 상관없네. 뭐, 전부 먹기는 무리겠지만. 자, 언제 시작해도 좋아. 우리는 잠깐 할 일이 있으니 이만 여기서 실례하도록 함세. 여봐라, 소친."

예, 하고 기분 좋게 대답한 소친은 우리에게 고개 숙여 인사하고 성큼성큼 걸어서 사라지는 주지를 따라갔다. 부자지간이라고 해도 사제 관계는 확실한 모양이다.

"어디 보자."

일단 가사사기가 가까이 있던 열매 하나를 전지가위로 똑 잘라 냈다. 껍질을 벗기고 하얀 실 같은 속껍질을 하나하나 꼼꼼하게 떼어낸다. 반드르르한 주홍색 조각 하나를 입 속에 살짝 넣은 순간, 가사사기는 깜짝 놀라 두 눈을 크게 뜨고 신음했다.

"맛있다……!"

"어디."

"나도."

오호지의 귤은 정말 맛있었다. 셋이서 경쟁하듯 집어 먹자 달고 싱싱한 열매는 순식간에 없어졌다. 우리는 바로 전지가위를 손에 들고 제각기 귤을 수확하기 시작했다. 우리는 귤을 바구니에 던져 넣거나 먹으면서 저마다 주지의 호의와 넓은 도량을 칭찬했고, 되도록 큰 열매를 찾아서 이쪽 나무, 저쪽 나무로 옮겨 가며 귤밭을 돌아다녔다.

얼마나 그러고 있었을까. 귤 바구니 세 개가 가득 차고 우리 배도 가득 찼을 즈음, 주지가 다시 나타났다.

그는 놀란 표정을 짓고 있었다.

"아아!"

주지는 거대한 상체를 누가 끌어당긴 듯이 뒤로 젖히더니 아무 말 없이 우리의 귤 바구니와 주변의 나무를 번갈아 보았다.

"왜 그러시죠?"

물어보자 주지는 두꺼운 팔로 팔짱을 끼고선 이 세상이 끝난 것 같은 얼굴로 중얼거렸다.

"저질러 버렸구먼."

"네?"

나는, 나는, 하고 주지는 잠시 입술을 떨다가 이윽고 침통한 표정으로 말했다.

"나는 자네들에게 요금을 청구하여야 하겠네."

공기가 얼어붙었다. 그 얼어붙은 공기 속에서 주지는 설명했다. 자신은 분명 귤을 아무리 따도 상관없다고 말했다. 전부 먹어도, 다 먹지 못하면 전부 가지고 가도 상관없다고도 했다. 하지만 그건 어디까지나.

"여기에 열린 귤 말이었네."

주지는 곁에 있는 나무를 한 손으로 툭 건드렸다. 주지가 처음에 두드려서 열매가 흔들린 나무였다.

"내가 분명히 말하지 않았는가."

이 얼마나 뻔뻔한 속임수인가. 이 얼마나 비겁한 수단인가. 불도에 몸을 담은 자로서, 아니 한 인간으로서 주지의 행동은 용서받지 못할 짓이었다. 나는 주지를 똑바로 쳐다보며 속으로 외쳤다. 나는 지금까지 당신한테 온갖 험한 꼴을 당해왔다. 그래도 나는 당신을 믿었다. 이틀 전에 오디오 세트를 이만 이천 엔에 사주었으니까. 맛있는 차를 대접해 주었으니까. 그렇게나 다정하게 미소 지어주었으니까. 내 그런 믿음을 당신은 무참하게 짓밟았다. 이번만은 분명하게 말하겠어. 당신은 잘못됐다. 인간으로서 잘못됐다.

만약 주지가 고릴라 같은 팔다리와 암석 같은 얼굴을 가지고 있지 않았다면 그런 말을 실제로 입에 담을 수 있었으리라. 하지만 내 입에서 나온 것은 사그라질 듯이 가느다란 목소리였다.

"그러니까 저기, 얼마인지⋯⋯."

이만 이천 엔이라고 주지는 대답했다.

그 순간 퍼즐 조각이 딱 들어맞았다. 내 눈앞에 선명한 사진 한 장이 떠올랐다. 거기에 그려진 것은 예전부터 가지고 싶었던 오디오 세트를 공짜로 손에 넣는 데에 성공하여 악마 같은 얼굴로 히죽히죽 웃고 있는 주지의 모습이었다.

"이런⋯⋯ 이런 비겁한⋯⋯."

가사사기가 이를 갈며 중얼거렸다.

"비겁?"

조금은 기가 꺾일 줄 알았는데 오히려 잘 말했다는 것처럼 소리 없이 웃더니, 주지는 마치 수수께끼를 내듯 대답했다.

"과연 어느 쪽이 비겁하겠는가?"

무슨 소리냐.

씩 웃고 나서 입을 다문 주지는 잔뜩 뜸을 들이다가 쐐기를 박듯이 다음 한마디를 입에 담았다.

"공짜나 마찬가지로 손에 넣은 상품을 남에게 비싼 가격으로 팔아넘긴 건 도대체 누구인가?"

가사사기가 상체를 획 돌려 나를 쳐다보았다.

"히구라시, 그런 이야기까지 한 거야!"

나는 입을 다문 채 고개를 끄덕일 수밖에 없었다. 이틀 전, 마음을 단단히 먹고 여기에 왔을 때, 주지가 보여준 뜻밖의 태도에 그만 감동받아 깜빡 입을 잘못 놀리고 만 것은 부인할 수 없는 사실이었다.

주지가 말없이 한 손을 내게 내밀더니 손바닥이 보이도록 뒤집고선 손가락을 까딱, 까딱, 구부렸다. 나는 속수무책으로 궁지에 몰려 등에 식은땀이 흘러내리는 것을 느끼면서 고개를 숙였다.

"오늘은…… 지갑을 가지고 오지 않아서요."

결사적인 거짓말이었다. 사실 지갑은 미니 트럭 안에 고이 모셔놓았다. 주지가 쯧, 하고 혀를 차더니 뭐라고 말하려는 순간.

"아, 눈이다."

나미가 소리를 질렀다. 어느 틈엔가 어둑어둑해진 겨울 하늘에서 눈송이가 하나, 둘, 셋…… 우리가 하늘을 올려다보고 있는 동안에도 점점 수가 늘어나며 땅바닥과 귤나무, 그리고 우리 어깨를 어렴풋한 흰빛으로 덮어 갔다.

"이런, 빨래를 널어두었거늘. 여봐라, 소친!"

주지가 절 쪽을 돌아보고 소리를 질렀지만 대답은 없었다. 다시 불러도 마찬가지였다. 주지는 콧김을 세게 내뿜더니 발걸음을 돌렸다. 그 와중에 나를 힐끗 보고 도망치면 가만두지 않겠다는 듯 한쪽 눈썹을 치켜세우는 것을 잊지 않았다.

그리고 우리는 눈이 내리는 귤밭에 남겨졌다.

"가사사기…… 어쩌지."

가사사기는 나를 보려고도 하지 않고 입을 꾹 다문 채 말이 없었다.

나미는 어떤가 하니, 웬일로 조용했다. 평소의 나미라면 이럴 때 분명 "정"이라고 말한 후에 숨을 멈추고 몇 초나 지나서야 "말로 가사사기 씨는 장사 수완이 없다니까" 같은 말을 했을 것이다. 그 말을 하지 않은 것은, 분명 그 오디오 세트가 공짜나 마찬가지로 우리 가게에 팔렸던 날을 떠올리고 있기 때문이리라.

흩날리는 눈송이는 놀랄 만한 기세로 늘어나며 풍경을 하얗게 물들였다. 우리는 도망치듯 근처의 귤나무 밑으로 들어갔다.

3

"눈이 빨리 그치면 좋겠네요."

소친은 고타쓰*에 찻잔을 두 개 내려놓고 파르라니 깎은 머리를 꾸벅 숙이더니 거실에서 나갔다.

나와 가사사기는 본당 안쪽에 있는 주지와 소친의 주거 공간에 있는 고타쓰에 발을 넣은 채로 마주 앉아 있었다.

주지가 절 쪽으로 사라지고 얼마 지나지 않아, 우리는 추위와 귤 때문에 화장실에 가고 싶어졌다. 귤을 가장 많이 먹은 가사사기가 제일 먼저 안짱걸음으로 나무 아래를 벗어났다. 다음으로 나미, 그리고 내가 뒤이어 절의 화장실을 빌렸다. 그때는 이미 눈이 엄청나게 쏟아지고 있어서, 눈발이 약해질 때까지 쉬었다 가라고 주지가

•　　방열 기구를 넣은 탁자 위에 이불을 덮은 일본의 겨울철 난방기구

말했다. 주지의 신세를 지기는 싫었지만, 미니 트럭에 나미를 태우고 퍼붓는 눈 속을 운전하다 사고라도 나면 분명 큰일이다. 우리는 얌전히 주지의 말에 따르기로 했다.

나미는 지금 본당에서 주지에게 기타를 배우는 중이다. 복도 끝에서 때때로 들려오는 소리로 판단하건대 주지가 기타를 칠 줄 아는 것은 사실인 듯했고, 그뿐만 아니라 실력도 상당한 듯했다.

"저기, 히구라시…… 우리 주차장에서 귤을 키울 수는 없을까."

"귤을?"

"그래. 왜, 우리 가게는 경영이 지지부진하잖아? 자급자족을 조금 고려해봐도 괜찮지 않을까 싶어서."

"안 돼, 그 주차장은 월정액으로 빌린 거니까."

"몰래 키우면 문제없어. 미니 트럭 뒤에 심어서 살그머니 키우는 거지."

"귤은 햇빛을 받지 않아도 괜찮나?"

"양갱 드십시오."

소친이 작은 접시를 들고 들어왔다.

"정말 고맙다. 그런데 소친, 혹시 귤 키우는 방법을 잘 아니?"

"아니요, 저는 그런 건 그다지……. 이 절에 살건만 참 부끄러운 일입니다."

"그렇구나, 유감이다. 그럼 식물도감 같은 거 없을까?"

"예, 도감은 없습니다. 국어사전이라면 있습니다만."

그래도 없는 것보다는 낫다고 생각했는지 가사사기는 가지고 와달라고 부탁했다.

"고지엔*, 다이지린**, 다이지센*** 중에 뭐가 좋을까요?"

"어, 국어사전만 종류별로 세 권이나 있어?"

"예, 뭐 국어를 정말 좋아해서요. 저희 절은 시주해 주시는 분이 얼마 없어서 분에 넘치는 짓은 하면 안 되지만, 아버지가 공부에 쓰는 물건만은 뭐든지 사주셔서 씀씀이가 커진 나머지……."

소친은 쑥스러운 듯 하얀 볼을 누그러뜨리며 웃음을 지었다.

"이야, 그 주지 스님이 말이지. 알았어. 그럼 셋 중에 고지엔으로 부탁할게."

"예, 바로 갖다드리겠습니다."

소친은 가볍게 절하고 방을 나가려다가 문득 멈춰 서서 우리를 돌아다보았다.

"저기."

"응?"

"미나미 씨는…… 두 분과 어떤?"

"그냥 친구야. 왜?"

가사사기가 되묻자 소친은 움찔하며 상체를 뒤로 물리더니 아, 아니요, 하고 방에서 나갔다. 깜빡해서 닫지 않고 나간 장지문 틈

• 　　일본의 대표적인 일본어 사전으로, 이와나미쇼텐에서 1955년부터 내고 있다.

•• 　 고지엔에 대항하기 위해 산세이도에서 1988년부터 출간하고 있는 일본어 사전

••• 　쇼가쿠간에서 1995년부터 출간하고 있는 일본어 사전

새로, 복도 저편으로 멀어지는 소친의 귀가 동상에 걸린 듯 빨개진 것이 보였다.

"사랑인가."

"글쎄."

우리는 슬쩍 시선을 교환한 후 소친이 두고 간 양갱을 하나씩 집어 들었다.

거실을 둘러보았다. 이틀 전에 내가 배달한 오디오 세트가 고타쓰 바로 옆에 놓여 있었다. 벽 옆에는 낡은 브라운관 텔레비전이 있고 그 위에는 웬일인지 럭비공이 얹혀 있다. 아니, 저건 진짜가 아닌 듯하다. 몹시 반들반들하다. 고개를 뻗어 자세히 보자 아래에 나무 받침대가 달려 있고 공 위쪽에는 네모난 틈이 있다. 아무래도 저금통인 모양이다. 지금까지 우리에게 빼앗은 돈은 혹시 여기에 들어간 걸까. 저금통 옆에 놓인 나무 액자에는 카메라를 향해 환하게 미소 짓는 남녀의 사진이 끼워져 있었다. 둘 다 20대 초반일까. 여자는 머리가 길고 호리호리한 미인. 유니폼 같은 럭비 셔츠를 입은 남자는 덩치가 크고 얼굴이 기왓장에 새겨진 도깨비 얼굴처럼 무시무시하게 생겼다.

"이거 주지네."

머리카락이 있어서 처음에는 몰랐지만, 그 사람은 분명 주지였다. 울룩불룩한 근육이 훤히 드러난 럭비 셔츠 가슴팍에 꿰매진 하얀 이름표에 '다치바나'라고 적혀 있었다.

"아, 그 사진 말인가요?"

소친이 고지엔을 들고 돌아왔다.

"아버지의 대학 시절 사진입니다. 럭비부의 주장이셨대요. 그거, 두 분이 결혼하기 직전의 사진이랍니다. 대학교를 졸업하고 바로 혼인신고를 하셨다고 들었습니다."

"어, 그럼 옆에 찍혀 있는 엄청난 미인은······."

가사사기가 말을 끊자 소친은 빙긋 웃으며 고개를 끄덕였다.

"럭비부 매니저셨는데 당시에는 선수들의 아이돌 같은 분이었다고 합니다. 아버지가 열렬히 구애해서 사랑을 얻어냈다든가. 어쩐지 청춘 드라마 같네요."

솔직히 나는 경악했다. 주지의 부인이 이렇게 미인이었을 줄이야. 이러니까 세상은 알 수 없는 법이다.

"예쁜 어머니가 계셔서 좋겠구나. 참관 수업 때 다들 부러워하지 않니?"

가사사기가 사진을 말똥말똥 들여다보면서 묻자 소친은 웃으면서 애매하게 고개를 저었다.

"이분은 이제 안 계십니다. 결혼하고 바로, 20년도 전에 병으로 돌아가셨습니다."

"엇, 그래?"

가사사기는 한순간 아차 싶은 표정을 지었지만, 바로 입술을 오므리고 소친의 얼굴을 다시 쳐다보았다.

"20년······?"

"예. 저는 양자입니다. 부모님께 버려져서 보육원에 살다가 아버지가 거두어 주셨죠."

그 말투가 너무나도 담담했기에 가사사기와 나는 도리어 뭐라고 할 말이 나오지 않았다. 거실에 짧은 침묵이 내려앉자 복도 저편에서 나미가 치는 듯한 서투른 기타 소리가 들려왔다.

"쓸데없는 이야기를 해서 죄송합니다. 그럼 저는 이만. 시키실 일이 있으시면 언제든지 불러주십시오."

거실에서 나간 소친이 장지문을 살짝 닫았다.

❆

"하하…… 북아메리카에서도 재배되는구나. 아, 그렇군. 한마디로 온주귤이라고 해도 품종이 여러 가지인 모양이야……."

가사사기가 국어사전을 들치며 귤에 대해 조사하는 동안 나는 액자 속 사진을 바라보았다. 세상을 떠난 주지의 부인은 보면 볼수록 매력적이었다. 뛰어나게 아름다운 외모를 지닌 사람이라기보다는 눈동자가 큰 두 눈에 깊은 정이 느껴져서, 만약 병에 걸려 세상을 떠나지 않았다면 언젠가 좋은 어머니가 되었으리라는 확신이 드는 사람이었다. 나는 죽을병에 걸려 점점 수척해지다가 마지막에는 작고 하얀 단지에 들어간 나의 어머니를 생각했다. 만약 어머니가 나를 배기 전부터 병마에 시달리고 있었다면 나는 이 세상에 태어나지 못했을 것이다. 반대로 사진 속의 여성이 젊었을 때 목숨을 잃지 않았다면 소친에게는 언제까지고 부모가 없었을지도 모른다. 좋고 나쁨의 문제가 아니다. 다만 나는 사진을 바라보며, 이 세상에서 일어나는 다양한 일들이 최대한 많은 사람이 행복해지는 방향으로 흘러가면 좋겠다고 생각했다.

"나미는 언제까지 기타를 치려는 걸까."

"귤옹애…… 귤나무와 탱자나무의 잎에 기생하는 해충으로 몸의 길이는 0.4에서 0.5밀리미터…… 뭐?"

"기타 연습 말이야. 제법 열심히 한다 싶어서."

"어차피 눈이 그칠 때까지는 못 돌아가니까 상관없잖아. 너도 멍하니 앉아 있지 말고 나나 미나미처럼 뭔가 의미 있는 일을 해보는 게 어때? 귤중지락橘中之樂…… 바둑을 두는 즐거움을 이르는 말…… 하하."

어쩌면 눈은 벌써 그치지 않았을까. 난방 효율을 높이기 위해서인지 거실 창문에 빈지문을 달아두어서 바깥은 볼 수 없다. 확인해 보려고 고타쓰에서 나오자 마침 나미가 거실로 들어왔다.

"아이고, 손가락 아파라. 하지만 제법 칠 수 있게 됐어. 있지, 눈발 좀 약해졌더라."

"어디."

창문을 열고 젖은 나무 냄새가 나는 빈지문을 옆으로 밀어냈다. 그러자 눈앞에 느닷없이 세로로 긴 절경이 나타났다.

"와, 예쁘다!"

"이야, 풍경이 제법 근사한데."

나미와 가사사기도 곁으로 왔다. 빈지문 틈새로 보이는 경치는

271

마치 한 폭의 그림 같았다. 그것도 빛을 발하는 그림이었다. 서쪽만 개었는지 석양을 받고 빛나는 눈송이가 풍경 전체를 뒤덮고 있었다. 땅도, 석등도, 빨간 꽃이 핀 동백나무도 전부 주홍색 눈에 조용히 감싸여 있었다. 여기가 주지네 집의 거실이라는 사실도 잊은 채 우리는 셋이서 얼굴을 한데 모아 잠시 그 경치를 바라보았다.

처음으로 정신을 차린 사람은 나미였다.

"돌아갈 수 있을까……?"

나랑 가사사기는 얼굴을 획 마주 보았다.

"히구라시, 미니 트럭에 체인은?"

"안 싣고 왔는데."

나는 아까 달렸던 대머리 귀신 도로에 눈이 덮인 광경을 상상해 보았다. 그 길고 좁고 가파른 언덕에 눈이 쌓이면 우리의 미니 트럭으로는 도저히 달릴 수 없다.

"큰일인데, 어떻게 하지, 히구라시?"

"어떻게 하다니, 어떻게든 돌아가야지. 나미도 있으니까."

"산을 걸어 내려가서 전철을 탄다든가?"

"근처에 역 같은 거 없어."

"그럼 버스를 타야지."

"버스 정류장도 없어. 택시라도 타야 해."

"택시……!"

"내가 주지 스님하고 상의해 볼게."

나미는 말을 마치자마자 종종걸음으로 거실에서 나갔다. 나도 따라가려 하자 가사사기가 재빨리 팔을 붙잡았다.

"히구라시, 우리가 가면 체인 대여료나 샛길 안내비 같은 이야기를 꺼낼지도 몰라. 일단 여기서 기다리자."

우리가 고타쓰에 발을 넣고 기다리고 있자니 잠시 후에 나미가 되돌아왔다.

"된대."

"다행이다!"

말하고 나서 가사사기는 나미의 얼굴을 다시 쳐다보았다.

"뭐가 된대……?"

"그러니까 자고 가도 된다고."

"엥?"

"엄마한테도 전화해서 허락받았어. 처음에는 집에 오라고 했는데 중간에 주지 스님이 전화 바꿔서 설명해 주셨어. 무리해서 돌아가려다가 사고라도 나면 큰일이라고. 그랬더니 그냥 허락해 주더라. 나도 사실 기타를 좀 더 배우고 싶었거든. 눈이 쌓여서 잘됐어. 이불은 사람 수만큼 있다고 주지 스님이 그러시던데. 저녁밥도 다같이 먹자고 하셨어."

이불 사용료. 저녁 식사비, 그리고 숙박비. 자칫 잘못하면 서비스 요금까지. 너무나 위험하다. 주지가 일부러 전화를 바꿔가면서까지 절에 머무를 수 있게 설득했다는 것도 정말 수상하다. 우리는 바로 엉덩이를 들었지만, 나미가 다음으로 꺼낸 말을 듣고 문득 움직임을 멈추었다.

"돈은 하나도 못 드리는데 괜찮겠느냐고 물어봤더니, 주지 스님이 괜찮다며 웃으셨어."

4

"아무리 주지라도 소친보다 나이 어린 미나미를 속이지는 않을 테지."

"응."

"어쨌든 돌아갈 수 없으니 어쩔 수 없지. 게다가 주지와 사이가 좋아지면 귤 값 이만 이천 엔도 얼렁뚱땅 넘어갈 수 있을지 몰라."

"뭐, 그럴지도."

해가 떨어지기 전에 눈은 그쳤다. 나와 가사사기는 본당 가장자리에 책상다리를 하고 앉아 나미와 소친이 눈으로 장난치는 모습을 바라보았다.

"주지 스님은 우리 엄마랑 닮았나 봐. 우리 엄마도 공부에 쓰는 물건밖에 안 사주거든. 친구들은 모두 자기 용돈으로 옷 같은 것도 사는데."

"어머님은 틀림없이 미나미를 생각해 주시는 거야."

완전히 친해진 듯한 두 사람은 함께 힘을 모아 눈사람을 만들고 있었다.

"그럴까. 그냥 나를 안 예뻐해서 그런 것 같은데."

"자기 자식을 예뻐하지 않는 부모는……."

그 순간 눈덩이를 굴리는 소친이 손을 멈췄다. 하지만 바로 미소를 띠고 다시 굴리기 시작했다.

"미나미, 고맙게도 어머니가 계시니까 사이좋게 지내지 않으면 안 돼."

"그러고 보니 소친의 엄마는 어디 계셔?"

"글쎄, 어딘가 계시지 않을까?"

"어딘가?"

나미는 주위를 두리번두리번 둘러보았다.

"그래, 어딘가."

소친은 새빨개진 양손으로 눈덩이를 착착 두드려서 모양을 가다듬었다.

"저녁 이 시간에 책상 앞에 앉아 있지 않다니 참 오랜만이네. 내일은 꼭 이틀분을 공부해야지. 영차."

소친은 상체를 뒤로 젖히며 몸만 만들어둔 눈사람 위에 눈덩이를 올려놓았다. 풍채가 좋고 머리가 조금 큼지막한 눈사람이 완성됐다. 소친은 발치의 눈을 파서 찾은 젖은 나뭇잎 두 장을 눈썹으로 쓸 생각인지 눈사람 얼굴에 딱 붙였다. 눈사람의 표정이 아주 엄하고 딱딱하게 변했다.

"소친은 공부를 매일 열심히 하는구나. 대단하다."

"나중에 훌륭한 승려가 돼서 아버지께 은혜를 갚고 싶거든."

"무슨 은혜?"

"길러주신 은혜."

소친이 말하자 나미는 새 눈덩이를 만들면서 웃었다.

"부모니까 길러주는 게 당연하지. 그런 소리를 들으면 나도 매일 공부해서 나중에 훌륭해져야 할 것 같잖아."

나미는 소친이 양자라는 사실을 모른다. 나는 무슨 말을 해야겠다고 생각했지만 할 말이 바로 떠오르지 않았다. 고민하는 사이 소친의 밝은 웃음소리가 먼저 들렸다.

"모두 가지각색이구나."

나미는 의아하다는 듯 눈썹을 찡그렸지만 더는 아무것도 묻지 않고 방금 만든 커다란 눈사람 옆에 조그만 눈덩이를 나란히 놓았다. 소친이 그 위에 다른 눈덩이를 만들어서 올리고 갸름한 낙엽을 찾아서 팔八자 모양 눈썹을 붙였다. 나란히 선 눈사람 부자父子가 완성됐다. 해가 산 너머로 뉘엿뉘엿 넘어가자 눈사람들과 나미, 그리고 소친의 그림자 네 개가 눈 위로 길게 뻗었다. 그 모습을 바라보자 아까 주지가 나미의 엄마를 전화로 설득했을 때의 기분이 어땠을지 조금은 알 것 같았다. 정말로 사고가 날까 봐 걱정한 것이리라. 나미를 태운 미니 트럭이 눈 덮인 언덕길에서 사고를 당하는 장면을 상상하자 불안했겠지. 나는 아이를 가져본 적이 없어서 그런 마음을 바로 이해하지 못했다. 돈을 갈취하려 하는 것 아니냐고 의심해서 미안했다.

　주지는 지금 부엌에서 저녁을 짓고 있다. 청소와 세탁은 소친 담당이지만 식사는 주지가 맡는다고 한다.

　"눈 속에 귤을 묻어두면 냉동 귤이 될까?"

　"글쎄, 어떨까. 미나미는 참 재미있는 생각을 하는구나."

　느릿한 바람이 불어오기에 나는 코트를 여몄다.

　"어이, 가사사기. 우리가 지금까지 주지한테 뜯긴 돈 말야. 소친의 공부에 쓰였다면 나쁘지 않을지도 모르겠어."

　대답이 없었다.

　"가사사기……?"

　쳐다보자 가사사기는 콧물 두 줄기를 흘리며 울고 있었다. 한가운데만 붙은 입술 양옆이 실룩실룩 떨렸고, 그 곁으로 눈물이 마구 흘러내렸다. 그 모습을 보자 나도 갑자기 콧속이 찡해져서 바로 얼굴을 돌렸다. 가사사기가 눈물을 터뜨린 이유도, 내가 울고 싶어진 이유도 명확하게는 모르겠다. 모르지만 나는 어쩐지 오늘 여기에 오길 잘했다 싶었다.

　"모두 가지각색이구나."

　그리고 나와 가사사기는 해가 완전히 질 때까지 서로 아무 말도 하지 않았다.

5

주지의 요리 실력은 놀랄 만큼 뛰어났다.

식탁에 차려진 음식은 특별히 엄선한 식재료를 쓴 것도 아니거니와 공들인 양념을 사용하지도 않은 아주 평범한 메뉴뿐이었지만, 그 평범함이 아주 절묘한 나머지 한 입 먹을 때마다 먹는 사람이 살아 있다는 사실을 확인할 수 있어 기쁜 맛이었다.

"여보게들, 평소에는 도대체 뭘 먹는 건가?"

나와 가사사기가 고개를 푹 숙인 채 큰 접시에 담긴 고기감자조림과 초절임, 그리고 우엉무침을 정신없이 먹고 있자니 주지가 굵은 눈썹을 치켜세우며 질렸다는 표정을 지었다. 우리는 창피해서 젓가락을 차분하게 움직였지만, 인내심은 30초도 채 가지 못했다.

"그건 그렇고 자네들도 뜻밖의 재난을 당했군그래. 설마하니 돌아갈 수 없을 만큼 눈이 쌓일 줄이야. 요즘은 일기예보도 믿을 수가 없어."

"그러고 보니 가사사기, 우리 창고 문은 잠갔던가?"

"휴업 안내장을 붙일 때 단단히 잠갔어."

개업한 지 얼마 지나지 않아 가사사기가 셔터 열쇠를 잃어버린 이후로 오랫동안 창고를 잠그지 못했지만, 봄에 일어난 청동상 방화 미수 사건을 계기로 우리는 새 자물쇠를 달았다.

"응? 하지만 그다음에 미나미가 기타를 가지러 들어갔고······."

잠시 생각하다가 가사사기는 "아!" 하고 소리쳤다.

"안 잠갔다!"

"뭐, 괜찮을 거야. 요즘 경찰이 세밀 방범 활동을 하고 있잖아. 밤이 되면 순찰차가 마을을 빙빙 돌아다니겠지. 도둑도 굳이 이런 시기를 골라서 작업을 하지는 않을 거야. 게다가 눈도 이렇게 왔으니."

큰 접시에 담겨 있던 음식이 제법 줄어들자 우리도 배가 불렀다.

"이 사진 혹시 주지 스님이세요?"

나미가 텔레비전 위의 액자를 보고 물어서 큰일 났다 싶었다. 사진 이야기가 나오면 어찌하더라도 소친이 양자라는 화제로 이어지고 만다.

"그래, 나란다. 머리카락도 있었고, 그 무렵에는 제법 인기도 많았지. 바람둥이 포워드라고 불릴 정도였어."

"옆의 예쁜 여자는요?"

"집사람이야. 한참 전에 병으로 죽었다만."

"어, 돌아가셨어요?"

"응, 결혼하고 얼마 지나지 않아서. 보자, 거기 럭비공 저금통이 있지? 처음이자 마지막 결혼기념일에 둘이서 샀단다. 언젠가 태어날 아이를 위해서 지금부터 돈을 모아두자면서."

애달픈 말투는 아니었다. 주지는 눈가에 따스한 주름을 잡으며 큰 목소리로 죽은 아내의 이야기를 했다.

"그럼 아주머니는 소친을 낳고 바로 돌아가신 거군요."

"아, 저기, 나미⋯⋯."

엉겁결에 불렀지만 주지가 먼저 대답했다.

"아니, 아니. 아가씨, 그게 아니야. 소친은 내 친아들이 아니란다. 애당초 한 핏줄인데 얼굴이 이렇게 다르게 생겼을 리 없지 않느냐."

주지는 호쾌하게 웃었다. 탁자 반대편에서 소친도 쑥스러운 듯 파르스름한 머리를 벅벅 긁었다. 그 모습을 바라보자 방금까지 몹시 마음을 졸였던 나 자신이 갑자기 부끄러워졌다.

"뭐야, 그렇구나. 그래서 아까 소친이 엄마가 어딘가에 계실 거라고 그랬구나."

"그야 어딘가에는 계실 테니까."

아무 거리낌도 없이 그런 이야기를 하는 나미와 소친이 훨씬 제대로 된 인간으로 느껴졌다.

"차를 마셔야지, 차⋯⋯ 응?"

주지가 다관에 뜨거운 물을 부으려고 했지만 전기 포트가 텅 비어 있던 모양이다. 주지가 고타쓰에서 나가려고 하자 소친이 먼저 일어섰다.

"제가 다녀오겠습니다."

"그래, 고맙다."

전기 포트를 들고 어쩐지 기쁜 듯이 장지문을 열고 나가는 아들의 뒷모습을 주지는 쓴웃음을 지으며 눈으로 좇았다.

"장래를 안심해야 할지, 걱정해야 할지. 전혀 모르겠어."

우리는 어쩐지 훨씬 오래전부터 서로를 잘 알고 지내는 친척 같았다. 이대로라면 주지는 귤 값 이만 이천 엔도 잊어줄는지 모른다.

"밥 먹었으니 귤이라도 어떤가. 오늘 귤 값에 더해서 계산하지는 않을 테니 들게."

역시 세상은 그렇게 만만하지 않은 모양이다.

주지는 방구석에 놓여 있던 귤 바구니 하나를 끌어당겼다. 안에는 우리가 낮에 수확한 귤이 들어 있다. 방 안에서 찬찬히 살펴보자 대나무를 엮어 만든 귤 바구니는 상당히 길이 잘 들었다. 오래 썼느냐고 물어보자 주지는 의기양양하게 고개를 끄덕였다.

"겉보기는 시원치 않지만 여기저기 써먹기 좋거든. 왜, 가지고 싶으면 줄까? 귤 바구니라고 해도 여러모로 쓸모가 있다네."

주지가 돈 냄새를 맡은 것처럼 눈을 번뜩이길래 나는 허겁지겁 고개를 저었다.

잠시 후 소친이 돌아와서 모두에게 다시 차를 우려주었다. 그리고 주지의 기타 반주에 맞추어 다 같이 크리스마스 노래를 몇 곡 불렀다.

6

새벽녘에 주지의 태도가 확 달라졌다.

주지는 이불 속에서 푹 잠들어 있던 내게 느닷없이 달려들어 "이, 이, 이, 이, 이만 이천 엔을 내놔라!" 하고 지껄이면서 무시무시한 힘으로 내 목을 졸랐다. 나는 어떻게든 주지의 손아귀에서 벗어나려고 발버둥을 쳤지만, 움직이면 움직일수록 주지의 굵은 손가락이 목을 꾹꾹 파고들었다. 의식이 멀어지고 온몸의 감각이 희미해져 갔다. 중고상점을 개업한 이후로 지금까지 있었던 일들이 주마등처럼 머릿속을 스치기 시작했을 때야 잠에서 깼다. 목 위에 가사사기의 다리가 얹혀 있었다.

"죽일 생각이냐……."

힘껏 밀쳐내자 다리가 상당한 각도로 쩍 벌어졌지만 가사사기는 깨어나지 않았다.

빈지문 틈새가 어렴풋이 밝아져 왔다. 주지는 어제 저녁을 먹은 거실의 옆방에 우리 잠자리를 마련해 주었다. 가장자리를 살짝 포 갠 이부자리 세 채가 나란히 깔려 있다. 들리는 것이라고는 잠든 가사사기와 나미가 번갈아 내는 숨소리뿐이다. 주위에 건물이나 간선도로가 없어서인지 절은 완벽한 정적에 감싸여 있었다. 아니 면 주변 일대를 뒤덮은 눈이 소리를 빨아들여서 이렇게나 고요한 걸까.

"아니다."

목소리가 들렸다. 아무래도 주지인 모양이다. 경황없는 발소리. 소친의 목소리도 들린다. 긴장감이 묻어나는 말이 오간다. 상황을 살펴보려고 일어나서 장지문을 열려고 했지만 그럴 필요는 없었다.

"무사한가?"

주지가 옆으로 후려쳐서 쓰러뜨릴 듯한 기세로 문을 열었다.

"아무 일도 없나? 짐은 어떤가?"

무슨 소리를 하는지 영문을 알 수 없었지만, 이야기를 들어보자 절에 도둑이 들었다고 한다. 나는 허둥지둥 내 지갑을 찾았다. 하지 만 없다. 어디에도 없다. 잠에서 깬 가사사기와 나미도 주지의 말을 듣고 지갑을 찾았지만 역시 눈에 띄지 않았다.

"아참, 미니 트럭에 두고 왔잖아."

나미가 생각해 냈다. 맞다, 원래 굴만 따서 먹고 바로 돌아갈 생 각이라 지갑은 주차장에 세운 차에 두고 왔다.

"그런가, 그렇다면 되었네."

주지가 콧김을 세게 내쉬었다.

"지금 본당부터 시작해서 주변을 둘러보았는데, 주차장 눈 위에는 발자국이 없었어. 도둑이 그쪽으로는 가지 않은 모양이야. 차에 놓아둔 지갑은 분명 무사할 테지. 차에 지갑?"

주지는 내가 지갑을 가져오지 않았다고 한 말을 떠올린 듯했지만, 다행인지 불행인지 지금은 그걸 따질 때가 아니었다.

"주지 스님, 도둑이라고 하셨는데 혹시 도둑맞은 물건이라도 있습니까?"

가사사기가 묻자 주지는 미간을 찌푸리며 고개를 저었다.

"아닐세, 도둑맞지는 않았다네."

"그렇다면 도대체……."

부서졌다고 주지는 말했다.

"내 소중한 물건이 말이야."

주지를 따라 방에서 나갔다. 복도를 지나쳐 차가운 마룻바닥을 밟으며 본당을 빠져나가자 앞뜰에 소친이 있었다. 우리 발소리를 들었는지 소친은 뒤를 돌아보고 고개를 살짝 숙이더니 다시 침통한 표정으로 땅바닥을 내려다보았다.

"아, 저거……."

본당 가장자리에서 고개를 내민 나미가 말을 잇지 못했다. 우리도 나미의 뒤에서 소친의 발치를 들여다보고 할 말을 잃었다. 갈색 도자기 파편이 디딤돌 맞은편 눈 위에 흩어져 있었다. 네모난 나무 받침대가 그 옆에 떨어져 있었다.

"이걸 꼭…… 허어."

주지의 목소리에 노기는 섞여 있지 않았다. 다만 몹시 쓸쓸하고 지친 듯한 목소리였다. 눈 위에 산산이 흩어져 있던 것은 처음이자 마지막이었던 결혼기념일에 주지가 죽은 아내와 둘이서 샀다는 저금통이었다.

"여기서 깨뜨려서 내용물만 가지고 간 것 같군요."

가사사기의 말에 주지는 고개를 천천히 저었다.

"돈은 안 들어 있었다네. 뭐, 도적이야 있을 거라고 생각했겠지만."

"텅 비어 있었습니까?"

하지만 주지는 이번에도 고개를 저었다. 그리고 작업복 품속에서 조그맣게 접은 하얀 종이를 꺼냈다.

"집사람한테 받은 편지를 보관해 두었지. 눈 위에 아무렇게나 내팽개쳐둔 걸 아까 발견했어. 낡은 연애편지는 가져가 봤자 아무 소용도 없으니 내버리고 간 게야."

"다른 피해는요?"

"아아, 없는 것 같구먼. 새전함* 자물쇠도 망가졌지만, 애당초 속을 비워두었으니 문제없어. 하기야 새전함이 비어 있으니 실내까지 들어왔을 테지만."

과연, 역시 그럴지도 모른다.

---

* 신령이나 부처 앞에 바치는 돈을 넣어두는 함

"도둑은 대체 어디에서 집 안으로?"

"거실 창유리에 접착테이프를 붙이고 자물쇠 옆만 살짝 깨뜨렸더군."

주지의 설명에 따르면 소친이 제일 먼저 알아차렸다고 한다. 소친은 어제 건너뛴 공부를 하려고 날이 밝기도 전에 일어났다. 차를 끓이려고 부엌으로 가는데 거실 쪽에서 외풍이 불어들었다. 이상해서 불을 켜자 누군가 빈지문을 연 다음 유리창을 깨고 들어와서 선반과 찻장을 뒤진 흔적이 있었다. 하지만 그런 곳에 현금이나 돈이 될 만한 물건은 넣어두지 않았으므로 척 보기에 금전적인 피해는 없는 것 같았다. 소친은 주지를 깨우기 위해 거실에서 나가려다가 저금통이 사라졌다는 사실을 알아차렸다. 소친은 주지를 깨워서 함께 방마다 살피며 돌아다녔다. 그리고 본당 밖에서 산산이 깨진 저금통을 찾아냈다고 한다.

"경찰을……."

내가 그렇게 말하는 것과 거의 동시에 주지가 한 손을 들었다.

"안 불러도 되네. 피해가 없었으니까."

"아니, 하지만 피해가 없었다고 할 수는……."

"없었네."

주지는 억센 말투로 되풀이해 말했다. 그리고 갑자기 눈초리를 내리더니 힘없이 웃었다.

"어차피 언제까지고 소중히 놓아둬 봤자 무의미한 물건이었어."

"아버지……."

입술을 깨문 소친의 눈에 금방이라도 넘쳐날 듯 눈물이 맺혔다.

우리는 바람이 들이치는 본당에 서서 오랫동안 아무도 입을 열지 않았다. 얼마 후에 주지가 맨발로 느릿느릿 디딤돌 위에 내려서더니 커다란 몸을 웅크리고 저금통 조각을 조용히 줍기 시작했다.

"몹쓸 악당 같으니라고."

가사사기가 험악한 얼굴로 앞뜰을 노려보았다. 어제 눈을 가지고 놀면서 땅바닥을 마구 밟은 탓에 눈 위에 범인의 발자국이 남아 있는지조차 분명치 않다. 무엇보다 남아 있은들 여기는 나무들이 많은 곳이다. 가지와 잎 밑에 눈은 없고, 땅에는 나뭇잎이 쌓였다. 그곳에 발을 들여놓으면 더는 발자국을 신경 쓸 필요 없다. 나무들은 뜰 가장자리를 따라 귤밭으로 이어진다. 귤밭에서는 산으로 들어갈 수도 있다. 아마추어의 힘으로는 도저히 범인의 발자취를 쫓을 수 없을 것 같았다.

저금통 조각을 다 주운 주지가 우리 쪽으로 돌아서서 말했다.

"자, 이제 되었지 않은가. 이번 사건은 이걸로 끝일세. 여기는 추우니 자네들은 거실로 가서 고타쓰에라도 들어가 있게나. 유리는 깨졌지만 빈지문을 닫으면 바람은 안 들어올 거야. 나중에 아침밥을 차려주겠네."

그런 말을 들어도 곧바로 들어갈 수는 없었다. 하지만 주지가 두툼한 손바닥으로 우리 등을 떠밀어서 어쩔 수 없이 주지 말에 따르기로 했다. 가사사기는 복잡한 표정으로 복도를 걸으면서 입속으로 뭐라고 거듭 중얼댔다.

"앞으로 한 수만 더 두면 되는데……."

한 수고 뭐고, 이번에는 정말로 그저 도둑이 든 것이리라. 부탁이니까 쓸데없는 생각은 하지 말라고 나는 가사사기의 옆얼굴을 바라보며 속으로 빌었다.

7

하지만 결국 가사사기는 쓸데없는 생각을 하고 말았다.

"체크메이트다."

아직 아침 식사가 준비되기도 전에 가사사기는 그렇게 선언했다.

"가사사기 씨, 뭐 좀 알아냈어?"

"전부 다!"

가사사기는 흥분에 찬 두 눈을 크게 뜨고 가슴 앞에서 양손을 와들와들 떨면서 열띤 목소리로 말했다.

"이번 사건은 단순한 도둑 소동 같은 게 아니었어. 아니, 그렇다기보다 거실 유리를 깨고 저금통을 들고 나가서 산산이 박살 낸 사람은 도둑조차 아니었지."

무슨 말인지 알아들을 수 없어서 나는 고타쓰 너머로 가사사기의 얼굴을 다시 쳐다보았다.

"슬퍼…… 너무나 슬퍼. 이 슬픈 진실을 백일하에 드러내야만 하나. 아니지, 그럴 필요는 없을지도 몰라. 오히려 잠자코 있어야 할지도 모르지. 하지만…… 하지만 본인한테는 꼭 전해야 할 필요가 있어. 전해서 깨우쳐 줄 필요가……."

"가사사기, 저기 말이야."

"히구라시."

가사사기가 날카로운 눈을 휙 들었다.

"소친을 여기로 불러주겠어? 소친과 이야기를 나눠야 해."

나는 마음이 약간 초조했다. 가사사기가 무슨 생각을 하는 건지 전혀 짐작이 가지 않았기 때문이다.

"가사사기, 도대체 어떻게 된 거야? 힌트라도 좀 줘."

"힌트라, 뭐 상관없겠지."

고타쓰 맞은편에 앉은 가사사기는 머릿속을 진정시키듯이 눈을 감더니 입술을 쭉 내밀고 천천히 숨을 내뱉었다.

"힌트는 세 가지. 일단 '귤 바구니'. 그리고 '어휘력', '주지의 목소리'야."

점점 더 무슨 소리인지 알 수 없었다. 귤 바구니? 어휘력과 주지의 목소리가 어쨌다고?

나미를 슬쩍 보았다. 나미는 가사사기의 눈을 똑바로 쳐다보며 그의 말을 이해하려 애쓰는 듯했다. 어쩌면 좋을까. 어떻게 하지. 나미를 낙담시킬 수는 없는데.

"소친은 지금 바쁘지 않을까. 불러내기는 미안해."

나는 어떻게든 시간을 벌기 위해 그렇게 말했다. 그러자 웬걸, 가사사기는 재빨리 일어서더니 말릴 틈도 없이 장지문에 손을 댔다.

"그럼 내가 직접 가겠어. 한시라도 빨리 소친의 오해를 풀어줘야 해."

소친이 오해하고 있다고?

"어, 이봐!"

나는 거실을 나서는 가사사기를 황급히 따라가려 했지만, 전기 코드에 발이 걸려 넘어지고 말았다.

8

"저기, 도대체⋯⋯."

미안하다고 말하며 가사사기는 일단 소친에게 고개를 숙였다.

"이게 내 본심이 아니라는 것만은 부디 알아주길 바란다. 하지만 무슨 일이 있어도 밝혀야만 해. 죄를 못 본 체하고 속 편하게 살다니, 도저히 그렇게는 못 해."

나와 나미는 마른침을 삼키며 두 사람을 지켜보았다. 꼭 닫은 장지문 건너편에서 주지가 아침 식사를 준비하는 소리가 들렸다. 우리 네 사람은 방 한복판에 있는 고타쓰를 둘러싸고 서 있었다.

"죄라고 하시면?"

"네가."

가사사기의 눈이 금방이라도 울음을 터뜨릴 것처럼 일그러졌다.

"네가 그 저금통을 깨뜨린 죄."

흡 하고 숨을 크게 들이마시며 소친이 두 눈을 부릅떴다.

"가사사기 씨, 저는⋯⋯."

"다 알아."

가사사기가 상대의 말을 끊듯이 오른손으로 재빨리 허공을 갈 랐다.

"넌 돈 욕심이나 단순히 장난을 치고 싶은 마음에서 그런 짓을 한 게 아니야. 나도 어느 정도 이해해. 이번 사건의 진상을 깨달았 을 때 상상해봤지. 만약 내가 소친의 입장이었다면 어떻게 했을까. 그리고 생각했어."

눈물이 솟아올랐는지 가사사기는 두 눈을 꼭 감았다가 괴로운 듯이 다시 뜨고서 말을 이었다.

"나도 너랑 똑같은 행동을 하지 않았을까 하고."

가사사기가 소친을 거실로 데려온 후로, 나는 더 이상 가사사기 를 제지하지 않았다. 나미가 있기 때문이었다. 나미 앞에서 가사사 기를 부정하다니 도저히 못 할 짓이다. 그 대신 모든 설명이 끝난 후에 소친을 가사사기에게서 멀리 떼어놓을 생각이었다. 그리고 소친에게만 아까 가사사기가 한 이야기는 농담이었다고 말할 작 정이었다. 가사사기 특유의 오버 액션은 보기에 따라서는 마치 연 기하듯 느껴지기도 하고, 무엇보다 가사사기는 언제나 그럴듯하지 않은 추리를 펼치니까 농담이었다는 거짓말이 통하지 않을까.

"소친, 우선 너한테 이 말을 하고 싶구나."

혼자서 말없이 생각에 잠겨 있던 가사사기가 다시 입을 열었다.

"넌 주지 스님의 말을 오해하고 있어."

"아버지의 말을……?"

"그래, 즉."

가사사기는 일단 입을 다물었다가 상대를 의연하게 응시하며 말했다.

"'귤 바구니'라는 말이 무엇을 가리키는지."

가사사기가 이렇게 말하는 시점에서도 나는 여전히 그의 생각을 읽어낼 수 없었다.

"히구라시."

"응?"

"어젯밤에 한 이야기 기억해? 거실에서 저녁을 먹을 때 귤 바구니에 대해 나눈 이야기 말이야."

나는 머릿속을 되짚어 보았다. 귤 바구니가 화제에 오른 건, 분명 탁자의 요리를 대부분 먹어치운 후 소친이 전기 포트에 뜨거운 물을 담으러 나갔을 때다. 길이 잘 든 귤 바구니를 보고 오래 썼느냐고 내가 물어보자 주지는 의기양양하게 고개를 끄덕였다.

─겉보기는 시원치 않지만 여기저기 써먹기 좋거든. 왜, 가지고 싶으면 줄까? 귤 바구니라고 해도 여러모로 쓸모가 있다네.

"생각난 모양이구나."

가사사기는 입꼬리를 끌어올렸다.

"소친은 그때 나눈 이야기를 장지문 밖에서 들었어. 덧붙여 나직한 네 목소리는 들리지 않았고 주지 스님의 목소리만 들렸지."

"하지만 그게 뭐 어쨌는데?"

"소친은 주지 스님이 입에 담은 귤 바구니라는 말이 자기를 가리킨다고 생각한 거야.

점점 더 모르겠다. 나미도 내 옆에서 입을 딱 벌리고 있었다. 그러나 어째서인지 소친만은 입가를 긴장시킨 채 허공을 가만히 쳐다보고 있었다.

"히구라시, 거기 있는 국어사전을 보면 알 거야."

가사사키는 고타쓰 옆에 놓여 있던 국어사전을 가리켰다. 어제 소친에게 빌렸다가 그대로 내버려 둔 사전이다.

"'귤 바구니'라는 단어를 찾아보면 내가 하는 말의 의미를 알 수 있을 거야."

"귤 바구니를?"

나는 사전을 펼쳤고, 나미도 내 옆에 얼굴을 바짝 대고 들여다보았다.

"귤…… 귤나무…… 귤록…… 있다, 귤 바구니."

아차, 싶었다.

귤 바구니: 버려진 아이(주로 귤 바구니에 넣어서 버린 데서 유래)

"그런 뜻이야."

가사사기는 구슬픈 표정으로 천장을 올려다보았다.

"어휘력이 뛰어난 소친은 귤 바구니라는 단어가 무슨 뜻인지 알고 있었어. 히구라시, 주지 스님이 귤 바구니를 가리켜 한 말을 '버려진 아이'로 바꿔보면 돼. 그럼 장지문 밖에서 그 말을 듣고 소친이 얼마나 서러웠을지 너도 이해하겠지."

맙소사. 귤 바구니라는 말에 이런 뜻이 있을 줄은 전혀 몰랐다. 이래서야 가사사기의 추리를 읽어내지 못하는 게 당연하다.

"나도 어제 우연히 그 사전에서 귤을 찾아보지 않았다면 이번 사건의 진상에는 다다르지 못했을 거야."

가사사기가 소친에게 몸을 돌렸다.

"장지문 밖에서 주지 스님의 목소리를 들었을 때 네가 맛본 설움은 이윽고 차가운 질투로 변했어. 그리고 질투의 창끝은 저금통으로 향했지. 언젠가 태어날 아이를 위해 돈을 모으자며 주지 스님이 부인과 맞이한 첫 결혼기념일에 산 저금통으로."

가사사기는 텔레비전 위에 눈길을 주었다. 엷게 쌓인 먼지 사이에 네모난 받침대 모양이 남아 있다.

"네 기분은 가슴 아플 정도로 잘 알아. 네게 그 저금통은 아마 주지 스님의 친아들 같은 존재였겠지. 평소 넌 마음속에 일종의 증오를 품고 있던 게 틀림없어. 그럴 때 주지 스님의 말을 들은 거야. 자기는 귤 바구니라고 불렸을 뿐 아니라 겉보기가 시원치 않다는 둥, 써먹기 좋다는 둥 험한 소리까지 들었는데 저금통은 저렇게 눈에 띄는 곳에 소중히 모셔져 있어. 가슴속에서 질투가 커다랗게 부풀어 올랐겠지. 자기 힘으로는 더 이상 품고 있을 수 없을 만큼 크게. 결국 너는 모두 잠들어 조용해졌을 때 일어나서……."

이제 더는 말할 수 없다는 듯 가사사기는 한 손으로 자신의 이마를 짚더니 다른 손을 공중에다 세게 내저었다.

"범행 후에 넌 자신이 저지른 짓을 어떻게든 감추려고 했어. 새전함 자물쇠를 부수고 거실 유리를 깨서 도둑의 소행으로 꾸몄지."

소친은 여전히 이야기하는 가사사기를 가만히 쳐다보고 있었다.

"오해였어."

가사사기는 한숨 섞인 목소리로 말했다.

"소친, 네 착각이었던 거야. 주지 스님이 말한 귤 바구니는 진짜로 귤 바구니였다고. 그건 그 자리에 있던 우리 세 사람이 보증할게. 거짓말 같은 건 하지 않아. 소친, 주지 스님은 너를 친아들이라고 생각한단다. 겉보기가 시원찮다느니, 써먹기 좋다느니, 그런 말을 할 리 없잖아. 오랫동안 함께 살아온 가족이니까. 아버지와 아들이니까."

그 말을 끝으로 가사사기의 이야기는 끝났다.

나는 정말로 크게 한 방 먹은 기분이었다. 설마 가사사기가 이렇게 묵직한 '진상'을 들고 나올 줄은 꿈에도 몰랐다. 아까 가사사기가 한 이야기는 농담이었다고 과연 나중에 말할 수 있을까. 아무리 순한 소친이라도 화를 내지 않을까.

"저기, 소친."

우물쭈물할 틈은 없었기에 나는 소친을 바로 방에서 데리고 나가려고 말을 걸었다. 하지만 소친이 한발 빨리 움직였다. 그는 가사사기 앞에서 두 손과 두 발을 모으더니 조용히 머리를 숙이며 이렇게 말했다.

"말씀하신 그대롭니다."

"어?"

나도 모르게 입이 벌어졌다.

"제가 그랬습니다. 아버지가 하신 말을 착각해서 제가 저금통을 부쳤습니다. 전부 가사사기 씨가 말씀한 대로입니다."

어찌 된 거지. 도대체 어떻게 된 일이야. 머릿속에서 물음표가 맹렬하게 소용돌이쳤다. 하지만 대답이 하나밖에 없다는 사실은 나도 알고 있었다.

가사사기의 추리가 들어맞은 것이다.

"가사사기 씨, 이 일은, 아버지께……."

"물론 말 안 할 거야."

가사사기의 입가에 다정한 미소가 맺혔다.

"이번 사건은 도둑이 저질렀다고 해두자."

안심한 듯이 소친은 숨을 살짝 내뱉었다.

❄

이상하다. 아무래도 이상하다.

우선 가사사기의 추리가 들어맞았다는 게 이상하다. 아니, 설령 추리를 한 사람이 가사사기가 아니었다고 해도, 이렇게 터무니없는 일이 일어날 리 없다. '귤 바구니'에 버려진 아이라는 뜻이 있다는 건 분명 처음 알았지만, 소친이 그 말을 장지문 밖에서 잘못 알아듣고 저금통을 부수다니.

이야기가 끝나자 소친은 말없이 거실에서 나갔고, 잠시 후 주지가 냄비와 접시를 날라 왔다. 우리는 마음을 졸이며 아침을 먹고 셋이서 고타쓰에 둘러앉았다. 주지와 소친은 본당에서 독경을 올리고 있는 듯하다.

"오늘은 어제와 딴판으로 따뜻하니까 눈도 빨리 녹을 거야. 오후에는 어떻게든 돌아갈 수 있지 않을까. 아, 밥 먹고 귤을 먹었더니 화장실 가고 싶네. 잠깐 실례."

그렇게 말하면서 가사사기가 고타쓰에서 나갔다.

"히구라시, 아까 물은 제대로 내렸겠지."

"내렸어."

아까 화장실에 간다면서 방에서 나왔지만, 그건 거짓말이었다. 본당에서 걸레질을 하는 소친에게 몰래 물으러 간 것이다. 아까 그 이야기가 정말 맞느냐고.

─어쨌든 제가 그랬습니다.

소친은 나와 눈을 마주치려 하지 않고 그렇게만 대답했다.

이상하다. 역시 이상하다.

"이상하지, 히구라시 씨."

귓가에서 소리가 들려서 움찔 놀랐다.

"나 이해가 좀 안 가."

나미가 텔레비전 화면을 멍하니 쳐다보며 중얼거렸다. 나미의 입에서 가사사기의 추리를 의심하는 말이 나오다니 몹시 놀랄 일이었다.

"하지만 가사사기가 그렇게 말한 데다, 무엇보다도 소친이 인정했잖아."

내 목소리가 들리지 않은 것처럼 나미는 아무 대답도 하지 않았다. 그러다가 불쑥 물었다.

"히구라시 씨 생각은 어떤데?"

"나? 어, 나는 별생각 없는데. 가사사기가 그랬으니까 그런가 보다 하지."

"가사사기 씨가 말한 거 말고, 히구라시 씨는 어떻게 생각하느냐고 묻잖아."

나미가 솔직히 말해서 나는 당황했다. 이런 질문이 날아오리라고는 전혀 예상하지 못했기 때문이다. 내가 잠자코 있자 나미는 갑자기 고타쓰 위로 눈길을 떨어뜨리더니 거의 들리지 않게 작은 목소리로 말했다.

"히구라시 씨가 똑바로 해야지."

나도 모르게 나미의 옆얼굴을 다시 쳐다보았다. 나미는 방금 자기가 한 말에 놀란 것처럼 고개를 획 들더니 살짝 웃었다.

"미안, 아무것도 아니야."

9

가사사기의 예상대로 눈은 바로 녹기 시작했다. 우리는 오후가 되기 전에 주지에게 이만 가보겠다고 인사했다.

"언제든지 또 밥 먹으러 오게나. 아무래도 평소에 변변한 걸 못 먹는 모양이니."

주지는 저금통 조각이 떨어져 있던 자리에 서서 우리를 배웅해 주었다. 독경을 올린 후라 가사袈裟를 걸치고 있다. 앞뜰에 나란히 선 눈사람 부자는 상당히 야위어 모양이 찌부러졌다. 아버지의 굵은 눈썹은 축 처졌는데, 아들의 팔자 눈썹은 더 축 늘어져 있었다.

"여봐라, 소친. 제대로 인사드리지 못하겠느냐."

주지가 등을 두드리자 옆에서 눈을 내리깐 채 입을 다물고 있던 소친이 황급히 우리에게 머리를 숙였다.

"안녕히 가십시오."

소친이 문득 기타를 등에 진 나미를 보았다가 바로 눈을 돌렸다.

"그래, 그렇지. 만약 짐이 되지 않을 것 같으면 귤을 가지고 가게. 거기 있어."

본당 앞쪽에 어제 수확할 때 쓴 귤 바구니가 나란히 놓여 있었다.

"나랑 소친 둘이서는 아무래도 저렇게 많이 못 먹을 테니 말이야. 가져가고 싶은 만큼 가지고 가게나."

가사사기의 안색이 변한 것을 알아차렸는지 주지는 콧김을 짧게 내뿜고 나서 말을 이었다.

"돈은 안 받음세. 덧붙여 어제 이만 이천 엔을 내놓으라고 한 것도 그냥 농담이야."

뭔가를 깨끗이 잘라버린 듯한 밝은 웃음소리가 맑은 겨울 하늘에 울려 퍼졌다. 정말로 처음부터 농담이었는지, 아니면 무슨 이유로 마음이 바뀌었는지는 알 수 없었다.

"아, 귤 하니까 생각났다."

나미가 손뼉을 짝 치더니 기타를 짊어진 채로 눈사람 부자 쪽으로 걸어갔다. 뭘 하는가 싶었는데, 눈사람들 사이에 쪼그리고 앉아 녹다 남은 눈을 두 손으로 파기 시작했다.

"아…… 역시 안 되네."

아쉽다는 듯이 말하면서 나미가 눈 속에서 꺼낸 것은 귤 한 개였다.

"역시 냉동 귤은 안 됐어. 그냥 차가워졌을 뿐이야."

"냉동 귤?"

소친이 입을 벌리고 나미의 얼굴을 보았다. 소친은 그대로 몇 초 동안 뭔가를 생각하듯이 눈을 거듭 깜빡이다가 마침내 "이런!" 하고 크게 소리쳤다.

"미나미, 그거 언제 묻었어?"

"어젯밤에. 모두 잠든 후에 생각나서 묻어뒀지. 냉동 귤을 만들 수 있을까 싶어서."

"뭐라고!"

소친이 놀라는 모습은 심상치 않았다. 경악으로 가득 찬 표정이 점점 기가 막힌다는 표정으로 바뀌더니, 결국 소친은 뭔가 큰 실수를 저지른 것을 후회하듯 이를 악물고 옆머리를 긁적였다.

"냉동 귤…… 뭐야, 냉동 귤……."

잇새로 중얼중얼 그런 말을 흘리는가 싶더니 소친은 천천히 고개를 들어 가사사기를 보았다.

"저기, 저는."

"잠깐!"

나는 허둥지둥 소친의 말을 막았다.

"소친, 잠깐만. 잠깐만 이리 와 봐."

"뭐야, 히구라시. 왜 그래?"

"할 이야기가 있어서. 아니, 특별히 중요한 이야기는 아니고. 가사사기, 미안하지만 가지고 갈 귤이라도 나미랑 고르고 있을래?"

"그건 상관없는데."

나는 막무가내로 소친을 나무들이 있는 곳으로 데려가서 단도

직입적으로 물었다.

"소친. 혹시 너, 나미가 그 저금통을 부쉈다고 생각했니?"

소친은 대답 없이 그저 고개를 숙였다.

"내 생각이 틀렸다면 그렇다고 말해줄래? 넌 밤중에 나미가 몰래 뜰로 나가는 모습을 봤어. 그리고 새벽녘에 누군가가 훔쳐서 깨버린 저금통을 발견하고서 나미가 했다고 생각했고. 아니야?"

잠시 망설이다가 소친은 고개를 끄덕였다.

"어제, 미나미가…… 어머니께 용돈을 못 받는다고 불평했고, 옷을 살 돈이 있으면 좋겠다고 그랬으니까요."

과연 그랬구나. 그렇게 된 일이었구나.

역시 가사사기의 추리가 들어맞을 리 없었다. 역시 주지의 저금통을 훔쳐서 깬 건 도둑이었고, 아까의 그 추리는 소친이 단순히 이야기를 맞춰준 것에 불과했다. 소친은 나미가 주지의 저금통을 훔쳐서 깼다고 믿고서 나미를 감싸기 위해 죄를 뒤집어썼다. 아니, 가사사기가 억지로 뒤집어씌운 죄를 굳이 떨쳐내려 하지 않았다.

"하지만 설마 냉동 귤이었을 줄은……."

어떻게 해야 하느냐는 듯이 소친이 의지할 데 없는 눈을 들고 나를 쳐다보았다. 아마 내 눈도 비슷했으리라. 저금통을 훔친 사람이 나미가 아니라는 사실을 안 이상, 소친도 나미에게 진실을 알려주고 싶을 것이 틀림없다. 자신은 아버지의 소중한 물건을 부수는 사람이 아니라는 사실을 알려주고 싶을 것이다. 하지만 진실을 밝히면 가사사기의 추리가 틀린 셈이 된다. 아니, 물론 언제나 틀리기는 했지만.

"역시 나미한테는 진실을 알려주는 편이 낫겠지?"

답은 뻔히 알고 있었지만, 나는 일단 그렇게 물어보았다. 하지만 소친은 입술을 살짝 깨물고 눈을 내리깐 채 생각지도 못한 대답을 했다.

"아니요, 괜찮습니다."

"뭐?"

"괜찮습니다. 저는 이대로라도요."

"하지만 그러면 나미는 널 계속 오해하며 지낼 텐데?"

도무지 소친의 진심을 알 수가 없었다.

"어이, 히구라시. 꼭지에 잎이 달렸지만 조그만 귤이랑 잎은 안 달렸지만 큰 귤 중에 어느 쪽이 좋겠어?"

본당 앞에서 가사사기가 물었다.

"그딴 거, 아무래도 상관없어."

"뭐라고?"

"아무래도 상관없다고."

"안 들려. 정말이지 네 목소리는. 어이쿠!"

가사사기가 이쪽으로 걸어오려다가 실수로 부딪혀 귤 바구니를 옆으로 쓰러뜨렸다. 안에서 튀어나온 귤들이 땅바닥에 데굴데굴 굴렀다.

"젠장, 마루 아래까지 들어갔네. 히구라시, 너도 와서 좀 주워. 너 때문에 쏟아진 거니까."

나는 어쩔 수 없이 본당 쪽으로 되돌아갔다. 그러면서도 머릿속으로는 여전히 이 사태를 도대체 어떻게 해야 할지 필사적으로 고민했다. 눈과 진흙이 뒤섞인 땅바닥에 구른 탓에 반들반들한 귤들은 질척질척한 흙투성이가 되고 말았다.

"히구라시, 마루 밑으로 굴러간 귤 좀 주워줄래?"

"네가 하면 되잖아."

"네가 몸집이 작잖아."

나는 몸을 구부리고 본당 마루 아래를 들여다보았다.

그때 희미한 소리가 들렸다. 아니, 들린 듯한 기분이 들었다.

어둠 속을 뚫어져라 쳐다보았다. 검은 흙 위에 귤 세 개, 아니 네 개가 뿔뿔이 흩어져 있다. 기둥과 기둥 사이에 잔뜩 쳐진 거미줄 가운데 몇 개는 찢어져서 잿빛 천처럼 축 늘어졌다. 어째서 거미줄이 찢어졌을까. 그런 의문을 품은 순간, 다시 소리가 들렸다. 이번에는 확실히 들렸다. 들렸을 뿐만 아니라 어둠 저편에서 뭔가가 움직였다. 저건 뭐지. 마치 인간같이 생겼다. 아니, 아무리 봐도 인간이다.

"도둑이다!"

반사적으로 소리를 질렀다.

"있다! 있다, 있어. 여기 있었어."

나는 이 사람이야말로 새전함 자물쇠를 비틀어 연 뒤, 거실 창유리를 깨고 실내로 침입해 저금통을 훔친 범인이 틀림없다고 확신했다. 여태 이런 곳에 숨어 있던 것이다. 아마도 밤중에 도둑질을 하러 와서 저금통을 깨부쉈을 때, 소친이 일어나서 나왔을 뿐만 아

니라 그가 바로 주지를 깨워서 함께 건물 안팎을 돌아다니기 시작
해서 어쩔 수 없이 마루 밑에 숨었으리라. 그리고 분명 그대로 도
망칠 기회를 놓쳤다. 주지와 소친, 그리고 우리가 언제 밖으로 나올
지 모르니까.

사람 모습을 한 검은 형체가 맹렬한 기세로 마루 밑의 어둠을
향해 멀어졌다. 정신을 차려보니 나는 상대를 뒤쫓아 좁고 곰팡내
가 풍기는 청결하지 못한 공간으로 들어온 뒤였다. 이 악당 같으니
라고. 주지의 소중한 저금통을 깬 망할 악당. 나보다 10미터쯤 앞
을 기어가던 상대가 갑자기 방향을 바꾸더니 건물 옆으로 이동해
밖으로 뛰쳐나가려고 했다.

"왼쪽! 왼쪽으로 도망간다!"

바로 소리를 지르자 밖에 있는 네 사람의 다리가 그쪽으로 우르
르 몰려갔다. 도둑은 몸을 돌리더니 이번에는 건물 반대쪽으로 향
했다. 나는 "오른쪽!" 하고 외쳤다. 네 사람의 다리가 그쪽으로 서
둘러 움직인다. 혀를 차며 욕설을 한 도둑은 또 재빨리 방향을 바
꾸어 아까 내가 들어온 곳 부근을 향해 일직선으로 나아갔다.

"정면, 정면!"

네 사람의 다리가 서로 얽힐 듯이 허둥지둥하며 그쪽으로 되돌
아간다. 하지만 네 사람이 건물 정면에 다다르는 것보다 도둑이 마
루 밑에서 기어 나오는 것이 아주 약간 빨랐다.

"앗, 도망쳤다!"

"놓칠까 보냐!"

가사사기와 주지의 목소리가 들렸다. 내가 정신없이 땅바닥을 기어서 겨우 마루 밑에서 뛰쳐나왔을 때, 걸음아 날 살려라 도망치는 도둑의 뒷모습이 20미터쯤 앞쪽에 있었다. 가사사기를 포함한 네 명이 바로 뒤를 쫓고 있다. 이 정도라면 붙잡을 수 있을 듯하다. 하지만 그때 거대한 지진이라도 일어난 것처럼 네 사람이 중심을 잃고 우르르 쓰러졌다. 무슨 일인가 싶었는데, 알고 보니 땅바닥의 귤 때문이었다. 아까 가사사기가 쏟은 귤을 밟아 미끄러진 모양이다. 도둑이 뒤를 힐끔 돌아보더니 기쁜 듯이 웃는 것처럼 보였다. 하기야 마스크에 선글라스를 착용한, 자못 도둑 같은 인상의 도둑이라 정말로 웃었는지는 알 수 없지만.

나는 땅 위에서 서로 얽혀 있는 네 사람을 뛰어넘어 달렸다. 하지만 녹다 만 눈과 진흙이 발을 붙드는 탓에 도둑과의 거리가 점점 벌어졌다. 상대는 이미 총문을 빠져나가 '대머리 귀신 도로'를 달리기 시작했다. 미니 트럭을 타고 쫓아가면 어떻게든 될까. 하지만 주차장까지 가는 사이에 상대는 상당히 멀리 도망칠 것이다.

퍽, 퍽, 퍽, 퍽, 퍽. 등 뒤에서 잇달아 소리가 났다.

탁, 탁, 탁, 탁, 탁, 탁, 탁, 탁, 탁, 탁. 이런 소리가 빠른 속도로 다가왔다.

"비키게."

내가 돌아보는 것과 동시에 옷자락을 걷어 털투성이 다리를 드러낸 주지가 무서운 기세로 바로 옆을 지나갔다. 오른쪽 겨드랑이에 하얀 뭔가를 끼고 있었다. 저건 눈사람의 머리다. 크기로 보건대

309

아들 눈사람의 머리인가. 동그랬을 눈사람의 머리는 타원형에 가까웠다. 그걸 보고 나는 아까 퍽, 퍽, 퍽 하고 연달아 난 소리의 정체가 주지가 눈사람의 머리를 두드려서 다지던 소리였다는 걸 깨달았다.

지금 내 눈앞에 있는 사람은 주지가 아니었다. 일찍이 그라운드에서 활약하던 바람둥이 포워드였다. 만약 세상을 떠난 주지의 아내가 천국에서 이 광경을 지켜본다면 틀림없이 옛날을 그리워했으리라.

"으랏차!"

굵직한 고함소리와 함께 주지가 오른팔을 휘둘렀다. 용수철처럼 휘어진 온몸에서 뿜어져 나온 힘으로 눈사람의 머리를 앞쪽으로 쭉 날려 보냈다. 쏜살같다는 비유가 있는데, 이때 눈사람의 머리가 날아간 속도는 그런 표현을 한참 뛰어넘은 수준이었다. 럭비공 모양의 하얀 눈덩이는 마치 소형 엔진이라도 장착된 것처럼 포물선조차 그리지 않고 겨울 공기를 찢어발기며 똑바로 도둑을 추격했다.

퍽 하는 소리와 함께 도둑의 뒤통수를 때린 눈덩이가 산산이 부서졌다. 도둑이 한순간 땅에서 둥실 떠올랐다가 몸이 앞으로 기울더니, 길바닥과 거의 수평을 이루며 털썩 떨어졌다. 떨어진 모양으로 봐서 몹시 아플 것 같았지만 주지가 던진 눈덩이가 뒤통수를 때리는 순간 도둑은 정신을 잃은 듯했기 때문에 실제로는 아프지 않았으리라.

10

"아, 깨어났다."

그로부터 10분쯤 지났을 때, 본당으로 옮겨진 도둑이 깨어났다. 마스크와 선글라스 밑에서 드러난 것은 50대 후반이나 60대 초반으로 보이는 극히 평범한 남자의 얼굴이었다.

주지가 자세한 사정을 물어보자, 생각했던 대로 그는 역시 심야에 새전을 훔치러 절에 숨어들었다고 한다. 그러나 새전함이 비어 있어서 창문을 깨고 거실로 침입해 선반과 찻장을 뒤졌지만 현금이나 돈이 될 만한 물건은 나오지 않았다. 그래서 어쩔 수 없이 가까이에 있던 저금통을 가지고 도망쳤다. 부피가 커서 앞뜰로 나가 디딤돌 모서리에 내리쳐서 깬 다음 내용물만 들고 가려고 했는데 속에서 나온 것은 돈이 아니라 접힌 편지지였다. 지폐가 나올 줄 알았던 그가 망연자실해서 우두커니 서 있자니, 절 안에서 소친과 주지가 술렁대기 시작했다. 두 사람의 발소리가 다가와서 도둑은 허둥지둥 마루 밑으로 기어들었고, 그대로 도망칠 기회를 잃었다고 한다.

"그건 그렇고 이보게, 어째서 이런 산속의 절을 노린 건가?"

"마을에 순찰차가 돌아다녀서……."

그렇다. 요즘은 마침 경찰이 세밀 방범 활동을 펼치는 시기다. 주지가 신원을 묻자, 도둑은 뚱하니 입을 다물고 있다가 이름만 말했다.

"하토야마…… 나오토입니다."

어라, 싶었다. 마스크에 선글라스. 이름은 하토야마 나오토. 어디서 들은 적이 있는 듯하다. 나는 잠시 생각하다 겨우 떠올렸다.

"저기, 물론 지금 말한 이름은 가명이겠지만, 혹시 예전에 후쿠다 준이치로˚라는 가명을 쓴 적 있습니까?"

도둑은 움찔하며 몹시 알기 쉽게 반응했다.

"올해 봄에 커다란 집에서 새 모양의 청동상을 훔쳤나요?"

도둑은 아까와 똑같은 반응을 보였다.

세상에 우연은 존재한다고 봐야겠지. 웬걸 이 도둑이 그 도둑이었던 모양이다. 그때는 정말 신세 많이 졌다고 나는 속으로 가만히 중얼거렸다. 애당초 이 사람이 그걸 어찌어찌해준 덕분에 스미에는 구원받은 것이다. 그건 그렇고 이 사람, 도둑질에 재능이 없는

˚   하토야마, 나오토, 후쿠다, 준이치로는 모두 역대 일본 총리의 성 혹은 이름이다.

것 아닐까.

"히구라시, 새 모양 청동상이라니?"

"아니 뭐, 그쪽은 경찰한테 맡겨두자고."

나는 말을 얼버무렸다.

"새 청동상…… 어디서 들은 기억이 있는데 말이야."

가사사기는 뚱딴지같은 소리를 하더니 복잡한 표정을 지으며 고개를 갸웃했다.

도둑이 등장함으로써 가사사기의 추리가 빗나갔다는 사실이 명백해졌지만, 그는 "일생일대의 불찰이로군" 하고 말했을 뿐, 그렇게 충격을 받은 것 같지는 않았다. 분명 천성이 무신경한 것이리라. 나미는 또 나미대로 가사사기의 추리도 틀릴 때가 있다고 도리어 감탄이라도 하는 듯한 표정을 지었다. 아무래도 나 혼자서 쓸데없이 걱정한 듯하다. 그것도 아주 오랫동안.

잠시 후 주지가 부른 순찰차가 도착해 경찰관이 도둑을 연행해 갔다. 그 후로 어찌 되었는지는 모른다.

❄

주지와 소친은 본당 앞에서 다시 우리를 배웅해 주었다. 나미는 기타를 짊어졌고, 가사사기는 자기 손으로 진흙을 깨끗하게 씻어 낸 귤을 가득 담은 비닐봉지를 들었다.

이로써 사건은 무사히 마무리됐지만, 나는 딱 하나 마음에 걸리는 점이 있었다. 그건 나미가 저금통을 훔쳤다고 착각했다는 사실을 깨달았을 때 소친이 보인 태도였다.

─괜찮습니다. 저는 이대로라도.

소친은 왜 군이 죄를 덮어쓴 채로 그냥 있으려 했을까.

그 대답은 소친이 스스로 알려주었다. 우리가 주지에게 고개 숙여 인사하고 절을 떠나려 했을 때였다.

"저, 저는."

소친이 갑자기 고백했다. 줄곧 참고 있던 감정을 결국은 억누를 수 없었던 것처럼. 아무런 조짐도 없이 얼굴이 새빨개져서는 꼿꼿이 선 자세로.

"저는 싫었습니다. 사, 사, 사실은 그 저금통이 싫었다고요!"

"소친……?"

"아버지가 항상 그리운 듯이 돌아가신 부인의 이야기를 하는 걸 들으면 속상하고 답답했습니다. 슬펐고요. 그래서 텔레비전 위에 장식된 그 저금통을 보기 싫었습니다."

갑자기 소친의 두 눈에서 눈물이 왈칵 솟구쳤다.

"그 안에 연애편지를 넣어뒀다면서 아버지가 언제나 흡족하신 듯 눈을 가늘게 뜨고 바라보는 게 싫었습니다. 가사사기 씨는 제가 그 저금통을 아버지의 친자식처럼 생각해서 싫어한다고 말씀하셨죠. 그 말씀은 틀리지 않았습니다. 사실입니다. 저는 저금통이 없어지길 바랐습니다. 저는 친아들이 아니니까! 아버지와 한 핏줄이 아니니까!"

그래서, 그래서, 라고 말하면서 소친은 숨을 쌕쌕거렸다.

"그래서 도둑이 그걸 깨뜨렸다는 걸 알았을 때, 속으로는 기뻐했습니다. 기뻐했다고요!"

그리고 소친은 그 자리에 선 채 소리 내어 울었다. 두 손을 몸 양옆에 늘어뜨리고 얼굴을 쳐든 채 숨을 꺽꺽대면서.

그랬구나.

소친이 죄를 그냥 뒤집어쓰려 한 이유를 겨우 알았다. 소친 입장에서는 저금통을 깬 사람이 도둑이든 자신이든 다를 바 없었던 것이다. 없어지길 바랐으니까. 그리고 실제로 없어졌을 때, 속으로 기뻐했으니까.

"소친."

주지가 조용히 불렀다. 하지만 소친은 그 목소리가 전혀 들리지 않는 듯 계속 엉엉 울었다. 그러자 주지는 숨을 크게 들이마시더니 그 자리에 있던 모두의 고막이 드르르 떨릴 만큼 큰 소리로 다시 아들을 불렀다.

"소친!"

짧은 경련과 함께 소친의 몸이 뻣뻣하게 긴장됐다. 소친은 입을 반쯤 벌린 채 조심조심 아버지의 얼굴을 올려다보았다. 주지는 느릿느릿하게 몸을 돌려 아들을 똑바로 보고 섰다.

바람 소리도, 나뭇잎들이 서로 스치는 소리도, 멀리서 울던 새소리도, 전부 어딘가로 사라져서 주변은 쥐 죽은 듯 고요했다. 들리는 것은 나지막하고 깊은, 주지의 나지막한 속삭임뿐이었다.

"울 것 없다."

주지는 몹시 엄한 눈으로 아들을 바라보았다.

"우는 것은 말이다, 소친. 사람이 우는 건 돌이킬 수 없는 일이 일어났을 때만으로도 족해. 그러니까 울 것 없다. 울어서는 안 돼. 알겠느냐?"

아버지가 한 말을 열심히 씹어 삼키듯 소친은 어깻숨을 쉬면서 주지의 얼굴을 가만히 쳐다보다가, 이윽고 입술을 희미하게 떨더니 턱을 살짝 당겨 고개를 끄덕였다.

주지는 품에 손을 살짝 넣었다.

"이걸 보여주마."

꺼낸 것은 그 저금통에 들어 있던 편지였다.

"이 편지는 분명 죽은 집사람이 보낸 연애편지다. 하지만 소친. 받는 사람은 내가 아니야. 이건 나와 네게 보내는 편지란다."

이상하다는 듯 소친은 두 눈을 깜빡였다. 주지는 편지지를 조심스레 펼쳐 소친의 얼굴 앞에 살짝 내밀었다. 읽어보라는 몸짓이었지만, 소친이 반사적으로 상체를 뒤로 빼며 눈을 돌렸기 때문에 주지는 작게 한숨을 쉬더니 편지를 자기 얼굴 앞으로 가져갔다.

"사실은 당신이랑 평생 같이 살고 싶었는데 정말 아쉬워. 하지만 병이 낫지 않으니 어쩔 수 없다고 최근에야 겨우 포기할 결심이 섰어."

단조롭지만 온도가 느껴지는 느릿느릿한 목소리였다.

"부탁이 하나 있어. 당신은 아이를 좋아하니까 내가 죽고 나면 꼭 다른 사람이랑 결혼해서 아이를 낳아. 부디 나는 신경 쓰지 말고. 나는 멀리서 당신, 당신의 새 아내, 당신의 아이를 지켜볼게. 부디 모두 행복하게 살길 바랄게. 때로는 싸우기도 하고 때로는 농담도 주고받으면서 오래오래 행복하게 살아. 왠지는 모르겠지만 언젠가 당신한테 아이가 생긴다면 남자애일 것 같은 느낌이 드네. 여러 의미에서 그랬으면 좋겠어. 만약 정말로 아들이 생기면 사이좋은 부자지간이 될 거야. 비록 내 아이는 아니지만 천국에서 그런 당신 가족을 보기를 고대하고 있을게. 정말 기대된다."

편지를 다 읽은 뒤, 주지는 접힌 선을 따라 편지지를 살짝 접어서 다시 품속에 넣었다. 그리고 고개를 숙인 채 잠자코 있는 소친에게 물었다.

"소친, 귤을 좋아하지?"

주지가 갑자기 이상한 질문을 하자 소친은 눈물에 젖은 얼굴을 들었다. 우리도 그 질문이 무슨 의미인지 몰랐다.

"알겠느냐, 소친. 언젠가 가르쳐 준 대로 귤은 접목으로 늘리는 거다. 우리 밭의 귤나무도 가지에 열리는 열매는 온주귤이지만 뿌리와 줄기는 온주귤이 아니야, 기주귤이지. 하지만 맛있지?"

소친은 고개를 끄덕했다. 주지는 반들반들하게 깎은 아들의 머리에 다정하게 손을 올렸다.

"생각해 보려무나, 소친. 맛있는 온주귤 열매가 자신의 줄기와 뿌리는 온주귤이 아니라고 고민한다면 웃어넘기고 싶지 않겠느냐?"

소친은 대답하지 않고 그저 입가를 긴장시켰다.

"나라면 웃어넘길 게다. 그리고 만약 내가 기주귤이라면 고민하는 온주귤을 보고 열받을 거고. 웃어넘기는 게 아니라 몹시 꾸짖고 싶어질 테지."

표정과 목소리는 온화했지만 주지는 이때 분명 소친을 진심으로 꾸짖고 있었다. 그리고 소친도 주지의 마음을 알았는지 아버지의 눈을 가만히 쳐다본 후에 조용히 머리를 숙였다. 오랫동안 그대로 숙이고 있었다.

"역시 내 추리가 완전히 빗나가지는 않았어……."

"어, 뭐가?"

"그러니까 소친이 그 저금통을 깨뜨리고 싶어 했다는 거 말이야. 내 추리와 일맥상통하잖아."

"아아, 그러네."

"역시 가사사기 씨야."

진심인지 아닌지는 몰라도 나미가 그렇게 말하자 가사사기는 입꼬리를 끌어올리며 기쁜 듯이 빙긋 웃었다.

이쯤에서 나미를 집에 돌려보내야 한다. 본당 지붕에 앉은 까마귀가 우는 것을 계기 삼아 우리는 세 번째로 물러가겠다고 인사했다. 다만 이번에는 아주 가볍게. 주지도 시원스럽고 쾌활하게 인사를 받아주었다. 소친은 몹시 부끄러운 듯한 표정을 지으면서도 예의 바르게 머리를 숙였다.

주차장에 세워둔 미니 트럭으로 향하는 도중에 갑자기 생각난 것이 있었다.

"그런데 나미, 그러고 보니 아까 한 말은 뭐였어?"

작은 목소리로 물어보았다.

"오늘 아침에 거실에서 그랬잖아. 나보고 똑바로 하지 않으면 안 된다나 뭐라나."

아아, 하고 나미는 앞으로 고개를 돌려 경쾌한 발걸음으로 앞서 가는 가사사기의 뒷모습을 바라보았다. 그리고 잠시 입을 다물고 있다가 이윽고 살짝 웃으면서 말했다.

"사소한 일인데 신경 쓰지 마."

아무래도 모르겠다.

혹시나 싶은 생각이 없지는 않았지만, 한번 생각하기 시작하면 지금까지 있었던 일을 여러모로 전부 돌이켜 보다가 머리가 빙빙 돌 것 같아서 나는 그 의문을 싹 잊기로 했다.

"히구라시, 짐칸에 타서 귤을 지켜주지 않을래?"

"또 짐칸이야?"

"되도록 천천히 운전할게."

짐칸에 올라타기 전, 나는 오호지를 돌아다보았다. 주지와 소친은 이미 없었다.

덜 녹은 눈이 얼룩덜룩하게 남은 절 지붕 제일 앞쪽에 쌓인 눈한 덩이가 앞뜰로 미끄러져 떨어지는 모습이 마침 눈에 들어왔다. 아까 울던 까마귀가 지붕 꼭대기에 앉아 있다. 그 바로 옆에 다른 까마귀가 내려앉았다. 지붕 건너편에는 어제 우리가 전지가위를 쥐고 떠들썩하게 돌아다녔던 귤밭이 있다. 귤밭 위에는 푸른 겨울 하늘이 한없이 펼쳐져 있었다.

무엇 하나 하지 않고, 바라보기만 해도 질리지 않을 경치였다.

아름다웠다.

거짓말이 만드는 행복
미치오 슈스케가 선물하는 『수상한 중고상점』

역자 후기를 쓰기에 앞서 이 작품이 2011년에 『가사사기의 수상한 중고매장』이라는 제목으로 출간될 때 썼던 역자 후기를 다시 읽어보았다. 작가 말고 내가 조증에 걸린 게 아닐까 싶은 문장을 보자 얼굴이 화끈 달아오르는 한편, 저렇게 별생각 없이 되는대로 글을 쓸 때도 있었구나 싶어 그 시절의 내가 약간 그리웠다.

돌이켜보면 번역가가 3년 차였던 당시는 쥐뿔 아는 것도, 무서운 것도 없었던 천둥벌거숭이였는지라 작가에 대한 애정을 듬뿍 담아 역자 후기를 신나게 써 내려갈 수 있었지 않았나 싶다.

나는 지금도 미치오 슈스케를 좋아한다. 신간이 나오면 일단 구매부터 할 정도로 좋아한다. 그렇기에 더욱, 바다 건너 번역가가 쓴 후기가 좋아하는 작가에게 폐를 끼치지는 않을까 싶어서 조심스럽지만…… 그래도 의뢰를 받으면 역자 후기를 쓴다.

미치오 슈스케는 2007년『섀도우』로 본격미스터리대상을 수상하면서 '본격 미스터리계에 느닷없이 나타난 천재'라는 찬사를 받는다. 쓰고 싶은 이야기가 우선 구축되어 있고, 그 뒤로 화려한 기교가 따라온다는 평을 듣는 것처럼 그는 기교를 구사하기 위해서 소설을 쓰는 건 아니라고 대답한다. 인간의 감정을 표현하기 위한 수단으로 가장 유효한 시스템이 미스터리이기 때문에, 미스터리 소설이라는 형식을 차용하여 글을 쓰고 있을 뿐이라는 것이다. 미치오 슈스케의 거의 모든 작품에는 이러한 마음가짐이 구석구석 반영되어 있다. 기교에 좀 더 치우친다 한들 인간의 감정이 그려지지 않은 작품은 없다. 이전에 한 매체를 통해 밝힌 것처럼 그는 인간의 희로애락이라는 가사를, 트릭이라는 멜로디에 얹어서 독자에게 선사한다고 한다. 둘 중 하나라도 빠지면 재미가 없다나. 그렇게 봤을 때『수상한 중고상점』의 가사는 '행복'이며, 멜로디는 '하얀 거짓말'일 것이다. 본문에 "이 세상에서 일어나는 다양한 일들이 최대한 많은 사람이 행복해지는 방향으로 흘러가면 좋겠다"는 문장이 나오는데, 이는 등장인물의 생각을 빌려 작가가 하는 말이 아닐까 싶다. 이를 실현하기 위한 수단이 바로 하얀 거짓말인 것이다.

누군가를 위한 거짓말, 소위 '하얀 거짓말'을 소재로 글을 쓸 때는 거짓말을 한다기보다 이야기를 선물한다는 이미지를 품는다는 미치오 슈스케. 누군가를 이야기로 끌어들이기 위해서는 거짓말을 하는 당사자도 최선을 다해 거짓말을 해야 한다. 그러다 보면 거기에서 '이야기를 선물하려고 한껏 애쓰는 사람들의 이야기'가 태어난다고 한다. 『수상한 중고상점』은 여기에 딱 들어맞는 작품이다. 누군가에게 행복을 주기 위해 만드는 이야기(거짓말)도 흥미롭고, 그 이야기를 선물하기 위해 노력하는 이야기도 경쾌하고 재미있다. 그리고 이 두 가지 이야기가 어우러져 독자에게 뭉클함을 선사한다.

주인공 가사사기와 히구라시가 운영하는 중고상점은 늘 적자에 허덕이지만, 행복과 감동은 모자라지 않는 수상한 곳이다. 독자 여러분도 행복하지 않을 때, 행복하고 싶을 때 이곳을 찾는다면 다정한 위로를 받을 수 있을 것이다.

여담으로 과거에 썼던 역자 후기 원문에는 '20011년'이라는 오타가 있다. 미치오 슈스케가 그때까지 글을 쓴다면 걸작이 수없이 탄생하겠지만 현실적으로 불가능하고, 대신 앞으로 30년은 더 활동하겠지. 그동안 나도 독자로서 그의 작품을 읽고, 번역가로서 작품을 몇 권 더 번역할 수 있다면 얼마나 좋을까. 앞으로도 미치오 슈스케의 선물을 독자에게 전달하고 싶다는 마음을 다시 되새겨 본다.

2022년 3월
김은모

옮긴이 **김은모**

일본 문학 번역가. 경북대학교 행정학과를 졸업했다. 일본어를 공부하던 도중 일본 미스터리의 깊은 바다에 빠져들어 헤어나지 못하고 있다. 아직 국내에 알려지지 않은 다양한 작가의 작품을 소개하고자 노력하고 있다. 옮긴 책으로는 우타노 쇼고의 '밀실살인게임' 시리즈를 비롯해, 고바야시 야스미의 『앨리스 죽이기』, 『클라라 죽이기』, 『도로시 죽이기』, 미야베 미유키의 『비탄의 문』, 이마무라 마사히로의 『시인장의 살인』, 『마안갑의 살인』, 미치오 슈스케의 『투명 카멜레온』, 『달과 게』, 『기담을 파는 가게』, 『용서받지 못한 밤』, 소네 케이스케의 『지푸라기라도 잡고 싶은 짐승들』, 야쿠마루 가쿠의 『우죄』, 이케이도 준의 『변두리 로켓』, 히가시노 게이고의 『사이언스?』, 아시자와 요의 『아니 땐 굴뚝에 연기는』, 『죄의 여백』 등이 있다.

수상한 중고상점

초판 1쇄 발행 2022년 4월 11일
초판 11쇄 발행 2023년 10월 25일

지은이 미치오 슈스케
옮긴이 김은모
펴낸이 김선식

경영총괄 김은영
콘텐츠사업본부장 임보윤
책임편집 채윤지
콘텐츠사업2팀장 김보람 **콘텐츠사업2팀** 박하빈, 이상화, 채윤지, 윤신혜
편집관리팀 조세현, 백설희 **저작권팀** 한승빈, 이슬, 윤제희
마케팅본부장 권장규 **마케팅3팀** 권오권, 배한진
미디어홍보본부장 정명찬 **영상디자인파트** 송현석, 박장미, 김은지, 이소영
브랜드관리팀 안지혜, 오수미, 문윤정, 이예주 **지식교양팀** 이수인, 염아라, 김혜원, 석찬미, 백지은
크리에이티브팀 임유나, 박지수, 변승주, 김화정, 장세진 **뉴미디어팀** 김민정, 이지은, 홍수경, 서가을
재무관리팀 하미선, 윤이경, 김재경, 이보람, 임혜정
인사총무팀 강미숙, 김혜진, 지석배, 황종원
제작관리팀 이소현, 최완규, 이지우, 김소영, 김진경, 양지환
물류관리팀 김형기, 김선진, 한유현, 전태환, 전태연, 양문현, 최창우, 이민운

펴낸곳 다산북스 **출판등록** 2005년 12월 23일 제313-2005-00277호
주소 경기도 파주시 회동길 490
대표전화 02-704-1724 **팩스** 02-703-2219 **이메일** dasanbooks@dasanbooks.com
홈페이지 www.dasanbooks.com **블로그** blog.naver.com/dasan_books
종이 신승INC **인쇄** 민언프린텍 **코팅 및 후가공** 제이오엘엔피 **제본** 국일문화사
ISBN 979-11-306-8924-1 (03830)